Knaur.

*Im Knaur Taschenbuch Verlag sind bereits
folgende Bücher der Autorin erschienen:*
Annas Entscheidung
Klaras Haus
Majas Buch
Vergleichsweise wundervoll

Über die Autorin:
Sabine Kornbichler, 1957 in Wiesbaden geboren, wuchs an der Nordsee auf. Nach dem Studium der Volkswirtschaftslehre in Hamburg arbeitete sie mehrere Jahre als Beraterin in einer Frankfurter PR-Agentur. 1998 folgte sie ihrem Mann nach Düsseldorf, wo sie inzwischen als freie Korrektorin und Autorin arbeitet. Mit einer ihrer Kurzgeschichten gewann sie den 2. Platz im Limburgpreis 1997. Ihr erster Roman, *Klaras Haus*, war ein großer Erfolg, dem bald darauf *Steine und Rosen* und *Majas Buch* folgten.

Sabine Kornbichler

Steine und Rosen

Roman

Knaur Taschenbuch Verlag

Dieser Titel erschien im Knaur Taschenbuch Verlag
bereits unter der Bandnummer 61858.

Besuchen Sie uns im Internet:
www.knaur.de

Vollständige Taschenbuch-Neuausgabe Mai 2005
Copyright © by Droemersche Verlagsanstalt
Th. Knaur Nachf. GmbH & Co.KG, München.
Alle Rechte vorbehalten. Das Werk darf – auch teilweise –
nur mit Genehmigung des Verlags wiedergegeben werden.
Umschlaggestaltung: ZERO Werbeagentur, München
Umschlagabbildung: Zefa, Düsseldorf
Satz: Ventura Publisher im Verlag
Druck und Bindung: Clausen & Bosse, Leck
Printed in Germany
ISBN 3-426-63199-7

5 4 3 2 1

Für
ANNETTE
1955–1999

Sie hat in unseren Herzen ein wärmendes Licht hinterlassen. Es erzählt von ihrem Mut und ihrer Liebe. Und von der Kraft, mit der sie ihren Weg vollendet hat.

1

Gibt es Menschen, die vom Pech verfolgt werden?
Denen Zufall und Schicksal in konzertierter Aktion Steine in den Weg rollen? Es gibt sie, diese unglückseligen Wesen. So und nicht anders sah ich es jedenfalls noch vor ein paar Monaten – und das mit Fug und Recht, wie ich fand.

Zu jener Zeit ging alles schief. Der Boden unter meinen Füßen, an dem ich über lange Jahre hinweg so sorgsam gebastelt hatte, geriet gefährlich ins Wanken. Damals war ich überzeugt, meine beiden Widersacher Zufall und Schicksal hätten ein besonderes Auge auf mich geworfen. Kein wohlwollendes, versteht sich. Oder wie sollte ich es mir sonst erklären, dass ich an diesem kalten und verregneten Januartag missmutig die Zeitung aufschlug und mein Blick sich in sieben Worten verfing, die das Chaos in meinem Leben nur noch weiter vertiefen sollten. Als habe jemand den Startschuss gegeben, um mich auf einen Lehrpfad entlang der Widrigkeiten des Lebens zu schicken.

Altes Bauernhaus zu vermieten – direkt vom Eigentümer, stand dort, ohne jede Vorwarnung und im wahrsten Sinne des Wortes fehl am Platze. Irgendeine gute Seele in der Anzeigenannahme musste gehörig geschlampt haben, als sie dieses verheißungsvolle Angebot zwischen die Einzimmerwohnungen und damit direkt vor meine Nase platzierte. Wer außer mir würde hier über seinen Traum stolpern? Wer außer mir sehnte sich überhaupt danach, in einem alten Bauernhaus zu wohnen? Mehr als du denkst, mahnten leise Zweifel zur Eile und ließen mich beherzt zum Telefonhörer greifen. In meinem Kopf überschlugen sich Bilder von lang gestreckten roten Klinkerbauten mit windschiefen Dächern, knarrenden Fensterläden und verzierten Holztoren. Ich sah schon den Bauerngarten vor mir, in dem sich fette Dahlien vertrauensvoll gegen den Holzzaun lehnen würden. Mein Herz klopfte aufgeregt. Ich wählte die Nummer und machte mich auf das Besetztzeichen gefasst, aber dieser Tag meinte es wider Erwarten gut mit mir. So dachte ich jedenfalls. Nach dem zweiten Klingeln meldete sich eine leise Frauenstimme mit einem zaghaften *Hallo.*

»Guten Tag«, sagte ich betont forsch, »mein Name ist Katja Winter. Ich rufe an wegen Ihrer Anzeige *Altes Bauernhaus zu vermieten.* Sind Sie die Eigentümerin?«

»Ja.«

»Ist das Haus noch frei?«

»Eigentlich ist es …«

»Nein«, unterbrach ich sie flehend, »sagen Sie jetzt nicht, dass es schon vermietet ist. Sie müssen mir eine Chance geben, bitte!«

»Das würde ich ja gerne, aber …«, versuchte sie es erneut, doch ich ließ sie nicht zu Wort kommen.

Nur keine Tatsachen schaffen, dachte ich. Sind die erst einmal ausgesprochen, ist es zu spät. Ich wollte das Haus wenigstens sehen und dann mit dem vergleichen, das in meinem Kopf bereits eine so wundervolle Gestalt angenommen hatte.

»Wie viel Zimmer hat es?«, schoss es aus mir heraus. Ich

würde sie so lange mit Fragen bombardieren, bis sie Erbarmen hatte.
»Sechs, aber ...«
»Sie sind sicher klein«, vollendete ich ihren Satz. »Früher hat man ja auch nicht so großzügig gebaut. Das finde ich übrigens viel schöner als das, was man heute so sieht.« Hoffentlich konnte ich sie überzeugen.
»Nein, das ist es nicht, das Haus ...«, setzte sie vorsichtig an. Zum Glück zählte sie zum sanften Typ und bestand nicht darauf, ihre Sätze zu Ende zu bringen.
»... hat alte Fenster? Das macht mir gar nichts«, beruhigte ich sie. »Im Gegenteil, das ist gut für das Raumklima. Und wenn die Räume tiefe Decken haben, umso besser. Genau das suche ich seit Jahren, glauben Sie mir.«
»Wenn Sie meinen«, hauchte sie unsicher und löste damit in meinem Inneren lautlose Jubelrufe aus.
»Kann ich gleich kommen und es mir ansehen? Ich habe gerade Zeit.«
»Ja, aber ...«
»Sie müssen mir noch die Adresse geben, natürlich. Das hätte ich beinahe vergessen«, schnitt ich ihr das Wort ab. Ihre mangelnde Gegenwehr ließ mich immer mutiger werden.
Sie nannte mir eine Adresse in Kronberg und erklärte mir den Weg dorthin. Als sie fertig war, hörte ich sie erleichtert aufatmen, immerhin hatte ich sie ganze sechs Sätze lang ausreden lassen.
»Bitte seien Sie nicht enttäuscht, wenn ...«, begann sie hoffnungsvoll den siebten.
»Auf keinen Fall, machen Sie sich keine Sorgen, es wird mir

schon gefallen. In einer halben Stunde bin ich bei Ihnen«, sagte ich beschwörend.
Bevor sie es sich anders überlegen konnte, verabschiedete ich mich und legte den Hörer auf. Ich lief zu meinem Auto und hoffte, dass die Autobahn nicht verstopft war; es würde schon ohne Autokolonnen knapp werden. Aber in diesem Fall war das Glück einmal auf meiner Seite, ich kam gut durch. Dank der genauen Beschreibung fand ich mich auf den verschlungenen Pfaden am Rande von Kronberg schnell zurecht. Vorbei an Obstwiesen und Pferdeweiden gelangte ich zu der kleinen Anliegerstraße, an deren Ecke das alte Bauernhaus stehen sollte. So weit, so gut, dachte ich irritiert. Die Ecke hatte ich gefunden, nur stand dort nicht mein Traumhaus, sondern ein zweigeschossiges Landhaus in Miniaturausgabe. Mit ockerfarbenem Anstrich, dunkelgrünen Fensterläden und einem roten Ziegeldach. Zwar sah es durchaus alt aus, aber nichts deutete auch nur im Entferntesten auf eine bäuerliche Vergangenheit hin.
Hatte sich die zaghafte Dame am anderen Ende der Telefonleitung gegen meine Überrumpelungstaktik zur Wehr gesetzt, indem sie mir eine falsche Adresse nannte? Ich stieg aus dem Auto, spannte meinen Regenschirm auf und las noch einmal die Beschreibung, die sie mir gegeben hatte. Kein Zweifel, ich stand genau dort, wohin sie mich gelotst hatte. Oder neigte sie dazu, links und rechts zu verwechseln? Ich betrachtete die gegenüberliegende Ecke und sah mich Auge in Auge mit fünf Ponys, die die Hoffnung auf einen Leckerbissen an das Holzgatter gelockt hatte. Fehlanzeige, dachte ich enttäuscht.

»Sind Sie Frau Winter?«, hörte ich jemanden in meine Gedanken hinein rufen. Ich drehte mich um und sah eine zierliche Person auf mich zukommen. Sie war in ein graues Wolltuch gehüllt, das sie vom Kopf bis zu den Knien umschlang.
»Ja«, sagte ich und ging ihr zögernd entgegen.
»Dann haben wir miteinander telefoniert.« Sie hielt mir ihre Hand hin. »Lieblich.«
»Wie bitte?«
»Lieblich«, wiederholte sie lächelnd. »Das ist mein Name. Sie hatten es am Telefon so eilig, dass ich gar nicht dazu gekommen bin, mich Ihnen vorzustellen.« Sie schwieg einen Augenblick. »Wenn ich meinen Mann heute noch einmal heiraten würde, dann würde ich meinen eigenen Namen behalten. Dieser stiftet doch immer wieder Verwirrung. Aber zu meiner Zeit ...«
Wann *ihre Zeit* gewesen war, überließ sie meiner Vorstellungskraft. Eine Herausforderung, der in ihrem Fall nicht leicht zu begegnen war. Dieses zierliche Wesen mit der zarten Stimme war schlicht zeitlos. Sie konnte genauso gut Ende sechzig sein wie Anfang achtzig, je nachdem, ob sie sich gut gehalten hatte oder dazu neigte, mit ihrem Körper Raubbau zu treiben. Wobei ich Letzteres in ihrem Fall für unwahrscheinlich hielt, aber man konnte ja nie wissen.
»Sie wollten sich das Haus ansehen, nicht wahr?« Sie sah mich in einer Weise an, die ihrem Namen alle Ehre machte.
»Ja«, strahlte ich sie im Gegenzug an, »wo ist es denn? Können wir zusammen hinfahren?«
»Das wird nicht nötig sein«, sagte sie.
»Ach, ich wusste es, ich bin zu spät. Sie haben es doch

schon vermietet.« Ich konnte meine Enttäuschung nicht verbergen. Hätte ich sie am Telefon ausreden lassen, dann hätte ich mir den Weg gespart.
»Nein, das habe ich nicht. Es ist nur so, dass wir schon davor stehen.«
Ich sah sie verständnislos an.
»In der Anzeigenabteilung ist es zu einer Verwechslung gekommen«, sagte sie entschuldigend. »Mein Text lautete *Gemütliches Häuschen zu vermieten*, aber irgendwie ...«
Wieder ein Satz, der in der Luft hängen blieb. Und ich war mir unhöflich vorgekommen, weil ich ihr immer das Wort abgeschnitten hatte. Völlig überflüssig, wie sich herausstellte.
»Ja, dann«, sagte ich unschlüssig und suchte nach Worten für einen höflichen Rückzug. Hatte ich vor einer Stunde der guten Seele in der Anzeigenabteilung noch Blumen vorbeischicken wollen, so tendierte ich jetzt eher zu Drohbriefen und der Aufforderung, ihrem Job zukünftig ein wenig mehr Sorgfalt zu schenken.
»Wollen Sie es sich nicht wenigstens einmal ansehen?« Ihre Stimme hatte einen flehentlichen Tonfall angenommen. »Es ist ein so schönes Haus.«
»Das glaube ich Ihnen gern«, setzte ich mich vorsichtig zur Wehr, »aber es ist eben kein Bauernhaus. Ich suche ...«
»Ein Haus mit alten Fenstern und niedrigen Decken«, unterbrach sie mich lächelnd und drehte den Spieß zu meinem Erstaunen kurzerhand um. »Wenn Sie es erst einmal von innen gesehen haben, werden Sie hingerissen sein.«
»Aber es ist kein ...«
»Nein, das ist es sicher nicht, aber es liegt zentral und hat

einen herrlichen Blick. Um in einem Bauernhaus zu wohnen, müssten Sie sehr weit in den Hintertaunus ziehen. Das ist nichts für einen so jungen Menschen.« Sie sah mich von oben bis unten an und nickte bekräftigend.
»Ich bin fünfunddreißig«, trumpfte ich auf.
»Eben. Das ist viel zu früh für die Abgeschiedenheit. Da haben Sie ja noch gar nichts erlebt.«
Bevor ich Luft holen konnte, um zu protestieren und ihr meine Erlebnisse der vergangenen Monate aufzuzählen, machte sie jedoch auf dem Absatz kehrt und marschierte auf das Haus zu. Wie hatte ich annehmen können, diese Person mit ein paar unterbrochenen Sätzen überrumpeln zu können? Wenn hier jemand überrumpelt wurde, dann eindeutig ich.
»Kommen Sie«, rief sie mir von der Haustür aus zu und streckte mir einladend ihre Hände entgegen. »Es ist so unwirtlich draußen.«
Ich folgte ihr widerstrebend und war nicht zum ersten Mal in meinem Leben verblüfft darüber, wie einfach es manchen Menschen gelang, meine Abwehr zu durchbrechen. Ich musste unbedingt meine unverwechselbaren Eigenschaften um die Fähigkeit ergänzen, meine Schutzwälle mit einem definitiven Nein zu stärken.
»Ich würde Ihnen nur Ihre Zeit stehlen, Frau Lieblich«, machte ich einen weiteren schwachen Versuch, als ich an der Tür angekommen war.
»Machen Sie sich darüber mal keine Sorgen, meistens habe ich genug davon.« Ihr Lächeln war bezwingend. »Kommen Sie herein.«
Meinen völlig durchweichten Schirm ließ ich vor der Tür

und folgte ihr in ihr *gemütliches Häuschen*. Mittlerweile erschien mir eine Besichtigung als der schnellere Weg, um ihr zu entkommen. Sollte sie ihren Willen haben.
»Am besten fangen wir gleich hier unten an«, sagte sie mit unüberhörbarem Stolz in der Stimme.
Mit wenigen Schritten gelangten wir mitten in eine riesige Wohnküche, die über die Jahrzehnte mit den unterschiedlichsten Stilelementen in Berührung gekommen war. Hier gab es weder High Tech noch Edelstahl, dafür stach mir ein altes Küchenbuffet ins Auge und ein Holztisch, der mindestens drei Meter lang war und den Raum unübersehbar dominierte.
»Die Mieter müssten die Küche komplett übernehmen, wir haben in unserer neuen Wohnung keinen Platz mehr dafür.« Frau Lieblich sah sich wehmütig in ihrer Küche um.
»Wer ist denn *wir*?«, fragte ich sie.
»Mein Mann und ich. Wir haben die vergangenen vierzig Jahre gemeinsam in diesem Haus verbracht. Ich bin hier sogar schon aufgewachsen«, sagte sie stolz.
»Und warum wollen Sie dann ausziehen?«
»Wir ziehen nach Mallorca. Dort haben wir uns ein Apartment gekauft. Mein Mann muss in die Wärme, die Knochen, wissen Sie.« Ihr Blick strich zärtlich über die einzelnen Möbelstücke. »Wir können nur leider nicht alles mitnehmen.«
Wir verließen die Küche und gingen vorbei an einer winzigen Gästetoilette in das angrenzende Wohnzimmer, das höchstens die Hälfte der Küche maß. In diesem Zimmer würde ich Platzangst bekommen, dachte ich voller Unbehagen. Lieblichs hatten nicht nur die vergangenen vierzig

Jahre hier verbracht, sie hatten diese Zeit offensichtlich auch einer unbezwingbaren Sammelleidenschaft gewidmet und in die Räume gestopft, was hineinging. Um zum gegenüberliegenden Fenster zu gelangen, musste man Slalom laufen, ein Bewegungsablauf, der Frau Lieblich zur zweiten Natur geworden war. Sie manövrierte mit einem eleganten Hüftschwung zügig um die einzelnen Sitzgruppen herum und prophezeite mir, die ich ihr weit weniger elegant folgte, einen *wunderschönen Blick* aus dem Fenster. Kaum war ich dort angekommen, machte sie jedoch auf dem Absatz kehrt und winkte mir zu, ihr zu folgen.

»Gleich nebenan ist ein großzügiges Zimmer mit Bad. Das haben wir als Gästezimmer benutzt.«

Frau Lieblich ging voraus und blieb mitten in einem karg möblierten Raum stehen, der aus Sicht der Gastgeber unmissverständlich klar machen musste, dass Gäste sich hier nicht allzu lange wohl zu fühlen hatten. Verglichen mit dem, was ich bisher gesehen hatte, erschien mir dies jedoch als eine Oase zum Luftholen.

»So, und dann gehen wir nach oben.« In ihrem Tonfall schwang eine Vorfreude mit, als wollte sie mir in den nächsten Minuten eine außergewöhnliche Überraschung präsentieren.

Aber ich war inzwischen vorbereitet auf die in meinen Augen wenig anheimelnde Eigenheit der Lieblichs, mit ihren Möbelstücken auf Tuchfühlung zu gehen. Die vier Zimmer im oberen Stockwerk waren innenarchitektonisch Ebenbilder des Wohnzimmers, nur dass eines der Zimmer durch ein winziges Doppelbett genauer auf seine Funktion schließen ließ als die übrigen drei. Warum Frau Lieblich das

eine als Lesezimmer, das andere als Nähzimmer und das dritte als Fernsehzimmer bezeichnete, war für meine inzwischen reizüberfluteten Augen nicht zu erkennen. Ich war erschöpft und wollte nur noch raus. Während sie mir die Vorzüge des Hauses in den höchsten Tönen pries, überlegte ich, welcher Teufel mich geritten hatte, mir auf der Suche nach einer Einzimmerwohnung ein Haus anzusehen. Bevor Frau Lieblich mich als neue Mieterin ins Auge fasste, musste ich langsam und unmissverständlich meinen Rückzug vorbereiten. Mit dezenter Höflichkeit würde ich hier nämlich weder weiter- noch hinauskommen.
»Frau Lieblich …«, begann ich.
»Ich weiß, wir haben noch nicht über die Miete gesprochen, aber das Schönste soll man sich doch immer bis zum Schluss aufheben«, sagte sie geheimnisvoll und zwinkerte mir zu.
»Das ist genau das Stichwort«, setzte ich beherzt zu einem neuen Versuch an. »Ich kann mir ein Haus nämlich gar nicht leisten.« So, jetzt war es heraus, ich atmete erleichtert auf. »Ich bin allein stehend und habe im Moment noch nicht einmal einen Job.« Das wird mich aus der Rubrik der möglichen Mieter blitzschnell in die der keinesfalls in Frage kommenden Anwärter katapultieren, dachte ich mit einem Anflug von Schadenfreude.
»Ach, das gibt sich«, sagte statt dessen Frau Lieblich in einem mitfühlenden Ton, ließ dabei aber offen, auf welchen meiner derzeitigen Zustände sich ihre Zuversicht bezog. »Wenn Sie erst einmal ein Dach über dem Kopf haben, löst sich alles andere von selbst, Sie werden sehen.«
Ihr Optimismus in allen Ehren, dachte ich bitter, aber das

bisherige Dach über meinem Kopf hatte weder etwas gelöst noch die Dinge verhindern können, die mich nun auf Wanderschaft gehen ließen.

»Eintausendvierhundert«, platzte Frau Lieblich freudestrahlend in meine düsteren Erinnerungen.

Ich sah sie entgeistert an. Nach meinen Eröffnungen hätte jedes weitere Detail absolute Verschwendung sein müssen. Hatte sie mir nicht zugehört? Vielleicht hört sie auch nicht mehr so gut, überlegte ich.

»Nun, was sagen Sie?« Sie rieb sich die zarten Hände und lächelte mich mit kindlicher Begeisterung an.

»Kaum zu glauben«, ging ich auf ihren erwartungsvollen Ton ein, wobei ich noch nicht einmal lügen musste. Bei dieser Lage hätte sie mindestens das Doppelte verlangen können.

»Nicht wahr? Wir sind nicht wirklich auf die Miete angewiesen, müssen Sie wissen«, gestand sie mir in vertraulichem Ton. Dabei senkte sie ihre Stimme zu einem Flüstern und sah vorsichtig um sich, als stünden wir auf einer überfüllten Cocktailparty, wo der Nachbar keine zwei Schritte entfernt lauschte. »Hauptsache, wir bekommen nette Mieter. Schließlich können wir unser Häuschen nicht jedem x-Beliebigen anvertrauen.«

Inzwischen standen wir wieder in der riesigen Küche. Frau Lieblich lehnte sich entspannt gegen den massiven Küchentisch, während ihre Hände liebevoll über das Holz strichen.

»Das sollte nicht so schwierig sein«, sagte ich überzeugt. Bei dieser Miete würde selbst der griesgrämigste Bewerber vor Freundlichkeit zerfließen und seine Sonntagsseite hervorkehren. Eigentlich schade, dass ich mir die Miete nicht selbst leisten kann, dachte ich und ließ meine Gedanken meinen Träumen folgen. Im Geist entrümpelte ich das gesamte Haus und richtete es nach meinem Geschmack ein. Was sich vor meinem inneren Auge auftat, ließ das aufkommende Gefühl des Bedauerns nicht gerade schrumpfen. Genug geträumt, rief ich mich auf den Boden der Tatsachen zurück.

»Das finde ich auch«, sagte mein Gegenüber vieldeutig.

»Wie bitte?« Da ich den Faden verloren hatte, wusste ich nicht, worüber sie gerade sprach.

»Na, nette Mieter zu finden«, lachte sie. »Sie haben wohl schon in Gedanken das Haus eingerichtet.« Sie nickte mir anerkennend zu. »Ich mag es, wenn jemand entscheidungsfreudig ist und die Dinge anpackt.«

»Oh, Moment, das ist ein Missverständnis«, bremste ich sie. »Die Miete ist zugegebenermaßen ungewöhnlich niedrig, aber ich kann sie mir trotzdem nicht leisten. Siebenhundert Mark sind das Höchste der Gefühle, und die werden mir schon schwer fallen. Es tut mir Leid, Frau Lieblich, ich hätte gar nicht erst kommen dürfen. Ich wollte das Haus nur so gerne einmal sehen«, sagte ich kleinlaut.

»Siebenhundert Mark sind doch eine ganze Menge«, sagte sie. Damit könne ich schließlich schon die Hälfte der Miete aufbringen.

»Aber eben nur die Hälfte«, hielt ich ihr mit beginnendem Trotz entgegen. »Und da ich allein bin ...«

»Wer sagt, dass Sie das bleiben müssen?«, fragte sie mich aufmunternd. Ich entdeckte erneut ein leichtes Zwinkern in ihrem rechten Auge.

Die Situation entwickelte sich so absurd, dass ich mir ein Lachen nicht verkneifen konnte.

»Ich kann schlecht einen Lebenspartner aus dem Hut zaubern, der sich die Miete mit mir teilt.«

»Das nicht«, schoss es aus Frau Lieblichs Mund, als habe sie seit einer Ewigkeit auf den Moment gewartet, genau diese Worte loszuwerden. »Aber wie wäre es mit einem Wohnpartner? Und den müssen Sie auch gar nicht herzaubern, da geben Sie einfach eine Anzeige auf.«

»Frau Lieblich, das geht doch nicht. Wie stellen Sie sich das vor?«

»Als Wohngemeinschaft, wie sonst! Sie suchen sich eine *Gleichgesinnte*, wie es so schön heißt, und teilen sich das Haus. In sechs Wochen sollte das zu machen sein.«

»Wieso in sechs Wochen?«, fragte ich verwundert.

»Morgen kommen die Möbelpacker hierher, und zwei Tage später ist der Umzug. Dann wird noch renoviert. Das dauert schätzungsweise eine Woche. In zwei Wochen können Sie also einziehen. Miete müssen Sie aber erst ab März zahlen. Dann haben Sie genug Zeit, um jemanden zu finden.«

Nach diesem Monolog, der kurzerhand meine Zukunft gestaltete, sah ich sie eine Minute lang sprachlos an, bis ich meine durcheinander wirbelnden Gedanken geordnet hatte.

»Warum tun Sie das?« Zwar hatte ich weder schimmelüberwucherte Wände entdecken können noch mehrbeinige, vermehrungsfreudige Untermieter, aber ein derartiges Entgegenkommen ließ alle meine Alarmsignale aufleuchten.

»Was meinen Sie? Das mit der Miete oder mit der Wohngemeinschaft?« Sie fühlte sich weder ertappt noch durchschaut, ihre Frage ließ auf reines Interesse schließen.

»Letzteres! Sie könnten die tollsten Mieter haben, mit Doktortitel, Beamtengehalt und Ehering am Finger. Warum also ich, ein arbeitsloser Single?«

»Aus Zeitnot und auch aus Menschenkenntnis«, erwiderte sie schlicht. »Um mit Letzterem anzufangen, glaube ich weder, dass Sie lange arbeitslos sein noch Single bleiben werden. Das mit der Zeitnot ist allerdings ein wenig komplizierter.« Sie sah mich mit einem Blick an, der um Verständnis warb. »Mein Mann ist schon seit Anfang Januar auf Mallorca. Er hat die Schmerzen nicht mehr ausgehalten. Sobald er in milderem Klima ist, geht es ihm gut. Ich habe ihm versprochen, dass ich mich um die Vermietung des Hauses und um den Umzug kümmere. Er war sehr skeptisch, aber ich habe ihn überzeugen können.«

An dieser Stelle musste ich in mich hineinlächeln, da ich von Frau Lieblichs Überzeugungskünsten inzwischen ein Lied singen konnte.

»Ich habe auch an alles gedacht, alles organisiert, nur habe ich dummerweise vergessen, die Anzeige aufzugeben. Als mir das vor ein paar Tagen einfiel und ich es nachholte, landete sie zu allem Überfluss in der falschen Rubrik. Von der Verwechslung mit dem alten Bauernhaus ganz zu schweigen. Kurz und gut: Sie sind die einzige, die bisher angerufen hat, und in ein paar Tagen bin ich selbst auf Mallorca. Wie soll ich von da aus das Haus vermieten?« In ihrer Stimme hatte sich leichte Verzweiflung breit gemacht.

»In ein paar Tagen kann sich noch sehr viel tun«, sagte ich

lahm. Ich glaubte ebenso wenig wie sie daran, dass sich der Blick eines verheirateten Beamten mit Doktortitel in die Anzeigen für Einzimmerwohnungen verirren würde. Jedenfalls nicht, solange er glücklich verheiratet war.

Frau Lieblich sah mich an und schüttelte entschieden den Kopf. »Nichts da, wer zuerst kommt, mahlt zuerst. Ich kann Sie doch jetzt, wo Sie extra hergekommen sind, nicht hängen lassen. Sie bekommen das Haus, und damit basta.«

Ich sah sie vollkommen ungläubig an. Wie machte sie das nur?

»Frau Lieblich, darf ich Sie fragen, was Sie beruflich gemacht haben?« Jede Firma, die ein Interesse daran hatte, Marktführer zu werden, müsste sie sofort als Schulungsleiterin einstellen. Sie wäre selbst das Doppelte eines üblichen Gehalts wert.

»Oh, ich bin immer noch berufstätig. Ich habe mich noch nicht zur Ruhe gesetzt.« Meine Frage erstaunte sie zutiefst. »Und was machen Sie, wenn ich so neugierig sein darf?«

»Ich bin Hausfrau, und das nun schon seit mehr als vierzig Jahren. Da versteht man seinen *Job*, wie es heute heißt.« Der Stolz in ihrer Stimme war kaum zu überhören, und ich musste mir einmal mehr ein Lächeln über diese Frau verkneifen, die ein beneidenswert natürliches Selbstvertrauen besaß.

»Sie hätten Immobilienmaklerin werden sollen«, stellte ich neidlos fest.

»Heißt das, Sie nehmen das Haus?« Aus ihren Augen leuchteten mir Freude und Erleichterung entgegen.

»Ich muss total verrückt sein. Wahrscheinlich wache ich morgen früh mit einem fürchterlichen Kater auf und wün-

sche mir, den heutigen Tag aus meinem Leben zu streichen. Aber ... ja, ich nehme das Haus, Frau Lieblich. Allerdings unter einer Bedingung.« Ich sah sie fest an, damit sie gar nicht erst auf die Idee kam, sie könne auch diesen Wall noch einreißen.
»Und die wäre?«, fragte sie vorsichtig.
»Wenn ich es bis März nicht schaffe, eine Mitbewohnerin zu finden, entlassen Sie mich aus dem Mietvertrag. Dann suche ich Ihnen selbstverständlich passende Nachmieter. Ist das okay?«
Sie drehte mir ihren Rücken zu, ging zum Küchenfenster und sah hinaus. Es verging eine endlose Minute, bevor sie sich umdrehte und mir ihre Hand entgegenstreckte.
»Einverstanden.«
Ich schlug ein, bekam jedoch im selben Moment Angst vor meiner eigenen Courage. Wie sollte ich das alles schaffen? Ich musste eine Mieterin suchen, umziehen, einen Job finden.
»Sie schaffen das schon«, sagte da Frau Lieblich in meine Gedanken hinein, und ich fragte mich nicht zum ersten Mal in ihrer Gegenwart, ob sie hellseherische Fähigkeiten hatte oder nur besonders gut im Deuten meines Gesichtsausdruckes war. Während ich noch darüber nachdachte, zur Sicherheit demnächst vor dem Spiegel ein undefinierbares Pokerface einzuüben, zauberte Frau Lieblich einen Mietvertrag hervor.
»Am besten machen wir gleich Nägel mit Köpfen«, schlug sie aufgekratzt vor. Mit einer einladenden Geste bedeutete sie mir, mich zu ihr an den Küchentisch zu setzen.
Es dauerte keine fünf Minuten, bis wir die beiden Vordru-

cke ausgefüllt und unterschrieben hatten. Frau Lieblich strahlte mich zufrieden an. Ihr Problem war gelöst, meines hatte gerade erst begonnen. Während ich auf der Suche nach einer Einzimmerwohnung von einem alten Bauernhaus geträumt hatte, war ich nun urplötzlich Mieterin eines *gemütlichen Häuschens* geworden, das ich mir nicht leisten konnte. Wohin sollte das führen?

2 *Die nächsten zwei Wochen vergingen wie im Fluge.*

Ich fragte mich, wie ich es früher geschafft hatte, einen Umzug einfach so nebenher zu organisieren. Zum ersten Mal seit langem hatte ich Zeit. Ich musste mich nach keinem Dienstplan richten, keinen Tag freinehmen, um die wichtigsten Behördengänge zu erledigen, und nicht mitten in der Nacht Kisten packen. Vielleicht sollte ich meinem Arbeitgeber noch dankbar sein, dass er mir durch seine Kündigung so viel Freiraum geschaffen hat, dachte ich in einem Anflug von Bitterkeit und Selbstmitleid.

Systematisch wanderte ich durch jedes Zimmer der Wohnung, die in den vergangenen fünf Jahren mein Zuhause gewesen war, und sammelte die Dinge zusammen, die mir gehörten. Es war nicht sehr viel, was ich mitnehmen würde. Meinen kleinen Biedermeiersekretär, mit dem ich mir einen Jugendtraum verwirklicht hatte, meinen alten Kleiderschrank, das Bettsofa, den Ohrensessel vom Sperrmüll und die drei Ikea-Regale voller Bücher. Ich ging sie der Reihe nach durch, um nicht aus Versehen eines von Julius' Büchern zu entführen. Als schließlich alles verpackt war, stand ich vor ein paar Möbelstücken und fünfundzwanzig Umzugskartons. Nicht gerade ein üppiger Hausstand, dachte ich erstaunt.

Nach seinem Urlaub würde Julius keine Spur mehr von mir entdecken. Das hatte er schließlich beabsichtigt, als er herumdruckste und von ein wenig Abstand sprach, den er so dringend benötige, und von Zeit, bis sich die Wogen geglättet hätten. Viel konkreter und weitaus konsequenter hatte sich dagegen mein Arbeitgeber ausgedrückt, als er sagte, dass er *wegen der besonderen Vorkommnisse für den Fortbestand unseres Verhältnisses keine Basis mehr sehe,* und meinen Vertrag kurzerhand kündigte. Julius hatte weder Mitgefühl noch Verständnis gehabt, als ich ihm von dieser in meinen Augen himmelschreienden Ungerechtigkeit erzählte. Im Gegenteil, er zeigte sich verwundert, dass die Kündigung nicht schon eher ausgesprochen worden war, und schlug damit die Jahre, die wir gemeinsam verbracht hatten, zu Kleinholz. Anfangs war ich wie gelähmt und hoffte noch auf ein Missverständnis. Wann immer ich das Thema ansprach, kam es zu heftigen Auseinandersetzungen, bis ich begriff, dass er nur sagte, was er dachte. Als ich für diese Einsicht endlich bereit war, spürte ich nur noch Wut und eine zentnerschwere Enttäuschung. Ich musste so schnell wie möglich aus seinem Leben verschwinden und ein neues beginnen. Fernab von Beschuldigungen, Unterstellungen und mitleidig zweifelnden Blicken, die so sicher zu wissen glaubten, was geschehen war. Ich brauchte Ruhe, und die konnte ich in seiner Nähe nicht finden.

Sobald mich die Erinnerungen an die vergangenen Monate zu überschwemmen drohten, zwang ich mich, nach vorne zu blicken. Doch was ich da sah, war auch nicht dazu angetan, mich optimistisch zu stimmen. Dank Frau Lieblich würde ich in zwei Tagen in ein Haus in Kronberg ziehen, das meine Verhältnisse als Bezieherin von Arbeitslosengeld weit überstieg. Der einzige Lichtblick waren drei Frauen, die sich auf meine Anzeige hin gemeldet hatten. Sobald ich eingezogen war, würden sie vorbeikommen und sich das Haus ansehen. Wenn ich Glück hatte, könnte sich eine von ihnen schon bald Miete und Küche mit mir teilen. Weitere Gemeinsamkeiten würde ich von Anfang an im Keim ersticken. Sich zu zweit in diesem Haus aus dem Weg zu gehen, erforderte schließlich keine besondere Anstrengung, also würde es auch nicht zu viel verlangt sein, meinen Wunsch nach ausreichendem Abstand zu respektieren. Ich hatte keine Lust auf Feierabendgespräche am Küchentisch, und auf Fragen und gute Ratschläge von wohlmeinenden Lebenshelferinnen konnte ich gut verzichten. Vor allem aber wollte ich mir keine endlos ausgedehnten Geschichten über Probleme anhören, davon hatte ich selbst genug.

Als ich zum vereinbarten Termin mit dem gemieteten Kleintransporter vor meinem neuen Domizil hielt, mischte sich in das Unbehagen, das sich in den vergangenen Tagen eher verdichtet als verflüchtigt hatte, trotzdem so etwas wie eine leise Freude. Wie viel Zeit auch immer mir hier beschieden war, ich würde versuchen, sie zu genießen. Denn dass es nicht allzu lange sein würde, davon war ich fest überzeugt. Ich war nicht der Typ für eine Wohngemeinschaft. Außerdem wollte ich mein Leben nicht in ei-

ner Frauen-WG beschließen, die mir höchstens übergangsweise und in der Not als akzeptable Lebensform erschien. Nachdem ich ausgestiegen war, betrachtete ich das Haus, dessen Farben mir in der tief stehenden Januarsonne einladend entgegenleuchteten. Ich schob das Gartentor langsam auf, atmete einmal tief durch und ging dann entschlossen auf die Eingangstür zu. Als ich gerade klingeln wollte, öffnete mir Frau Lieblich.
»Ich habe Sie kommen sehen«, zwitscherte sie fröhlich. »Schön, dass Sie so pünktlich sind. Dann können wir sofort die Übergabe machen. In drei Stunden geht mein Flugzeug. So haben wir noch genug Zeit.«
Das ganze Haus strahlte in blendendem Weiß. Die Maler konnten noch nicht lange fertig sein, da es überall intensiv nach Farbe roch. Ich folgte meiner ungewöhnlichen Vermieterin gespannt durch die einzelnen Räume, die jetzt viel großzügiger wirkten, nachdem Lieblichs Möbelsammlung nicht mehr den Blick verstellte.
»Haben Sie einen Teil Ihrer Möbel eingelagert?«, fragte ich Frau Lieblich verwundert. Ich war zwar heilfroh, dass sie keine Anstalten gemacht hatte, mir das Haus teilmöbliert zu übergeben, trotzdem interessierte es mich zu erfahren, wie sie ihr Platzproblem gelöst hatte.
»Oh, nein, außer den Küchenmöbeln nehmen wir alles mit nach Mallorca.«
»Ich denke, Sie haben dort nur ein Apartment?«, fragte ich sie überrascht.
»Stimmt, aber das geht schon. Vielleicht wird es hier und da ein wenig eng«, gestand sie ein, »aber das macht uns nichts. Wir hängen so sehr an all unseren Dingen, dass wir

uns nicht davon trennen mögen.« Sie sah sich wehmütig um. »Mit der Küche ist es schon schwer genug. Jedes Stück hat doch seine eigene Geschichte.«
»Es fällt Ihnen nicht leicht, hier wegzugehen, nicht wahr?« Ich konnte sehr gut nachempfinden, wie schwer es sein musste, nach so langer Zeit sein Haus zu verlassen.
»Ja«, bestätigte sie leise meine Vermutung. »Es fällt mir sogar sehr schwer. Wenn es nicht für meinen Mann wäre, dann …«
Ich brauchte nicht viel Phantasie, um ihren Satz zu vollenden. Wenn ich daran dachte, wie es mir den Hals zugeschnürt hatte, als ich vor ungefähr einer Stunde die Wohnungstür hinter mir abgeschlossen hatte, hinter der mein bisheriges Zuhause gewesen war, dann war mir klar, wie es Frau Lieblich gehen musste, die nach all den Jahren den Schlüssel für ihr Elternhaus in fremde Hände legte.
Wir hatten uns inzwischen an den Küchentisch gesetzt, und Frau Lieblich holte die Unterlagen und Schlüssel hervor, die zum Haus gehörten.
»Hier habe ich Ihnen unsere Telefonnummer auf Mallorca aufgeschrieben, falls Sie später noch irgendwelche Fragen haben. Ich hoffe aber, dass ich an alles gedacht habe und Sie sich schnell hier zurechtfinden.« Sie schob mir den Zettel über den Tisch zu. »Haben Sie denn schon eine Mitbewohnerin gefunden?«
»Nein, noch nicht. Aber morgen werden sich drei Frauen vorstellen.«
»Nur Mut, wird schon klappen, Frau Winter, Sie sind doch eine patente Person. Und Sie haben mein vollstes Vertrauen.« Dazu nickte sie bekräftigend und sah mich mit einer

Zuversicht an, die ich beim besten Willen nicht teilen konnte.

Die Welt war verrückt. Menschen, die mich seit Jahren kannten, hatten mir ihr Vertrauen aus mangelnder Vorstellungskraft entzogen. Und hier stand eine Frau, die mich heute zum zweiten Mal sah und mir ihr Haus anvertraute, obwohl ich ihr keinerlei Garantien für die Zukunft bieten konnte.

»Haben Sie jemanden, der Ihnen beim Ausladen hilft?« Frau Lieblich war zum Fenster gegangen und zeigte auf den Kleintransporter, der vor dem Haus stand.

»Ja, heute Mittag kommen zwei Studenten vorbei. Sie haben mir gestern schon beim Einladen geholfen.« Andere Leute hatten Freunde für so etwas, dachte ich bitter, ich dagegen musste mich an den Studentenhilfsdienst wenden. Aber auch das würde ich in meinem neuen Leben ändern.

»Na, dann ist ja alles in Ordnung«, sagte sie beruhigt. »Und ich muss jetzt gehen, so schwer es mir fällt.« Sie hatte ein Stofftaschentuch hervorgeholt, mit dem sie ihre Augenwinkel betupfte. »Passen Sie mir gut auf unser Häuschen auf.« Sie ließ ihre Blicke noch einmal durch die Küche wandern, bevor sie schnell hinausging. Das Taxi wartete bereits.

»Alles Gute, Frau Lieblich.« Ich nahm ihre Hand und drückte sie.

»Für Sie auch.« Sie sah mich fest an. »Für Sie auch.«

Ich hörte an ihrer Stimme, dass sie ein Schluchzen nicht mehr lange würde unterdrücken können. Als sie Richtung Gartentor ging, schloss ich die Haustür, damit sie in Ruhe und ohne störendes Publikum von ihrem Zuhause Abschied nehmen konnte.

Nach fünf Minuten ging ich hinaus zu meinem Auto und lud meinen Überlebenskarton aus. Darin waren drei Packungen mit Keksen, mein Wasserkocher, eine Teekanne und Becher. Damit würde ich zumindest die Stunden überstehen, bis die beiden Studenten kamen und mir halfen, mich in meinen neuen vier Wänden häuslich niederzulassen. Ich kochte mir einen Tee und setzte mich an den riesigen Küchentisch.

Die ersten Stunden in einem neuen Heim sollten eigentlich von Vorfreude, von erwartungsvoller Aufregung geprägt sein, dachte ich traurig. Ich dagegen kam mir einfach nur verloren vor. Zwar suchte ich bewusst die Distanz zu anderen Menschen, aber ihre völlige Abwesenheit machte mir ebenso Angst. Ich war aus meiner gewohnten Umgebung ausgebrochen, um zur Ruhe zu kommen und den zermürbenden Zweifeln zu entfliehen. Nur hatte ich nicht bedacht, wie einsam es dabei werden könnte. In einer fremden Stadt, ohne Freunde und ohne Arbeitskollegen. Aber es gab kein Zurück. Noch schlimmer hatte ich schließlich die Einsamkeit neben Julius empfunden und inmitten der Menschen, mit denen ich in den vergangenen Jahren tagtäglich Hand in Hand gearbeitet hatte. Ohne Ausnahme hatten sie mir ihre Hände entzogen, als ich sie so dringend gebraucht hatte. Vergiss sie, befahl ich mir, es ist vorbei. Ja, es ist vorbei, dachte ich müde und wünschte mir gleichzeitig, in die Zukunft sehen zu können, um mich von dem, was ich dort sah, beruhigen zu lassen. Manchmal fragte ich mich, woher ich den Mut für diesen Neuanfang genommen hatte, dann wieder sah ich es als reinen Akt der Verzweiflung an. Ich schüttelte heftig den Kopf und versuchte, diese marternden Gedanken abzuschütteln. Sie zogen mich regelmäßig in einen Sumpf, dem schwer wieder zu entkommen war.

Plötzlich fiel mir ein, dass ich mir noch gar kein Zimmer ausgesucht hatte, immerhin hatte ich die Wahl. Ich würde nicht viel Platz brauchen, mein magerer Hausstand würde schon auf zwei Zimmer verteilt sehr luftig wirken. Wenn meine neue Mitbewohnerin nicht ein bisschen mehr in die Wohngemeinschaft einbrachte, würde sich die Möblierung des Hauses sehr übersichtlich gestalten. Ich wanderte durch die leeren Räume und entschied mich spontan für Lieblichs ehemaliges Lesezimmer und das angrenzende Nähzimmer, die durch eine Tür miteinander verbunden waren. Auch die beiden übrigen Zimmer im ersten Stock gingen ineinander über, aber meine beiden hatten den schöneren Blick. Zum Glück gab es zwei Bäder hier oben, so dass ich mich mit der Neuen nicht würde arrangieren müssen, wer morgens zuerst unter die Dusche durfte. Getrennt unter einem Dach, nur so konnte es funktionieren. Und nur wer das akzeptierte, würde eine Chance bekommen, nahm ich mir vor.

Die nächsten Stunden verbrachte ich damit, das gesamte Haus zu putzen und es auf den Hygienestandard zu bringen, den ich vom Krankenhaus gewöhnt war und in den vergangenen Jahren auch auf mein Zuhause übertragen hatte. Als ich gerade fertig war und mich nach einer Pause sehnte, standen die beiden Studenten vor der Tür, um meine Habseligkeiten ins Haus zu schleppen. Kaum hatten sie ihr Werk vollbracht, sahen sie sich um und fragten, wann die anderen einziehen würden. Ich sagte, am nächsten Tag, und ersparte es mir, sie darüber aufzuklären, dass nur noch eine andere Frau mit mir hier leben würde. Sie würden meine großzügige Wohnraumaufteilung genauso wenig verstehen wie meine reduzierte Vorstellung von einer funktionstüchtigen Wohngemeinschaft. Von wegen *die anderen*, dachte ich rebellisch, das wäre ja noch schöner. Eine weitere Person war als Preis für ein Haus schließlich hoch genug. Jede weitere würde den Traum, in einem Haus zu wohnen, das noch nicht einmal bäuerliche Vormieter hatte, gründlich verderben.

Mein Geschirr räumte ich in das Küchenbüffet, das mir schon bei meinem ersten Besuch im Haus gefallen hatte. *Wer zuerst kommt, mahlt zuerst*, hatte Frau Lieblich gesagt. Und da konnte ich ihr nur beipflichten. Was nicht vor dem Eintreffen der Neuen geregelt war, würde zu Diskussionen führen, in denen ich möglicherweise den Kürzeren zog. Also galt es, unmissverständliche Zeichen zu setzen. Schließlich war jetzt ich die Vermieterin. Ich richtete mich entschlossen auf und wappnete mich für den nächsten Tag, an dem mich meine Menschenkenntnis hoffentlich nicht im Stich lassen würde. Es musste gleich beim ersten Versuch klappen. War sie erst einmal eingezogen, würde es schwer sein, sie wieder herauszubekommen.

Am Abend streifte ich durch meine beiden Zimmer und nahm die noch ungewohnte Atmosphäre in mich auf. Mein Schlafzimmer beherbergte nun das ausgeklappte Schlafsofa und meinen Kleiderschrank. Sekretär, Regale und der Ohrensessel standen im Raum nebenan und schafften es auf bemerkenswerte Weise, eine Ahnung von möglicher Gemütlichkeit zu verbreiten. Ich stand unschlüssig vor den Bücherkisten und überlegte, ob ich mir mit dem Auspacken Zeit lassen sollte. Doch dann fehlte mir die nötige innere Ruhe, um mich einfach hinzusetzen und diesen ersten Tag auf mich wirken zu lassen. So machte ich mir lieber drei Stunden lang die Mühe, meine Bücher in die einzelnen Regalreihen zu verteilen. Danach war ich so müde, dass ich alle Lichter im Haus ausmachte und vor neun Uhr in einen bleiernen Tiefschlaf versank, aus dem ich erst zehn Stunden später wieder erwachte.

Ich versuchte, mich zu erinnern, wovon ich geträumt hatte, aber es wollte mir nicht gelingen. Dabei wurden doch gerade dem ersten Traum unter einem neuen Dach so prophetische Eigenschaften zugeschrieben. Aber so sehr ich es auch versuchte, mir fiel nicht ein, auf welchen zukunftsträchtigen Pfaden ich durch mein Traumland gewandelt war. Als ich noch darüber nachdachte, meldete sich mein Magen mit einem lauten Knurren. Außer ein paar Keksen hatte ich in den letzten vierundzwanzig Stunden nichts gegessen. Ich musste dringend einkaufen. Also duschte ich schnell, zog mich an und machte in aller Herrgottsfrühe meinen ersten Großeinkauf in Kronberg.

Kaum hatte ich den Kühlschrank gefüllt, klingelte es an der Tür. Durch den Spion sah ich das hagere Gesicht einer Frau in den mittleren Jahren, das, wie sich herausstellte, zu meiner ersten Bewerberin gehörte.

»Ich bin Ella Gundlach«, stellte sie sich vor. »Leider bin ich ein bisschen zu früh.«

Wenn sie mit allen Dingen so großzügig umgeht wie mit

der Zeit, dann kann dies durchaus ein positiver Anfang sein, dachte ich wohlwollend. Immerhin war sie anderthalb Stunden zu früh. Sie verlagerte ihr Gewicht unruhig von einem Fuß auf den anderen, wobei sie mich erwartungsvoll ansah.

»Katja Winter«, sagte ich freundlich gestimmt, streckte ihr meine Hand entgegen und bat sie hinein. Ihr Händedruck war fest genug, um meinen optimistischen Eindruck zu erhärten. Von ihrem Äußeren wollte ich mich nicht gleich beeinflussen lassen. Was sagte es schließlich schon aus, wenn jemand klein, drahtig und Grau in Grau von der Haarfarbe bis zu den Gesundheitsschuhen daherkam. Ich setzte mich gut gelaunt mit ihr an den Küchentisch und sah sie gespannt an.

»Erzählen Sie doch einfach ein wenig über sich«, forderte ich sie auf. Ich wollte nicht gleich mit der Tür ins Haus fallen und sie fragen, ob sie auch aus Geldmangel an den Einzug in eine Wohngemeinschaft dachte. Das, so hatte ich mir fest vorgenommen, würde der einzige für mich ausschlaggebende Grund sein, eine der Bewerberinnen zu nehmen.

»Ja, wo soll ich anfangen?«, fragte sie mich Hilfe suchend.

»Vielleicht am besten damit, warum Sie sich dafür interessieren, hier einzuziehen«, half ich ihr auf die Sprünge.

»Ja, wissen Sie«, begann sie zögernd, »mein Mann meint, es wäre ganz gut, wenn wir mal eine Weile nicht so eng aufeinanderhockten. Er ist ein sehr sensibler Mann, müssen Sie wissen, er braucht viel Freiheit und Verständnis. Und er braucht auch ein bisschen Abwechslung vom Alltag, sagt er immer. Sonst wird es ihm zu langweilig, und dann kann er mich nicht lieben. Und Liebe ist doch schließlich das wichtigste, nicht wahr?«

Sie sah mich mit Augen an, die unmissverständlich mein Mitgefühl erflehten. Ich erwiderte ihren Blick mit ungläubigem Staunen und verharrte sprach- und bewegungslos auf meinem Küchenstuhl. Als ich ihr auf diese tief philosophische Frage nicht antwortete, setzte sie ihre hanebüchenen Erklärungsversuche fort.

»Wir haben das schon einmal für ein halbes Jahr gemacht, danach ging alles viel besser. Aber jetzt meint mein Mann, es müsse doch einmal für länger sein, dass ich ausziehe. Er muss ausspannen, wissen Sie.« Sie lauschte ihren eigenen Worten nach, als wolle sie sich vergewissern, dass sie mir auch alles wahrheitsgetreu wiedergab. »Das ist so mit sensiblen Menschen, dafür muss man Verständnis haben. Ja«, sprach sie sich selbst Mut zu und lächelte zaghaft, »deshalb bin ich hier.«

Inzwischen hatte ich meine Sprachgewalt wieder entdeckt und ließ meine Worte ungefiltert auf Ella Gundlach niederprasseln.

»Wenn es sich hier nicht um ein grundlegendes Missverständnis handelt«, wetterte ich los, »dann haben Sie mir gerade in harmlos verpackter Form erzählt, dass Ihr Mann permanent fremdgeht und Sie ihn dabei stören. Um dem Ganzen die Krone aufzusetzen, zeigen Sie Verständnis und ziehen sich so lange zurück, bis er sich in aller Seelenruhe ausgetobt hat und seinem Triebleben in Ihren verzeihenden Armen eine Atempause gönnen möchte, bevor er Sie dann schließlich wieder vor die Tür setzt. Habe ich das richtig wiedergegeben?«, fragte ich sie fassungslos.

Bereits nach dem ersten Satz war sie erschreckt zusammengezuckt und ließ ihre Augen unruhig in der Küche umherirren, nur um meinem inquisitorischen Blick nicht noch einmal begegnen zu müssen.
»Ich bitte Sie, Frau Winter«, schluckte sie, »so hört sich das an, als wäre mein Mann ein Schuft. Aber er ist nicht so Unrecht, wie Sie ihn darstellen. Sie müssten ihn einmal kennen lernen, dann hätten Sie schnell eine andere Meinung von ihm.«
Meinem Anflug von Mitleid wollte ich keinesfalls nachgeben.
»Vielen Dank, aber manche Menschen muss ich nicht kennen lernen. Da reicht schon ein kurzer Abriss ihrer Vorlieben, um einen nachhaltigen Eindruck zu bekommen. An Ihrer Stelle würde ich den Spieß umdrehen, *ihn* auf Zimmersuche in eine Wohngemeinschaft schicken und die Schlösser auswechseln, sobald er hinter der ersten Ecke verschwunden ist.«
Diese Geschichte hatte mich so aufgebracht, dass ich erst ein paar Mal tief durchatmen musste, damit sich mein Puls wieder beruhigte.
»Heißt das, Sie möchten, dass ich meinen Mann bei Ihnen vorbeischicke?«, fragte sie unsicher.
»Um Himmels willen, nein, nur das nicht.« Ich zuckte entsetzt zusammen. »Sie sollen ihn nicht bei mir vorbeischicken, sondern ihn zum Teufel jagen.«
»Also Frau Winter, ich bitte Sie«, schnaufte sie empört und plötzlich gar nicht mehr so unsicher. »Ein bisschen Toleranz kann man doch erwarten von seinen Mitmenschen. Das sagt auch mein Mann immer. Und er hat Recht. Wo

kämen wir denn hin, wenn jeder so wenig Verständnis für menschliche Regungen zeigen würde wie Sie?«

Ich konnte es nicht glauben, sie war tatsächlich zutiefst entrüstet.

»Es tut mir Leid, Sie enttäuschen zu müssen«, fuhr sie unbeirrt fort, »aber unter diesen Umständen kann ich auf keinen Fall mit Ihnen zusammenziehen.« Sie erhob sich von ihrem Stuhl und bewegte sich wie ein Krebs rückwärts Richtung Küchentür. »Es würde nicht gut gehen mit uns beiden.«

Da konnte ich ihr nur aus tiefster Seele zustimmen. Ich nickte entgeistert, begleitete sie wortlos zur Tür und sah erleichtert dabei zu, wie sie das Gartentor hinter sich schloss. Wenn der Blick auf meine Uhr nicht trog, dann waren gerade erst zehn Minuten seit ihrem Eintreffen vergangen. Und ich hatte den Eindruck, zu tief in die Abgründe eines Lebens geschaut zu haben, das mir unangenehme Schauer über den Rücken jagte. Wie schafften es manche Männer nur, nach Lust und Laune fremdzugehen und dafür auch noch das Verständnis ihrer Ehefrauen zu ernten? In jedem Fall war es eine Meisterleistung, der ich alles andere als Hochachtung zollte.

Diesen trüben Gedanken musste ich so schnell wie möglich entkommen. Mein erstes Frühstück im *Haus Lieblich*, wie ich es inzwischen nannte, sollte schließlich unter einem guten Stern stehen. Also holte ich meine Einkäufe wieder aus dem Kühlschrank, breitete sie auf dem Tisch aus und ließ mir viel Zeit für die Brote, die ich mir genussvoll schmierte. Dabei überlegte ich, wie wohl die zweite Bewerberin sein würde. Am Telefon hatte sie einen genauso guten Eindruck gemacht wie Ella Gundlach. So viel zur Überzeugungskraft einer Stimme, dachte ich leicht verunsichert. Aber schlimmer als die erste konnte die zweite kaum werden, machte ich mir selbst Mut.

Als ich mein Frühstücksgeschirr gerade abgewaschen hatte, klingelte es zum zweiten Mal an diesem Morgen. Ich ging zur Tür, guckte durch den Spion und prallte angesichts des Farbschocks vor meinen Augen einen Meter zurück. Vorsichtig versuchte ich es noch einmal, jedoch mit dem gleichen Ergebnis. Von draußen starrte mir ein Gesicht in allen Farben des Regenbogens entgegen. Wenn dieses Gesicht zu Isolde Werner gehörte, die ich als zweite Interessentin erwartete, dann musste sie bisher ohne Spiegel gelebt haben. Ich öffnete vorsichtig die Tür und sah mein farbgewaltiges Gegenüber fragend an.

»Guten Tag«, flötete es mir entgegen, »ich bin Isolde Werner.« Sie sagte es in einem Ton, als würde dieser Name selbst ihr Ehrfurcht einflößen.

Ich konnte sie nur anstarren. Über die unverhältnismäßig dicke Schicht von dunklem Make-up hätte ich noch hinwegsehen können. Der purpurrote Lippenstift mit Goldglitter ließ mich jedoch ebenso an Fasching denken wie der Lidschatten, der sich in hellblauen, zartlila und senfgelben Wellenlinien von den Lidern zu den Augenbrauen hocharbeitete. Hatte man diese gewöhnungsbedürftige Farbskala gerade noch halbwegs überlebt, gab einem das Rouge den Rest. Wie dieser Puder eine so zart-französische Bezeichnung verdiente, war mir schleierhaft. Das tiefdunkle Aubergine erinnerte zwangsläufig an eine ernst zu nehmende Kriegsbemalung.

»Sind Sie Katja Winter?«, fragte sie unbeeindruckt von meinem Gesichtsausdruck.
»J … ja«, stotterte ich und stellte erstaunt fest, dass es Menschen gab, in deren Gegenwart meine sonst so auffällige rote Haarfarbe dezent in den Hintergrund trat.
»Fein, dann können wir uns ja gleich mal beschnuppern.« Dabei kräuselte sie ihre Nase wie ein Pekinese und lachte über ihren eigenen Scherz, dem ich so gar nichts abgewinnen konnte.
»D … das wird nicht nötig sein«, versuchte ich sie aufzuhalten. »Das Zimmer ist leider schon vermietet.« Ich versuchte, meinem Gesicht einen bedauernden Ausdruck zu verleihen, und hoffte inständig auf seine Solidarität.
»Wissen Sie, das macht gar nichts. Ich habe schon so oft in meinem Leben ein Nein gehört, das sich später in ein begeistertes Ja verwandelt hat. Sie müssen mich nur ein bisschen besser kennen lernen, dann sagen Sie der anderen ab.« Sie war schnurstracks vor mir her in die Küche gegangen und sah sich dort ungeniert um.
Woher nahm sie nur dieses impertinente Selbstvertrauen? War so etwas angeboren?
»Das kann man wohl größtenteils so lassen«, sagte sie gönnerhaft. »Der Tisch ist ein bisschen groß, ich müsste mal mit meinem Schreiner sprechen, ob sich da was machen lässt. Und eine Spülmaschine muss selbstverständlich her, wer will denn heute noch *spülen*.« Sie schüttelte angewidert den Kopf. »Ach, und dieses alte Vertiko …, naja.«
Sie ließ sich auf den nächstgelegenen Stuhl fallen, der unter ihrem Angriff verdächtig ächzte.
»Hier fehlen Farben!«, stieß sie hervor, als sei ihr dieser

Einfall nach dreitägiger harter Denkarbeit gekommen. »Farben machen doch alles viel freundlicher. Ein bisschen Lippenstift würde in Ihrem Gesicht übrigens auch *wunderbare* Akzente setzen.« Ihr prüfender Blick hatte sich von der Küche abgewandt und meinem ungläubig erstarrten Antlitz zugewandt. »Wir werden eine *fantastische* Zeit zusammen haben. Ich sehe schon alles genau vor mir. Wir werden gemeinsam frühstücken und die langen Winterabende bei einem guten Glas Sherry ausklingen lassen. Wir werden uns *blendend* unterhalten.«

Dafür, dass ich bisher keine drei Sätze herausgebracht hatte, war sie sehr optimistisch, was meine Bereitschaft zur Konversation anging.

»Nun, Frau Winter, was sagen Sie?« Sie lehnte sich siegessicher in ihrem Stuhl zurück und schlug ihre Beine übereinander.

Nachdem ich dieses Redegewitter nun geschlagene fünf Minuten hatte auf mich niederprasseln lassen, kam ich endlich zu Wort.

»Nein«, stieß ich mit einer Entschiedenheit hervor, die ich mir selbst nicht zugetraut hätte. »Ich habe der Dame, die vor Ihnen hier war, meine Zusage gegeben. Sie verlässt sich felsenfest darauf. Und ich stehe zu meinem Wort. Das verstehen Sie sicher.«

»Sie wissen nicht, was Ihnen entgeht«, sagte sie spitz. »Wir hätten uns *so* gut verstanden.«

Während ich sie mit unmissverständlichen Gesten zur Haustür dirigierte, plapperte sie trotz ihrer Niederlage ungebremst weiter. Sie erzählte mir etwas von psychologischer Farbenlehre, die sie mir hätte näher bringen können, und von ihrem angeborenen Farbgespür, auf das ich nun verzichten müsse.

Bevor ich sie in diesen unwirtlichen Januartag entließ, siegte meine Neugier über den Wunsch, so schnell wie möglich die Tür hinter ihr zu schließen.

»Frau Werner, eine Frage noch«, hielt ich sie kurz zurück. »Warum möchten Sie eigentlich in eine Wohngemeinschaft ziehen?«

»Wegen der Unterhaltung«, erklärte sie mir im Brustton der Überzeugung. »Ich unterhalte mich so gerne mit anderen Menschen.«

»Aha«, sagte ich und musste mich zusammennehmen, um nicht schallend loszulachen. »Also dann, viel Glück bei Ihrer Suche.«

Als ich Haus Lieblich wieder für mich hatte, sehnte ich mich nur noch nach meinem Bett. Ich würde mindestens eine Stunde meine Augen und Ohren entspannen, um mich innerlich für den dritten Angriff auf meine Nerven zu stärken. Die letzte Interessentin würde erst gegen Mittag kommen. Sie sei beruflich so stark eingespannt, dass sie nur kurz während ihrer Mittagspause vorbeischauen könne. Allem Anschein nach steht sie mitten im Leben, überlegte ich voller Hoffnung. Wer so viel arbeitete, musste morgens früh aus dem Haus und war abends müde. Das wäre zu schön, um wahr zu sein. Allerdings ... wer so viel arbeitete, sollte eigentlich auch viel Geld verdienen. Warum dann eine Wohngemeinschaft? meldeten sich leise Zweifel. Möglicherweise hatte sie einen riesigen Schuldenberg abzutragen. Erst vor ein paar Tagen hatte ich in der Zeitung einen Artikel über die zunehmenden privaten Insolvenzen gelesen. Oder sie war eine regelmäßige Spielerin. Vielleicht war sie aber auch nur sehr vorausschauend und fing früh an, für ihre Rente zu sparen.

Als es schließlich klingelte, war ich trotz meines begründeten Argwohns fest entschlossen, Frau Merten eine echte Chance zu geben. Dieses Mal ließ ich den Spion aus und riss die Tür entschlossen auf.

»Oh«, rutschte es mir enttäuscht heraus, als ich im Eingang einen Mann stehen sah. Er sah weder aus wie ein Handwerker noch wie ein Staubsaugerverkäufer, für beides fehlte es ihm an der entsprechenden Ausstattung. Er hatte lässig eine Hand in der Hosentasche, die andere hielt unverwechselbar ein Handy an sein Ohr. In kurzen, knappen Sätzen bombardierte er seinen Gesprächspartner am anderen Ende der Leitung mit Zahlen, die mich staunen ließen. Beträge unter einer Million schien es in seiner Welt nicht zu geben. War er möglicherweise Immobilienmakler und hatte sich angepirscht, um Lieblichs Häuschen zu kaufen? Mit dem Handel von Taunusboden sollte sich ja schon so mancher eine goldene Nase verdient haben. Da würde er bei Lieblichs zum Glück auf Granit beißen. Wer sein Haus für eintausendvierhundert Mark an einen arbeitslosen Single vermietete, würde es nie verkaufen.

Als er ungeniert weitertelefonierte und keine Anstalten machte, das Gespräch zu unterbrechen, um sein Anliegen vorzutragen, schloss ich die Tür vor seiner Nase und lehnte mich von innen dagegen. Wenn er bisher keine Manieren gelernt hatte, dann würde er jetzt kostenlosen Nachhilfeunterricht bekommen. Kaum hatte ich meinen pädagogischen Lehrplan aufgestellt, klingelte es erneut. Ich lachte siegessicher in mich hinein, zählte im Zeitlupentempo bis zehn und öffnete dann ebenso langsam die Tür.

»Merten«, sagte er in einem Geschäftston, der auf viel Erfahrung schließen ließ.

»Winter«, erwiderte ich völlig unbeeindruckt, bis es mir wie Schuppen von den Augen fiel. Meine dritte Interessentin hieß Merten.

»Sind Sie ihr Bruder oder ihr Mann?«, fragte ich eine Spur freundlicher.

»Keines von beiden, ich bin es selbst.«

»Ich erwarte eine Frau«, hielt ich ihm vorwurfsvoll entgegen.

»Das kann ich Ihnen erklären. Sie haben mit meiner Sekretärin gesprochen, sie hat sich Ihnen mit *Merten* vorgestellt.«

»Hat sie Identifikationsprobleme?«, fragte ich ihn ironisch.

»Nein«, lachte er, »sie ist noch ganz neu bei mir und tut lediglich, was ich ihr sage. Jedenfalls zu fünfzig Prozent.«

»Muss eine kluge Sekretärin sein«, konnte ich mir nicht verkneifen zu sagen. »Nur warum dieses Versteckspiel?«

»Mir als Mann hätten Sie wohl kaum einen Termin gegeben.«

»Stimmt. Wenn Sie das schon so richtig eingeschätzt haben, warum dann der ganze Aufwand? Oder wollen Sie Ihre Geliebte hier parken?« Ich hatte an diesem Tag schon so vieles gehört und gesehen, dass ich inzwischen alles für möglich hielt. Wahrscheinlich war er verheiratet und hatte nicht genug Geld, um sich für sein Verhältnis ein eigenes Apartment zu leisten.

»Wenn Sie mir eine kleine Chance geben, erkläre ich es Ihnen.«

Ich rang mir ein Nicken ab und nahm mir vor, ihn ausreden zu lassen.

»Ich bin selbst auf der Suche nach einem Zimmer. Und da Sie in Ihrer Anzeige eine allein stehende Frau über vierzig suchen, war ich mir sicher, dass es Ihnen gar nicht unbedingt um weibliche Gesellschaft geht, sondern dass Sie nur keine Kinder im Haus haben wollen.«

»Ich will überhaupt keine *Gesellschaft* haben«, platzte ich entsetzt heraus und wurde meinem Vorsatz, ihn nicht zu unterbrechen, untreu. Was stellte er sich denn vor?

»Entschuldigung«, sagte er ehrlich zerknirscht. »Ich habe mich ungeschickt ausgedrückt. Was ich sagen will, ist, dass ich bei den Stichworten *allein stehend* und *über vierzig* automatisch an *kinderlos* gedacht habe. Und das bin ich.«

»Aha.« Er hatte recht mit dem, was er sagte. Ich suchte eine ruhige, unauffällige, unscheinbare und anspruchslose Mitbewohnerin, die mir meine Ruhe ließ. An herumtollende Kinder war ich nicht gewöhnt; ich hatte auch nicht vor, meinen Erfahrungsschatz in dieser Hinsicht aufzustocken.

»Ich will ganz ehrlich sein, ich brauche das Zimmer auch nur für ein halbes Jahr. Das Haus, in dem ich in Frankfurt wohne, wird saniert. Ich werde meine Wohnung dort behalten und später, wenn alles fertig ist, wieder dort einziehen. Ich dachte nur, dass eine Wohngemeinschaft vielleicht etwas intimer ist als ein Hotel.«

»Intim?«

»O Gott«, sagte er, »heute ist wirklich nicht mein Tag. Ich meine natürlich, dass eine Wohngemeinschaft *persönlicher* ist als ein Hotel. Ich glaube, ich kann mich in Zahlen besser ausdrücken als in Worten.«

Den Zahlenkolonnen nach zu urteilen, die er im Hauseingang über sein Handy verbreitet hatte, konnte ich ihm nur beipflichten.

»Kurz und gut«, versuchte er es erneut, »ich würde mir das Zimmer gerne einmal ansehen.«

Warum nicht, dachte ich versöhnlich, wenn er schon einmal hier ist? Außerdem erschien er mir, von der Verkäuferin im Supermarkt einmal abgesehen, mit Abstand als das vernünftigste Wesen, das mir an diesem Tag begegnet war.

»Es sind zwei Zimmer«, verriet ich ihm, während ich ihn die Treppe hochlotste.

Während er durch die beiden Räume ging, erzählte er mir, dass seine jetzige Wohnung auch nicht sehr viel größer sei, so dass er sogar all seine Möbel würde unterbringen können. Und ehe ich es mich versah, hatte er mich in ein ernsthaftes Verhandlungsgespräch verwickelt. Die Miete in Höhe von siebenhundert Mark sei gar kein Problem, einer möglichen Hausordnung würde er sich fügen, und ansonsten sei er ein sehr verträglicher und weitestgehend abwesender Zeitgenosse.

Ich spürte, wie sich meine Abwehr legte und ich mir mehr und mehr vorstellen konnte, Herrn Merten die beiden Zimmer abzutreten. Bevor ich jedoch einschlug, nahm ich ihn kritisch unter die Lupe. Er sah sehr gepflegt aus und hatte ein attraktives, jungenhaftes Gesicht. Durch seine dunkelbraunen Haare zogen sich bereits ein paar feine weiße Fäden, obwohl er höchstens Anfang dreißig sein konnte. Ich mochte seine Hände, die eine gewisse Bodenständig-

keit ahnen ließen. Außerdem sahen sie kräftig genug aus, um mit Bohrmaschine und Hammer umzugehen. Das würde zumindest eines meiner dringendsten Probleme lösen. Ich hatte mir schon überlegt, meine beiden Studenten noch einmal zu engagieren, um mir meine Bilder an die Wand zu dübeln.
»Werden Sie es sich überlegen?«, fragte er mich in einem Ton, aus dem ich unschwer heraushören konnte, dass ihm einiges an einer positiven Entscheidung lag.
»Das brauche ich nicht mehr. Ich kann es mir nicht leisten, noch sehr viel länger nach einer Alternative zu suchen. Und wenn Sie sowieso nur ein halbes Jahr bleiben wollen, dann gibt mir das mehr Zeit, eine adäquate Mitbewohnerin zu suchen. Ich denke, wir werden uns in diesem halben Jahr arrangieren.« Ich war erleichtert über diese überaus pragmatische Lösung und versucht zu glauben, der Himmel habe mir Robert Merten geschickt.
»Sie sind also einverstanden?«, fragte er überrascht.
»Ja. Wann wollen Sie einziehen?«
»Gleich nächstes Wochenende, wenn es Ihnen passt.«
»Okay, abgemacht.« Ich streckte ihm meine Hand hin und ging bei seinem kräftigen Händedruck fast in die Knie.
Nachdem er sich meiner Zustimmung sicher war, drängte es ihn wieder zurück in sein Büro, wo noch Berge von Arbeit auf ihn warteten. Ich hatte ihn gar nicht gefragt, was für eine Arbeit das war, aber ich würde noch ausreichend Gelegenheit haben, das nachzuholen. Ich verabschiedete ihn an der Haustür und sah ihm zufrieden hinterher. Frau Lieblichs Zuversicht hatte inzwischen auch mich erreicht. Vielleicht würde doch noch alles gut.

3 *Zwei Tage blieben mir noch bis zum Wochenende* und bis zum Einzug von Robert Merten. Ich hoffte, meine bisherigen Erfahrungen mit Männern würden auch auf ihn zutreffen. Hatte ich mich bei Julius und seinen Vorgängern darüber aufgeregt, dass sie sich in ihren Jobs verbal so sehr verausgabten, dass für ihren Feierabend und die Wochenenden nur wenige Worte übrig blieben, so baute ich in diesem Fall auf das Gesetz der Serie. Was mich bislang zu bemerkenswerten Wutausbrüchen angestachelt hatte, erschien mir nun als ein wahres Eldorado. Mit Robert Merten im Haus würde ich sicher sein vor redegewaltigen Unterhaltungen und ausführlichen Problembetrachtungen. Außerdem hätte ich darauf wetten können, dass er in einer problemfreien Zone lebte: Er hatte eine Wohnung, einen Job und ein Handy. Das wird eine wunderbare Hausgemeinschaft werden, freute ich mich und rieb mir zufrieden die Hände. Jedenfalls ein halbes Jahr lang.
Vor einem halben Jahr, dachte ich wehmütig, ist mein Leben noch in Ordnung gewesen. Hätte mir damals jemand prophezeit, was da auf mich zukommen sollte, hätte ich gelacht und es für einen üblen Scherz gehalten. Aber es war kein Scherz, als ich in die Verwaltung beordert wurde, um dort meine Kündigung in Empfang zu nehmen. Und es war auch kein Scherz, als Julius sich auf die Seite unseres gemeinsamen Arbeitgebers stellte. Zunächst hatte ich geglaubt, er habe es aus Opportunismus getan, weil es auch sein Brötchengeber war und er um seine Karriere fürchtete. Doch dann erkannte ich in seinen Augen denselben Unglauben, dieselbe mitleidige Überheblichkeit, die das Fass meiner Belastbarkeit zum Überlaufen brachte.

Stundenlang hatte ich auf ihn eingeredet, hatte ihm jeden Vorfall aus meiner Sicht geschildert und nach Erklärungen gesucht. Aber für ihn zählten nicht die sechs gemeinsamen Jahre mit mir, in denen er alle Chancen gehabt hatte, mich kennen zu lernen. Für ihn zählten allein die Fakten, für die es in seinen Augen keine andere Erklärung geben konnte als die, dass ich versagt haben musste. *Erschreckend* und *Besorgnis erregend* hatte er die Vorfälle genannt. Als er mich schließlich bat, nicht auch noch unsere Freunde mit hineinzuziehen, indem ich ihnen aufgebracht meine Version der Geschichte erzählte, begann ich, mich zu fragen, mit wem ich die letzten Jahre verbracht hatte. Dem Mann, mit dem ich zusammenlebte, war ich plötzlich peinlich, und das tat weh.

Ich hatte Julius als humorvoll erlebt, als klugen Kopf, den ich stets bewundert hatte. Hatte ich mich sechs Jahre lang blenden lassen? Vielleicht hatten aber auch die Menschen recht, die behaupteten, man lerne einander erst in der Not richtig kennen, mitten im Auge des Hurrikans. Bei uns war es jedenfalls so gewesen. Die erste wirkliche Krise hatte unsere Beziehung nicht überstanden. Ich wartete immer noch auf ein wildes Gefühlsdurcheinander, auf Sehnsucht nach ihm und den Wunsch, zu ihm zurückzufinden. Aber nichts von alledem stellte sich ein.

Meine Gefühle, die einmal so zärtlich und beständig gewesen waren, hatten sich in Nichts aufgelöst. An ihre Stelle waren Kälte und Verachtung getreten, aber auch Wut und der unbändige Wunsch, es ihm zu zeigen. Die einzige Sehnsucht, die mich erfüllte, war die, eines Tages die Gelegenheit zu bekommen, mich zu rehabilitieren. Er sollte sich dafür schämen, dass er mich im Stich gelassen hatte, als ich ihn so dringend brauchte.

Erschreckend fand ich, wie spurlos meine Liebe verschwunden war oder das Gefühl, das ich dafür gehalten hatte. Ich saß im Haus Lieblich und versuchte, mich an das Gute in unserer Beziehung zu erinnern. Wie sonst sollte ich vor mir selbst die Jahre mit Julius rechtfertigen? Wenn ich nicht das wieder fand, was mich einmal bei ihm gehalten hatte, dann war alles ein großer Irrtum gewesen. Und das konnte nicht sein. Dann kam zu den Demütigungen der vergangenen Wochen und Monate auch noch ein unangenehmes Gefühl von Selbsttäuschung. Aber hatte ich mir tatsächlich all die Jahre etwas vorgemacht?

Ich fand keine Antworten, jedenfalls keine, mit denen ich leben konnte. Vielleicht später, wenn ich Abstand gewonnen hatte, aber noch war alles zu frisch, noch waren die Wunden nicht verheilt. Ich wischte die Fragen und die Antworten fort, die mir meine Unzulänglichkeit nur allzu deutlich bewusst machten. Beides konnte ich im Augenblick nicht gebrauchen. Ich musste Sicherheit und Selbstbewusstsein ausstrahlen, wenn mein Vorstellungstermin heute auch nur den Hauch einer Chance haben sollte.

Das Arbeitsamt hatte mir geschrieben und ein Krankenhaus in Frankfurt genannt, an dem die Stelle einer Intensivkrankenschwester neu zu besetzen war. Pünktlich um fünfzehn Uhr klopfte ich an die Tür des Verwaltungschefs. Es war mein erstes Bewerbungsgespräch seit meinem Rauswurf vor vier Wochen, und mein Herz pochte bis zum Hals. Wenn ich diese Stelle bekäme, würde mein Leben wieder in geordneten Bahnen verlaufen. Noch vor ein paar

Wochen hätte ich ein Krankenhaus erst ganz genau unter die Lupe genommen und mich umgehört, bevor ich eine Bewerbung überhaupt in Erwägung gezogen hätte. Aber die Dinge hatten sich geändert, ich hatte mich geändert. An die Stelle meines beruflichen Selbstbewusstseins war Unsicherheit getreten. An die Stelle einer begehrten Mitarbeiterin eine Bittstellerin.
Der Verwaltungschef, der sich mir nach einer kurzen Begrüßung gegenübersetzte, machte seiner Funktion alle Ehre. Er war erbarmungslos sachlich. Keine menschliche Regung überzog auch nur schattenhaft seine Gesichtszüge. Ich versuchte, freundlich und offen zu reagieren, obwohl er sich benahm, als säße ich auf der Anklagebank. Er schoss seine Fragen gezielt wie Pfeile auf mich ab.
Nachdem er meinen Lebenslauf minuziös nachvollzogen hatte, verbiss er sich in den Grund für meine Kündigung. Mein Berater beim Arbeitsamt hatte mir empfohlen, die Wahrheit zu sagen, trotzdem versuchte ich es mit dem, was in meinen Augen die sanfte Version der Geschehnisse war. Zwar war ich mir nach wie vor keiner Schuld bewusst, aber die Realität hatte mir bewiesen, wie gering die Chancen waren, dass mir jemand glaubte und mich nicht einfach als schuldig abstempelte.
»Man hat mir aus sehr persönlichen Gründen gekündigt.« Wenn er sich damit zufrieden gab, stiegen meine Chancen beträchtlich.
»Erläutern Sie das bitte genauer.« Seine kurzsichtigen Augen hinter der schwarz umrandeten Brille waren ausdruckslos auf mich gerichtet.
»Man hat meine Überzeugungen nicht mehr geteilt«,

machte ich einen neuen Versuch, meine Erlebnisse allgemein zu umschreiben.

»Ihre Überzeugungen hinsichtlich der Versorgung von Patienten?« Er war weder ungeduldig noch inquisitorisch, er verfolgte nur sein Ziel wie ein Roboter.

»So kann man es sagen, ja.« Mein Lächeln prallte ungehindert an ihm ab, als sei er imprägniert gegen menschliche Angriffe.

»Spezifizieren Sie das bitte.«

»Hören Sie, der Grund für meine Kündigung hat überhaupt nichts mit der Qualität meiner Arbeit zu tun. Sie haben doch mein Zeugnis vorliegen. Reicht das nicht?« Er machte mich nervös.

»Ihr Zeugnis weist Lücken auf, es steht hier beispielsweise nichts über Ihre Belastbarkeit. Würde ich zu Interpretationen neigen, dann …«

»Was Sie nicht tun«, unterbrach ich ihn ironisch, »Sie halten es mit den Fakten. Fakt ist jedoch«, sagte ich eine Spur schärfer als beabsichtigt, »dass ich acht Jahre lang in Wiesbaden einen hervorragenden Job gemacht habe.«

»Nichts anderes sagt Ihr Zeugnis, aber es sagt nichts über Ihre Belastbarkeit.« In seiner Stimme schwang weder ein rechthaberischer noch ein vorwurfsvoller Ton mit, er erläuterte mir lediglich die Tatsachen. »Frau Winter, ein Anruf in Wiesbaden genügt, um die Angelegenheit aufzuklären. Es steht Ihnen jedoch frei, das selbst zu tun.«

Und so nahm ich mir die *Freiheit*, ihm von den Vorfällen zu erzählen, für die mein bisheriger Arbeitgeber allein mir die Schuld zugesprochen hatte.

»Um Ihren Bericht kurz zusammenzufassen«, sagte mein

Gegenüber vollkommen unbeeindruckt, »Sie haben vergessen, den Alarm einzuschalten, und haben die Infusionsdosis falsch bemessen.«

»Nein«, sagte ich entschieden, »so hat man es nur dargestellt, aber mir sind diese Fehler nicht unterlaufen.«

»Typische Überlastungssünden«, redete er weiter, als habe er meinen Widerspruch gar nicht wahrgenommen. »Tödlich in Ihrem Job.«

»Vielen Dank für die Diagnose«, sagte ich sarkastisch. »Ich frage mich nur, warum allem Anschein nach meine *fehlerfreien* Jahre gar nicht ins Gewicht fallen. Warum jeder so schnell bereit ist zu glauben, dass ich versagt habe.«

»Irgendwann ist immer das erste Mal. Außerdem sind *fehlerfreie* Jahre kein Argument. Andernfalls, verzeihen Sie mir diesen Vergleich, hätte ein Mörder auch alle Chancen freizukommen, wenn er bis zu dem Mord ein unbescholtener Bürger war.«

»Ich denke, das reicht«, sagte ich in einer Lautstärke, die meiner Meinung nach seinem unverschämten Vergleich angemessen war. »Geben Sie mir bitte meine Unterlagen zurück.«

Er sammelte geruhsam die einzelnen Blätter zusammen und reichte sie mir über den Tisch.

»Ich wünsche Ihnen viel Erfolg, aber ich würde mir an Ihrer Stelle keine allzu große Hoffnungen machen.«

»Wenn ich dazu neigen würde, Hoffnung so schnell in den Wind zu schlagen, wie Sie es mir nahe legen«, sagte ich kalt, »dann wäre ich auf einer Intensivstation tatsächlich fehl am Platze. Guten Tag!«

Ich wartete noch nicht einmal seine Reaktion ab, sondern

drehte mich um und floh nach draußen, nicht ohne die Tür kräftig hinter mir zuzuschlagen.

Als ich die Treppe hinunterlief, nahm ich zwei Stufen auf einmal, um diesen Ort so schnell wie möglich zu verlassen. Ich hätte vor Wut am liebsten gegen sämtliche Türen, die mir den Weg versperrten, getreten, aber dieses Krankenhaus war so modern, dass sie sich wie von Geisterhand selbst öffneten. Vor dem Portal atmete ich mehrmals tief durch, um meine Wut zu besiegen, aber so schnell gab sie nicht klein bei. Da sich die Türen meinen Angriffen rechtzeitig entzogen hatten und ich auch sonst nichts Geeignetes entdecken konnte, half nur noch essen. Ich ging in die nächste Bäckerei und kaufte Kuchen in einer Menge, die für fünf gereicht hätte.

Zum Glück ignorierte mein Körper solche Exzesse und behielt seine Form. Ich musste eher aufpassen, dass meine Knochen nicht hervorstachen. Besonders nach den vergangenen Wochen, die mich nicht nur Nerven, sondern auch etliche Pfunde gekostet hatten. Und wenn die Zukunft noch weitere solcher Erlebnisse wie mit diesem Verwaltungsroboter für mich bereithielt, dann konnte ich mir allmählich schon einmal Gedanken über eine Mastkur machen.

Als ich nach Kronberg zurückfuhr, versuchte ich, mich zusammenzureißen und meine Wut nicht an unschuldigen Verkehrsteilnehmern auszulassen. Was mir zugegebenermaßen schwer fiel, aber ich wollte nach meinem Job und meinem Lebensgefährten nicht auch noch meinen Führerschein verlieren. Auf den war wenigstens Verlass. So sah ich sehnsuchtsvoll auf den Kuchen auf dem Beifahrersitz und tröstete mich mit der Vorfreude auf die bevorstehende hemmungslose Kuchenschlacht.

Ich parkte mein Auto vor dem Haus, eilte hinein und setzte noch im Mantel das Teewasser auf. Das Kuchenpaket legte ich mitten auf den Tisch. Ich würde jedes einzelne Stück genießen. Als der Teekessel pfiff, goss ich den Tee auf und stellte die Eieruhr auf fünf Minuten. Heute brauchte ich eher etwas Beruhigendes als eine Anregung für meinen Kreislauf.

Für meine angegriffenen Nerven wählte ich mir zuerst das dicke fette Stück Mohnstrietzel. Ich wollte gerade hineinbeißen, als das Telefon klingelte. Das Geräusch ließ mich zusammenschrecken, und mir wurde bewusst, dass das Telefon zum ersten Mal läutete.

»Winter«, meldete ich mich.

»Guten Tag, Frau Winter, hier Lieblich«, drang die fröhliche Stimme meiner Vermieterin an mein Ohr.

»Oh, hallo, Frau Lieblich. Wie geht es Ihnen? Sind Sie heil angekommen? Geht es Ihrem Mann besser?« Ich freute mich so sehr, ihre Stimme zu hören.

»Ja«, sagte sie entspannt, »es ist alles in Ordnung. Wir haben uns inzwischen ganz gut in unserer Wohnung eingerichtet, und unser Heimweh ist gar nicht so groß, wie wir anfangs befürchtet haben. Mein Mann blüht hier auf, das macht alles so viel einfacher.«

»Ich freue mich für Sie. Um Ihr Häuschen müssen Sie sich auch keine Sorgen machen. Hier ist alles bestens.« So weit es das Haus betraf, stimmte es sogar. »Inzwischen habe ich auch einen Mitbewohner gefunden«, erzählte ich ihr.

»Das klingt nach einem Mann. Hat sich da etwa gleich et-

was angebahnt?«, fragte sie mit einem freudigen Lachen in der Stimme.
»Nein, Gott bewahre«, ging ich bereitwillig auf ihren lockeren Ton ein. »Aber Robert Merten war der einzige Lichtblick zwischen mehr als düsteren Aussichten, als Wohnpartner, meine ich. Für eine mögliche *Anbahnung* fehlen ihm jedoch ein paar Jahre und die passenden Chemikalien, um die Luft zwischen uns zum Knistern zu bringen«, lachte ich.
»Vielleicht hat er einen älteren Bruder.«
Frau Lieblich gab die Hoffnung nicht so schnell auf, meinen Single-Zustand möglichst schnell zu beenden. Ich war jedoch fürs Erste bedient, was männliche Partner anging.
»Wir werden sehen«, sagte ich deshalb, um das Thema abzuschließen.
Wenn sie nicht gerade ihr Haus vermieten wollte, war auf Frau Lieblichs feine Sensoren Verlass, sie ging nicht weiter darauf ein. Stattdessen plauderte sie munter weiter und erzählte mir von ihrer *allerliebsten* Freundin Margarethe.
»Sie ist eine ganz wundervolle Person und vor allem klug.«
Sie schwieg einen Moment, und ich überlegte mir, wohin das führen sollte. Warum erzählte sie mir plötzlich von einer ihrer Freundinnen, die ich überhaupt nicht kannte und bestimmt auch nie kennen lernen würde?
»Sie wird Ihnen gefallen«, sagte Frau Lieblich im Brustton der Überzeugung. »Sie ist sehr aufgeschlossen. Ich bin sicher, Sie beide werden sich gut verstehen.«
Irgendetwas hatte ich verpasst, einen winzigen Hinweis, einen kurzen erklärenden Satz, der auf dem Weg von Mallorca nach Kronberg im Äther verloren gegangen sein musste.

Wollte sie ihre Freundin vielleicht vorbeischicken, um nach dem Rechten zu sehen? War das Vertrauen, das sie in mich gesetzt hatte, doch nicht so groß?

»Margarethe ist in der vergangenen Woche siebzig geworden«, fuhr Frau Lieblich unbeirrt fort. »Sie ist noch sehr vital und will ihre Angelegenheiten regeln, solange sie das noch kann.«

Wollte sie möglicherweise, dass ich ihr half, ein Patiententestament zu verfassen? Aber ich hatte Frau Lieblich doch gar nicht erzählt, dass ich Krankenschwester war. Das Ganze wurde immer unverständlicher.

»Das ist vernünftig«, sagte ich deshalb vorsichtig.

»Ja, finde ich auch«, pflichtete sie mir erleichtert bei. »Aber sie ist nicht nur vernünftig, sondern auch sehr erfolgreich. Vor zwei Tagen hat sie ihr Haus in Kronberg verkauft. Mit dem Geld wird sie bis an ihr Lebensende in einem Seniorenstift leben können.«

Das ausgedehnte Schweigen, das Frau Lieblich ihren Worten folgen ließ, machte mich nervös. Ich schielte auf meinen Kuchen und konnte es kaum noch abwarten, in das vor saftigem Mohn triefende Stück zu beißen, das auf meinem Teller lag. Wahrscheinlich hatte sich Herr Lieblich heute hinter seiner Zeitung verkrochen und war als Gesprächspartner für seine Frau ausgefallen.

»In welchem Zimmer wird denn Ihr neuer Hausgenosse wohnen«, wechselte meine gesprächige Vermieterin das Thema. Jedenfalls dachte ich, es sei ein Themawechsel, und klärte sie über die Raumverteilung auf.

»Das ist ja ganz ausgezeichnet«, freute sie sich. »Dann gibt es ja gar kein Problem.«

»Nein, bestimmt nicht«, erwiderte ich. »Das Haus ist wirklich groß genug.«

»Sehen Sie, das habe ich meiner Freundin auch gesagt. Sie wollte erst gar nicht auf mein Angebot eingehen, aber dann habe ich sie doch überzeugen können.«

»Ich verstehe nicht ganz«, sagte ich unsicher. »Wovon haben Sie sie überzeugen können?«

»Dass sie zu Ihnen zieht, natürlich. Das Haus ist verkauft, aber im Altersheim ist noch kein Platz frei.«

»Aber, Frau Lieblich«, protestierte ich, »Sie können doch nicht einfach …«

»Sie ist eine so nette Person, Frau Winter, Sie werden gar nicht merken, dass sie überhaupt da ist. Das ehemalige Gästezimmer steht doch jetzt leer. Denken Sie nur mal, wie traurig so ein leerer Raum ist. Es ist bestimmt viel schöner, wenn ein bisschen Leben dort einzieht. Und es wird ganz sicher nicht für länger sein. In diesem Heim kann von heute auf morgen ein Platz frei werden, bei der Grippewelle, die im Augenblick herrscht. Da fallen die alten Leute um wie die Fliegen. Schrecklich!«

Dass sie selbst in diese Altersgruppe gehörte, schien ihr nicht bewusst zu sein. Und wenn doch, so ignorierte sie es genauso wie meine unüberhörbare Abneigung gegen ihren Überfall.

Bevor ich ihr jedoch meine Meinung zu dieser unfreiwilligen Einquartierung sagen konnte, fuhr sie lebhaft fort, mir die Vorzüge ihrer Freundin in den schillerndsten Farben auszumalen. Langsam überkam mich das Gefühl, dass es sich bei dieser Margarethe um die ungewöhnlichste Seniorin auf Gottes Erdboden handeln musste. Laut Frau Lieb-

lich war sie ein toleranter Freigeist mit viel Humor und ungewöhnlichen Ansichten. Das Alter habe lediglich an ihrem Körper ein paar Spuren hinterlassen.
»Sagen Sie ja«, bat sie mich mit einem flehenden Unterton, »Sie werden es nicht bereuen, das verspreche ich Ihnen.«
Ich war mir da zwar überhaupt nicht so sicher, aber wie konnte ich Frau Lieblich gegenüber abweisend sein, nachdem sie mir so weit entgegengekommen war?
»Also gut«, gestand ich ihr widerwillig zu, »aber nur für kurze Zeit. Wann will sie denn überhaupt einziehen?«
»Morgen. Der Möbelwagen wird gegen zehn Uhr bei Ihnen sein. Margarethe wollte sie jedoch nicht auf diese Weise überfallen, deshalb wird sie heute Abend schon einmal bei Ihnen vorbeischauen. Ist Ihnen zwanzig Uhr recht?«
Am liebsten hätte ich mit einer Ausrede abgesagt, da mir nach dem Vorstellungsgespräch in Frankfurt der Sinn nach allem anderen stand, nur nicht nach seniorer Plauderei. Aber ich kannte Frau Lieblich inzwischen gut genug, um zu wissen, dass sie jede meiner Ausreden entkräften oder umgehen würde.
»Ja«, gab ich mich deshalb geschlagen, »zwanzig Uhr ist in Ordnung.«
»Fein! Sie glauben nicht, wie sehr ich mich darüber freue. Und Margarethe wird es nicht anders gehen. Ich werde sie jetzt gleich anrufen.«
Sie verabschiedete sich fröhlich von mir, nicht ohne mir noch einen wunderbaren Abend in Aussicht zu stellen.
Fein, dachte ich entnervt, *wunderbar*. Wenn der Tag so weiterging, würde ich mich im Bett verkriechen und mir die Decke über den Kopf ziehen. Als ich den Hörer aufge-

legt hatte, stürzte ich mich auf mein Stück Kuchen und verschlang es mit fünf Bissen. Nach dem dritten Stück fing ich langsam an, mich zu beruhigen und mir die möglichen Vorzüge dieser Konstellation auszumalen. Überlebenstraining nannte ich das Prinzip, auch der schlimmsten Situation noch ein Fitzelchen Gutes abzugewinnen. Das Geld war jedoch das einzig Positive, das mir zu *Margarethe* einfiel. Die Miete würde sich für mich noch weiter reduzieren und meiner Arbeitslosigkeit etwas Schärfe nehmen, jedenfalls für kurze Zeit. Ich stimmte Frau Lieblich nämlich durchaus in ihrer Einschätzung der naturbedingten Fluktuation in Altenheimen zu. Deshalb war ich sicher, dass ich Margarethe nicht lange auf dem Hals haben würde. Wahrscheinlich war sie schneller wieder ausgezogen, als ich einen Job gefunden hatte, beruhigte ich mich so weit, dass ich auf die Kuchenstücke vier und fünf vorerst verzichten konnte.
Für den Rest des Nachmittags kuschelte ich mich in meinen Ohrensessel und las weiter in dem Buch, das ich am Tag zuvor angefangen hatte. Meine Kolleginnen im Krankenhaus hatten es mir zum Abschied geschenkt und nicht versäumt, mich darauf hinzuweisen, welch ein *Segen* es in einer wirklichen *Krise* sei. Zu dem Zeitpunkt hatte ich es bereits aufgegeben, sie von ihrem Irrtum überzeugen zu wollen. Das Buch konnte jedoch nichts für die Leichtgläubigkeit meiner ehemaligen Mitstreiterinnen, so dass ich ihm wenigstens eine faire Chance geben wollte. Also las ich *Annas Geheimnis*, fragte mich jedoch bei jeder Seite, mit der ich weiter in das fiktive Leben dieses Überwesens vordrang, warum ich mir das antat. Die Autorin dieses Schinkens musste ihr bisheriges Leben in einer problemfreien

Zone verbracht haben, Marke reiche Erbin mit Gesundheitsgarantie bis ans Lebensende und Glücksstern direkt über ihrem Kopf. Ihr Rezept für die trüben Tage der *Anna* bestand darin, sie ihre Sorgen einfach wegsingen zu lassen. Der Klang der eigenen Stimme entfalte eine unglaublich heilsame Wirkung und stärke – quasi als willkommener Nebeneffekt – das Selbstvertrauen. Nach zwanzig weiteren Seiten hatte ich genug von dieser Urschreitherapie für zart Besaitete und ging hinunter. Es war fast acht Uhr.
Ich hatte gerade die letzte Treppenstufe hinter mir gelassen, als es klingelte. Pünktlich, dachte ich, und wahrscheinlich auch noch preußisch. Diese Frau, die laut Frau Lieblichs Schilderungen ein wahres Fabelwesen sein musste, sollte nur nicht denken, dass sie hier das Sagen hätte, bloß weil sie mir um Jahre voraus war und mit meiner Vermieterin auf gutem Fuß stand. Für sie war schließlich *ich* die Vermieterin. Ich riss schwungvoll die Tür auf und hielt meine Augen auf eine Höhe gerichtet, in der ich ihre vermutete. Dort fand ich jedoch nur Pfauenaugen, die auf Seide gebannt ihren Hals umschlangen. Margarethe war gut einen Kopf größer als ich, die ich immerhin einssiebzig auf der Messlatte erreichte. Ungewöhnlich für diese Generation, dachte ich gerade, als sie ihre rechte Hand von edlem Kalbsleder befreite und mir entgegenstreckte.
»Margarethe zur Linden«, stellte sie sich vor.
»Katja Winter«, sagte ich forsch, um vom ersten Augenblick an die Fronten zu klären.
Sie ließ ihre Augen seelenruhig über mein Gesicht gleiten, womit sie sich ihren ersten Pluspunkt verdiente. Sie hatte weder meine zwar gemütlichen, aber nach jahrelangem

Gebrauch undefinierbaren Hauslatschen begutachtet noch mein restliches Outfit, das allein durch seine Bequemlichkeit hervorstach. Dabei hätte sie wirklich einen Grund gehabt hinzuschauen, trafen doch mit uns beiden Welten aufeinander. Selbst wenn ich nie zuvor einer Vertreterin ihrer Spezies begegnet wäre, hätte ich gewusst, wer da vor mir stand: eine Dame in ihrer ausgefeiltesten Form.

Wenn sie die Punkte nach ähnlichen Kriterien verteilte wie ich, dann musste ich auf meinem Konto ein bemerkenswertes Minus verzeichnen. Ich stand nämlich da und ließ meinen Blick unverhohlen über sie schweifen: über die dunkelbraunen, fellgefütterten Stiefeletten, die so weich aussahen, dass ich am liebsten darüber gestrichen hätte, ihre Beine hinauf, die in feines braunes Tuch gehüllt waren und unter einer warmen Wildlederjacke verschwanden, bis hin zu ihren kastanienbraunen Haaren, aus denen kein einziges graues hervorlugte.

Das einnehmendste an Margarethe zur Linden war jedoch ihr Gesicht. Es beherbergte zwischen ihren feinen Zügen all die Falten, die sich für ihr Alter gehörten, trotzdem strahlte es eine Vitalität und Fröhlichkeit aus, die sie jünger wirken ließen, als sie war.

»Wenn wir noch sehr viel länger in dieser Kälte stehen bleiben, haben Sie ab morgen einen Pflegefall im Haus«, sagte sie trocken, während sie von einem Fuß auf den anderen trat und sich fröstelnd die Hände rieb.

»Oh, Entschuldigung«, brachte ich zerknirscht heraus und bat sie ins Haus. Ich war so sehr in ihre Betrachtung versunken gewesen, dass ich alles andere vergessen hatte.

»Und wie lautet nun Ihr Urteil?«, fragte sie mich, nachdem

ich ihr die Jacke abgenommen und einen Platz am Esstisch angeboten hatte.

»Wie bitte?« Ich setzte mich ihr gegenüber und sah sie verständnislos an.

»Sie haben mich so eingehend studiert«, lachte sie, »dass ich doch gespannt bin, was dabei herausgekommen ist. Ich bin zwar siebzig, aber immer noch eine Frau.« Ihre Augen blitzten mich spitzbübisch an. »Die Eitelkeit verliert sich nicht mit den Jahren, sie macht nur größere Zugeständnisse.«

»Entschuldigung«, stotterte ich und lief tatsächlich rot an. Das war mir schon lange nicht mehr passiert.

»Wofür? Dafür, dass Sie sich genau ansehen, was Sie interessiert? Das ist kein Grund, sich zu entschuldigen. Außerdem fühle ich mich geschmeichelt, wenn ich Ihr Interesse wecken konnte. Also was ist nun? Gefalle ich Ihnen?«

»Ja«, sagte ich ehrlich und sah sie erstaunt an. War ich bisher der Meinung gewesen, eine Dame müsse immer dezent um den heißen Brei herumreden, dann belehrte mich Margarethe zur Linden gerade eines Besseren.

»Das ist doch ein guter Anfang. Der erste Eindruck von Ihnen ist auch nicht zu verachten«, meinte sie schmunzelnd.

Ich versuchte, mich mit ihren Augen zu sehen, konnte jedoch kaum glauben, was sie da sagte. Meine dicken Socken, die verwaschenen Leggings und das ausgeleierte Sweatshirt musste sie geflissentlich übersehen haben. Sie ist nur höflich, schloss ich messerscharf, schließlich kann sie als Dame schlecht die Wahrheit sagen.

»Ist der Karottenton in Ihren Haaren echt?«, fragte sie interessiert und warf damit meine Einschätzung kurzerhand über den Haufen.

Jedem anderen wäre ich bei dieser Frage an die Gurgel gegangen, aber bei ihr schwang echte Begeisterung mit. Normalerweise gab ich meine Haarfarbe als blond an, und das in einem Ton, bei dem nur sehr wenige noch einen Widerspruch wagten. Aber Margarethe hatte genau richtig charakterisiert, was sich da trotz meines kurzen Haarschnitts unübersehbar hineingemischt hatte.

»Ja, und auch die Sommersprossen und die grünen Augen«, antwortete ich ruppig. »Und um Ihrer nächsten Frage gleich zuvorzukommen, nein, ich bin nicht die ältere Schwester von Pippi Langstrumpf.«

»Ich finde Ihre Haarfarbe wunderschön«, sagte sie unbeeindruckt und katapultierte sich mit diesen fünf Worten in die Nähe meines Herzens.

»Als Kind«, erklärte ich ihr eine Spur versöhnlicher, »habe ich die Menschen in zwei Lager geteilt, in die Freunde und die Feinde meiner Haarfarbe. Wobei die Freunde zugegebenermaßen rarer waren, da Kinder in der Regel das Gewöhnliche lieben, das, was sie anderen gleich macht.«

»Bis man älter wird und sich danach sehnt, etwas Besonderes zu sein«, sagte sie ernst. »Und wenn man schließlich alt ist, erfährt man, dass das Besondere in den ganz einfachen Dingen zu finden ist. Eine lange Suche für eine so simple Antwort.« Ihre sanfte Stimme und ihre ruhige Art waren Balsam für meine an diesem Tag so heftig strapazierten Nerven.

»So«, sagte sie entschlossen, »jetzt aber genug davon. Ich wollte mich Ihnen nur kurz vorstellen, damit Sie eine leise Ahnung von Ihrer neuen Mitbewohnerin bekommen.« Sie erhob sich von ihrem Stuhl. »Haben Sie übrigens im Keller

noch ein wenig Platz, um Möbel unterzustellen? Ich werde in dem Stift zwei große Zimmer haben, nur kann ich die Möbel nicht in dem einen Raum hier unterbringen.« Sie sah mich fragend an.
»Sie müssen sie nicht in den Keller stellen. Lieblichs ehemaliges Wohnzimmer ist auch noch frei, da stehen sie sicher besser.« Nach Margarethe zur Lindens Erscheinungsbild zu urteilen, wohnte sie wohl kaum in witterungsfesten Ikea-Möbeln, sondern eher in Hölzern mit Vergangenheit.
»Benötigen Sie den Raum denn nicht?«
»Nein, ich habe oben meine beiden Zimmer und der Mieter, der am Wochenende einzieht, auch.«
»Also, dann abgemacht«, sagte sie erleichtert. »Wir sehen uns morgen früh. Ich freue mich.«
»Ich mich auch«, antwortete ich ehrlich und brachte sie zur Tür. »Soll ich Sie bis nach Hause begleiten?«
»Nein danke, nicht nötig«, erwiderte sie gelassen.
»Haben Sie denn keine Angst?«, fragte ich neugierig. Alle alten Menschen, die ich kannte, gingen nach der Dämmerung nicht mehr aus dem Haus, weil sie überzeugt waren, dass dunkle Gestalten das Tageslicht scheuen.
»Wovor?« Sie sah mich ruhig an. »Eine Handtasche habe ich nicht dabei, und wenn mein Leben in den nächsten Minuten seinem Ende zu gehen soll, dann können Sie daran auch nichts ändern. Aber keine Sorge«, lachte sie, »ich bin mir ganz sicher, dass weder meine Minuten noch meine Tage gezählt sind. Wir sehen uns morgen wieder.« Sie winkte mir zu und ging Richtung Gartentor.
»Bis morgen«, rief ich ihr hinterher und schloss langsam die Tür.

4 In der Nacht holten mich die grauen Gespenster wieder ein und zerrten mich aus dem Tiefschlaf. Obwohl meine Wut noch lebhaft an mir nagte, vermisste ich Julius plötzlich. Es war etwas anderes, allein zu sein, wenn man wusste, der andere würde schon irgendwann durch die Tür kommen, seinen Tag abladen, den Kühlschrank öffnen und versonnen hineinstarren, bevor er im Sofa vor dem Fernseher versank. Ich war immer gerne allein gewesen und hatte Julius manchmal gedroht: Wenn er mir nicht mehr Aufmerksamkeit schenkte, würde ich ihm über kurz oder lang den Laufpass geben. Durch unsere Dienste, die sich kaum einmal hatten aufeinander abstimmen lassen, waren wir selten genug über mehrere Stunden gemeinsam in unserer Wohnung gewesen. Die wenige Zeit, die wir miteinander verbracht hatten, musste ich mit seinen Zeitungen teilen, mit verbissenem Krafttraining und seiner Begeisterung für Computerspiele und Science-Fiction-Filme.

Hatte ich ihn gerade noch vermisst, so fragte ich mich in Anbetracht dieser Aneinanderreihung von Solonummern, wieso ich mir das so lange angetan hatte, nur um schließlich mit unverhohlenem Misstrauen und Vorwürfen für meine Geduld belohnt zu werden. Die Wut pulsierte durch sämtliche meiner Poren, und ich wusste nicht, gegen wen sie stärker gerichtet war, gegen Julius oder gegen mich selbst. Ich machte das Licht an und überlegte, wie diesen aufreibenden Gedanken zu entkommen war. Mit *Annas Geheimnis* sicher nicht. Das Buch hatte ich in die hinterste Ecke meines Bücherregals verbannt, wo es ohne Zweifel hingehörte. Um mich abzulenken, stand ich auf und ging noch einmal durch die Räume im Haus Lieblich, die nun wohl die längste Zeit leer gestanden hatten. Danach machte ich mir in der Küche eine heiße Schokolade. Mit den Füßen auf dem Tisch, einer Haltung, die Julius nur unter Protest geduldet hätte, malte ich mir die Besiedlung des Hauses aus, die so ganz anders ausfallen würde, als ich sie mir vorgestellt hatte. Hauptsache, meine neuen Mitbewohner stellten sich als willige Komparsen heraus, die sich dezent im Hintergrund hielten. Auf Schauspieler, die das Geschehen auf der Bühne aktiv mitgestalten wollten, konnte ich verzichten.

Eigentlich hatte ich sogar Glück, sagte ich mir. Mit Margarethe zur Linden und Robert Merten hatte ich die idealen Teilnehmer für eine Testphase gefunden. Keiner von beiden würde lange bleiben, und ich könnte wertvolle Erfahrungen sammeln, um später die endgültige Version meiner Wohngemeinschaft ganz in meinem Sinne zu gestalten. Mit diesem wohltuenden Gedanken löschte ich die Lichter im Haus und schlief tief und fest bis in den Morgen.

Als ich aufwachte, spürte ich den vergangenen Tag noch in allen Winkeln meiner Seele. Für den neuen würde ich zum Glück nicht so viel Energie benötigen. Es stand vorerst kein weiteres Bewerbungsgespräch an, und von Margarethe zur Linden hatte ich mir schon ein Bild gemacht, einen Schnappschuss gewissermaßen, der mich jedoch sehr versöhnlich stimmte. Gerade überlegte ich euphorisch, Brötchen zu holen und sie zum Frühstück einzuladen, als meine Vorsicht diesen Impuls im Keim erstickte. Was, wenn sie annahm, dieser Einstand ließe sich zur Gewohnheit erheben? Dann waren die ersten Zeichen gesetzt, und ein Zurück gab es nur noch über unangenehme Auseinandersetzungen. Also sparte ich mir den Weg zum Bäcker und verdrückte mein Frühstück allein.

Als ich sie dann schließlich inmitten ihrer Umzugskisten stehen sah, bot ich ihr doch meine Hilfe an. Wie sich herausstellte, kam sie jedoch prächtig ohne mich zurecht. Sie hatte sich den Luxus eines Rundumservice erlaubt und dirigierte die Mainzelmännchen durch die beiden Räume ihrer Zwischenstation. An ihrer Stelle hätte ich mir den Aufwand gespart, jede einzelne Kiste auszupacken. Ich hätte mich für das Nötigste entschieden und den Rest in den Keller gestellt. Aber sparen musste Margarethe zur Linden allem Anschein nach nicht. Sie richtete sich ein, als beziehe sie zwei Zimmer mit Zukunft, dabei würde sie höchstens ein paar Wochen bleiben. Aber solange sie regelmäßig ihre Miete zahlte, konnte sie von mir aus auch die Wände blau streichen, wenn es ihr das Intermezzo im Haus Lieblich versüßte.

Bis im Haus wieder Ruhe eingekehrt war, verzog ich mich in den ersten Stock. Danach wagte ich mich hinunter, um mit Margarethe zur Linden die gemeinsame Nutzung der Küche zu besprechen. Das war der einzige Raum, in dem sich Begegnungen nicht vermeiden lassen würden. Im günstigsten Fall ging sie lieber essen, anstatt selbst den Kochlöffel zu schwingen. Ihre gepflegten Hände hatten nicht danach ausgesehen, als wären sie schon einmal länger als fünf Minuten in einer Rührschüssel verschwunden. Meine hatten diese Erfahrung zwar auch nicht gemacht, aber ich gehörte schließlich der Generation an, die aus ihrer Tiefkühltruhe die herrlichsten Fertiggerichte zauberte. Ich fand sie in der Küche, wo sie am Tisch einen Einkaufszettel schrieb.

»Ich habe mir erlaubt, mal einen Blick in die Speisekammer zu werfen«, sagte sie, während sie mich über ihre Lesebrille hinweg tadelnd ansah. »Wovon ernähren Sie sich?«

»Brot, Brot, Kuchen, Pizza. Meistens in dieser Reihenfolge. Manchmal«, überlegte ich laut, »setze ich aber auch den Kuchen gleich an den Anfang. Mit vier Mahlzeiten am Tag liege ich schon ganz gut«, sagte ich zufrieden. Ich sah ihren ungläubigen Blick. Glaubte sie etwa, das sei zu wenig?

»Was ist mit Obst und Gemüse? Was ist mit einer kleinen Abwechslung?«

»Für Ersteres gibt es hervorragende Vitamintabletten, und über einen Mangel an Abwechslung kann ich mich schon außerhalb meiner Mahlzeiten nicht beklagen. Deshalb möchte ich wenigstens beim Essen davon verschont bleiben.«

»Wissen Sie, was Sie Ihrem Körper damit antun, Frau Winter?«, fragte sie besorgt.

»Natürlich«, hielt ich ihr ungerührt entgegen. »Er kann sich voll und ganz auf mich verlassen. Keine bösen Überraschungen, keine exotischen Experimente und keine kunstvollen Arrangements auf dem Teller, die sowieso nur vom Wesentlichen ablenken.«

Ich sah ihr an, dass sie sprachlos war und nicht wusste, auf welche meiner liebevoll gehegten Überzeugungen sie zuerst eingehen sollte. Dann berappelte sie sich, richtete sich in ihrem Stuhl zu voller Größe auf und ließ ein unerwartetes Redegewitter auf mich nieder, das ihr bei der Deutschen Gesellschaft für Ernährung einige Pluspunkte verschafft hätte.

»Sie beherbergen da in sich ein hochkompliziertes Chemiewerk, das wenigstens einen Anflug Ihrer Hochachtung verdient.« Während sie redete, zeigte sie mit ihrem spitz ausgestreckten Zeigefinger direkt auf mein Sonnengeflecht.

War es einer Dame nicht verboten, so unverhohlen mit dem Finger auf etwas zu deuten? Aber mir war schon bei unserer ersten Begegnung aufgefallen, dass sich Margarethe zur Linden über störende Konventionen kurzerhand hinwegsetzte, wenn es ihr gerade passte.

»Da greifen in einem ausgeklügelten Mikrokosmos unzählige Prozesse ineinander, die Sie laufen, rennen, springen, schlafen oder sich konzentrieren lassen, die radikale Angreifer abwehren. Und Sie haben nichts Besseres zu tun, als jedes dieser einzelnen Wunder durch eine Ernährung zu torpedieren, die nicht einmal mit zwei zugedrückten Augen diese Bezeichnung verdient. Mir wird ganz schummerig bei solch unverantwortlichem Leichtsinn.«

»Wieso Leichtsinn?«, hakte ich ein.

»Weil sie zu jung sind. Wenn Sie so weitermachen, begehen Sie kulinarisch bedingten Selbstmord.«

»Ich bin fünfunddreißig«, versuchte ich nun auch, Margarethe zur Linden von meiner Reife zu überzeugen.

»Sage ich doch, viel zu jung.« Sie musste mit Frau Lieblich unter einer Decke stecken. »Und überhaupt, wo bleibt denn da der *Genuss*?« Sie sprach dieses Wort aus, als bedeute es die einzig wahre Essenz des Lebens.

Den Vorwurf, der in dieser Frage mitschwang, konnte ich nicht auf mir sitzen lassen.

»Wenn Sie mir erst einmal beim Kuchenessen zugesehen

haben, stellen Sie diese Frage nicht mehr.« Ich lächelte sie siegessicher an und nickte mit Nachdruck, während ich mich an die beiden Stücke im Kühlschrank erinnerte, die noch von der Bewältigung meiner Krankenhauskrise übrig waren.
»Ich rede nicht von Frustkompensation«, sagte sie unbeeindruckt, »sondern von Genuss. Aber ich sehe schon, da breitet sich ein weites, jungfräuliches Feld vor mir aus.« Sie rieb sich entschlossen die Hände, nahm ihren Stift zur Hand und fuhr fort, den Einkaufszettel zu füllen.
Ich sah ihr staunend zu, wie sie das vor ihr liegende Blatt systematisch mit sauber untereinander geschriebenen Wortkolonnen füllte. Wenn sie das alles einkaufen wollte, würde sie einen Lieferwagen benötigen. Aber das sollte ihre Sorge sein, dachte ich gelassen, genauso wie die Frage, wann sie diese Mengen essen wollte. Als sie endlich fertig war, sah sie mich fröhlich an und schraubte langsam ihren Füller zu.
»Wie halten Sie es eigentlich mit dem Sex?«, fragte sie ohne Vorwarnung. »Vermeiden Sie da auch jede Abwechslung?« Ihr Tonfall verriet eine Mischung aus beiläufigem Interesse und ehrlicher Anteilnahme.
Während ich sie fassungslos anstarrte, kämpfte ich mit dem Schluck Tee in meinem Mund, der sich zielstrebig und krampfartig in Richtung auf meine Luftröhre zubewegte. Um nicht vor ihren Augen zu ersticken, ließ ich mir mit einer Antwort Zeit. Den Moment meiner Hilflosigkeit nutzte sie schamlos aus, um diese groteske Unterhaltung noch ein Stück auszuweiten.
»Ich meine in diesem speziellen Fall mit Abwechslung

nicht einen Partnerwechsel, eher einen Positionswechsel.«
Sie sah mich forschend an.
»Frau zur Linden«, holte ich aus, nachdem ich meine Sprache wieder gefunden hatte, »ich finde Sie unmöglich!«
»Sagen Sie doch bitte Margarethe zu mir, Katja. Manche Dinge klingen so viel netter, wenn sie in Verbindung mit dem Vornamen gesagt werden.« Sie sah mich freundlich und völlig ungerührt an. »Außerdem lässt sich so viel leichter über Intimes reden.«
»Frau zur Linden …«
»Margarethe«, unterbrach sie mich.
»Margarethe«, entsprach ich ihrer Bitte, wobei ich jede einzelne Silbe betonte, »ich muss, glaube ich, mal kurz etwas klarstellen.« Zum Glück neigte ich nicht zu cholerischen Anfällen und konnte meine Stimmgewalt einigermaßen unter Kontrolle halten. »Das hier ist eine *Wohngemeinschaft* und keine Generationen übergreifende Sexualsprechstunde. Außerdem habe ich mit diesem Thema nicht angefangen, und ich habe weiß Gott nicht vor, auch nur ein weiteres Wort darüber zu verlieren.«
»Schade«, sagte sie einfach und faltete in aller Ruhe ihren Einkaufszettel zusammen. »Darf ich Ihr Telefon benutzen, um dem Supermarkt meine Bestellung durchzugeben?«
Ich sah sie verdattert an und hatte meine Schwierigkeiten, diesem sekundenschnellen Themenwechsel in gleicher Weise zu folgen. Sie wartete mein Ja geduldig ab und griff dann zum Telefonhörer.
O Gott, dachte ich mit einem bangen Gefühl, würden alle Diskussionen mit ihr diesen Verlauf nehmen? Ich hatte nur kurz ein Küchenarrangement mir ihr treffen wollen und

war unversehens in eine mittelschwere Grundsatzdiskussion geraten, bei der ich eindeutig den Kürzeren gezogen hatte. Beim nächsten Mal würde ich mir meine Antwort gut überlegen, bevor ich dieses Glatteis betrat, auf dem sie federleichte Pirouetten drehte, während ich mir beide Knie aufschlug.
Ich wartete das Ende ihrer Bestellung nicht ab, sondern zog meinen Mantel über und floh nach draußen, um mein aufgebrachtes Gemüt abzukühlen. Ich wanderte durch die angrenzenden Nebenstraßen Richtung Ortskern. Bisher war ich noch nicht dazu gekommen, mir Kronberg genauer anzusehen. Jetzt lenkten mich die im Nieselregen glänzenden Kopfsteinpflastergassen und die liebevoll restaurierten, alten Fachwerkhäuser von meinen missmutigen Gedanken ab. Ich sah hinauf zu der Burg und nahm mir vor, an einem der nächsten Tage eine Besichtigung mitzumachen. Wenn ich erst wieder einen Job hätte, würden sich derartige Freizeitaktivitäten schnell auf ein Minimum reduzieren. Die wunderschöne Ausstrahlung des Ortes ließ mich fast friedlich nach Hause zurückkehren. Ich hatte gerade die Tür hinter mir geschlossen, als ich in der Küche das Telefon klingeln hörte.
»Winter«, meldete ich mich außer Atem und erkannte Frau Lieblich am anderen Ende der Leitung.
»Ich wollte nur kurz fragen, ob mit Margarethe alles geklappt hat.«
»Der Umzug hat allem Anschein nach bestens geklappt, nur unsere Kommunikation muss sich noch ein bisschen besser einspielen«, sagte ich ironisch.
»So?«, fragte sie verwundert.

»Frau Lieblich«, fuhr ich leise fort, »sind Sie sicher, dass Margarethe nicht irgendwo entlaufen ist? Sie ist ein bisschen merkwürdig.«
»Ach so, das meinen Sie.« Sie lachte herzhaft. »Ich habe Ihnen doch gesagt, dass sie ein Freigeist ist.«
»Was in ihrem *Geist* vor sich geht, könnte mir ja egal sein«, sagte ich vorwurfsvoll, »nur gibt es bei ihr offensichtlich eine direkte Übertragung von ihrem Geist zu ihren Worten. Vollkommen ungefiltert, wenn Sie wissen, was ich meine.« Ich hoffte inständig, dass bei meinem Flüstern nicht allzu viel verloren ging.
»Sie sagt, was sie denkt. Ist das nicht erfrischend? Und so selten.«
»Da haben Sie Recht«, sagte ich trocken und ließ es dabei bewenden. Margarethe hatte ihren Fanclub gut präpariert, da hatte ich keine Chance.
Frau Lieblich verabschiedete sich lachend von mir und wünschte uns eine wundervolle Zeit. Ich war von dem *Wunder* Margarethe jedoch vorerst bedient und sehnte das Wochenende und damit den Einzug von Robert Merten herbei. Er hatte mir nicht den Eindruck gemacht, als würde er sich so leicht die Gesprächsführung aus der Hand nehmen lassen. Vor allem glaubte ich nicht, dass er sich mit Margarethe auf eine Diskussion über Positionswechsel einlassen würde, außer natürlich es handelte sich um einen berufsbedingten. Gut so, dachte ich und war froh über die männliche Unterstützung, die mir inzwischen sehr willkommen war. Ich war gespannt, ob sich Margarethes Geist auch dann noch so frei ausleben würde, wenn ihr ein Mann gegenübersaß. Schließlich gehörte sie zu der Generation

Frauen, denen man ihre Rolle noch unmissverständlich aufgezwungen hatte.

Den Abend verbrachte ich in aller Ruhe allein im Haus. Margarethe musste ausgegangen sein, unter ihrer Tür schien kein Licht hindurch. Umso besser, dachte ich, dann konnte ich es mir in der Küche gemütlich machen, ohne mich gegen eine ihrer unvorhersehbaren Attacken zur Wehr setzen zu müssen. Ich schob eine Pizza Vier Jahreszeiten in den Ofen und sah entspannt zu, wie sich der Käse im Zeitlupentempo goldbraun färbte. Von wegen *Leichtsinn*, dachte ich erbost. Es war doch alles drauf, Spinat, Pilze, Salami und Käse. Ausgewogener ging es nun wirklich nicht. Als ich gerade herzhaft in das erste Stück gebissen hatte, hörte ich den Schlüssel in der Haustür. Sie war zurück. Ich stand blitzschnell auf, schloss leise die Küchentür und verharrte dann mucksmäuschenstill auf meinem Stuhl, um nicht ihre Aufmerksamkeit zu erregen. Wenn sie mich oben vermutete, ging sie vielleicht direkt in ihr Zimmer. Aber dieser Tag sollte sich nicht seinem Ende zuneigen, ohne mich noch einmal unter Margarethes Wortdusche zu zerren. Sie öffnete schwungvoll die Tür, sagte *Hallo*, als sei nichts geschehen, und setzte sich Wasser für einen Schlaftee auf, wie sie mir ungefragt verriet. Altersschlaflosigkeit, dachte ich und hoffte, dass sie nicht nachts polternd durchs Haus wandern würde, um sich die Zeit zu vertreiben.

»Eine Herausforderung für jede Nährwertanalyse«, sagte sie in meine Richtung.

»Wie bitte?«

»Na, Ihre Pizza.«

Sie betrachtete die leckeren Dreiecke auf meinem Teller, als handele es sich um Kunstprodukte, die im besten Fall für eine Collage an der Wand geeignet waren.
»Mir schmeckt's«, sagte ich freudig und ließ sie an meinem Gleichmut abprallen. Nur nicht darauf eingehen, ermahnte ich mich.
»Das sehe ich«, lachte sie herzhaft. »Aber eines verspreche ich Ihnen, Katja: Wenn ich hier wieder ausziehe, werden Sie kulinarisch von Grund auf verdorben sein.«
»Dann müssen Sie sich aber beeilen, Margarethe, das kann nämlich sehr schnell gehen in diesen Heimen. Ehe Sie sich versehen, haben Sie schon einen Platz.« Den kleinen Seitenhieb konnte ich mir nicht verkneifen.
»Nur keine Sorge«, sagte sie, »*meine* Küche verdirbt beim ersten Bissen.«
Bevor ich etwas erwidern konnte, nahm sie ihren Schlaftee und wünschte mir eine gute Nacht.
»Ebenso«, rief ich ihr hinterher und atmete erleichtert auf, als ich die Küche wieder für mich hatte. Ich betrachtete liebevoll die beiden restlichen Pizzastücke und sehnte mich einmal mehr nach der zurückliegenden Zeit mit Julius. Er war in dieser Hinsicht vollkommen unkompliziert gewesen und hatte sich nie über mein Essen beschwert. *Dafür hat er deine Kompetenz und dein Verantwortungsgefühl angezweifelt*, meldete sich mein unbestechlicher Verstand zu Wort. Ich musste ihm wohl oder übel Recht geben. Da es kein Zurück gab, würde ich mich mit den skurrilen Anwandlungen einer Margarethe zur Linden arrangieren müssen. Blieb nur zu hoffen, dass ich mich in Robert Merten nicht auch so gründlich getäuscht hatte.

Zumindest seinem Wettkampf mit der knappen Ressource Zeit war er treu geblieben und stand am nächsten Morgen bereits um sieben Uhr samt Umzugswagen vor der Tür. Die Klingel hatte mich aus einem wilden Traum gerissen, in dem Margarethe mir die Hände fesselte und mich mit Nährwerten fütterte. Ich wankte im Halbschlaf die Treppe hinunter und stieß kurz vor der Haustür mit ihr zusammen. Robert Merten musste noch einen Augenblick draußen warten, erst ließ ich das Bild, das sie mir bot, auf mich wirken. Ihre Haare waren perfekt frisiert, und ihr Körper verbarg sich hinter wallender Seide, die bis zu ihren Fußspitzen reichte. Solche Morgenröcke hatte ich bisher nur in Filmen gesehen. Meine dicken Socken unter dem verwaschenen Flanellschlafanzug entsprachen da schon eher sturmerprobter Realität. Einmal mehr bewunderte ich ihre Gabe, mit ihren Blicken an meinem Gesicht hängen zu bleiben, ohne den Rest abzutasten, der aus ihrer Sicht genauso bemerkenswert sein musste wie umgekehrt. So ungeniert sie sonst mit mir umsprang, in dieser Hinsicht war sie ganz Dame.
»Wollen wir ihn jetzt hineinlassen?«, fragte sie sanft. »Es ist kalt da draußen.«
»Oh, natürlich«, stotterte ich und wachte mit einem Ruck aus meinen Betrachtungen auf.
Draußen war es nicht nur kalt, sondern auch stockdunkel, aber die Umzugsleute hatten bereits angefangen auszuladen und liefen mich fast über den Haufen, als ich die Tür öffnete. Robert Merten begrüßte uns kurz und lief vor den Männern her die Treppe hinauf.
»Wir werden ja noch genügend Zeit haben, alles Nötige zu

besprechen«, rief er mir über die Schulter zu und war schon oben verschwunden.
»Also dann«, sagte ich gähnend zu Margarethe, »verschieben wir die gegenseitige Vorstellung auf später. Ich verkrieche mich noch ein bisschen in mein Bett.«
Dieses *Später* ergab sich jedoch erst am Nachmittag, als wir uns alle drei zufällig in der Küche trafen und ich Robert Merten in unmissverständlichen Worten über die neue Konstellation aufklärte.
»Frau zur Linden wird nur kurze Zeit hier wohnen, sie wartet auf einen Heimplatz.«
»Was für ein Heim?«, fragte Robert Merten sichtlich irritiert.
»Ein Altenheim«, meldete sich Margarethe lächelnd zu Wort. »Ich verbuche es als Kompliment, dass Sie bei meinem Anblick nicht sofort darauf gekommen sind.«
Kokett ist sie also auch, dachte ich entnervt. Wenn ich nicht gleich eingriff, hätte sie ihn im Nullkommanichts für sich eingenommen. Männer waren in dieser Hinsicht ja so naiv.
»Vielleicht«, säuselte ich mit sanfter Boshaftigkeit, »dachte Herr Merten ja eher an eine andere Art Heim.«
Margarethe grinste und sah mich mit blitzenden Augen an, während Robert Merten seinen skeptischen Blick zwischen uns beiden hin- und herwandern ließ.
»Frau Winter«, setzte sie in aller Ruhe zu einer Erklärung an, »studiert seit meinem Einzug heimlich die Polizeiberichte. Sie ist fest davon überzeugt, dass aus einer der umliegenden Nervenheilanstalten eine unberechenbare Siebzigjährige ausgebrochen sein muss. Dabei hatten wir ledig-

lich eine kleine Unterhaltung über genussvolle Abwechslungen.«
»Vielleicht führen Sie diese Unterhaltung einmal mit Herrn Merten«, sagte ich bissig in ihre Richtung. »Ich bin gespannt, was er zu diesem Thema zu sagen hat.«
»Ich auch«, ließ sich Margarethe fröhlich vernehmen. »Und ich bin sicher, es wird sich eine Gelegenheit dazu ergeben. Ich bin übrigens Margarethe.« Sie hielt ihm ihre Hand hin, und er schlug entschlossen ein.
»Robert.«
»Katja«, meldete ich mich zu Wort, bevor hier ohne mich ein Pakt geschlossen wurde. Außerdem war es an der Zeit, Margarethe das Zepter wieder aus der Hand zu nehmen. »Und da wir gerade alle hier sind, können wir gleich die Modalitäten für unser Zusammenwohnen besprechen.«
»Hört, hört«, sagte Margarethe, die es sich am Küchentisch gemütlich gemacht hatte. »Bei Katja muss man auf die feinen Unterschiede achten. Ein Wort wie Zusammen*leben* kommt ihr nicht über die Lippen.«
Ich überging ihren Einwurf kurzerhand und setzte beiden in einer unmissverständlichen Imperativform meine Vorstellungen auseinander.
»Jeder von uns hat seine eigenen Räume, auf die er, beziehungsweise sie sich zu beschränken hat. In der Küche müssen wir uns entsprechend arrangieren.«
»Was Katja meint, ist, dass wir von vertraulichen Gesprächen am Küchentisch absehen sollen.« Margarethe konnte es nicht lassen.
»Kein Problem«, sagte Robert sichtlich erleichtert. »Das kommt mir sehr entgegen.«

Margarethe sah uns beide entgeistert an. »Was ist los mit Ihnen? Sie machen mir nicht den Eindruck, als hätten Sie aus religiöser Überzeugung ein Schweigegelübde abgelegt. Warum also diese Selbstbeschränkung?« Sie wartete eine Antwort gar nicht erst ab. »Ein interessantes Gespräch ist doch belebend und aufschlussreich, ein hervorragender Weg, um sich besser kennen zu lernen, sich selbst und den anderen.«

»Wenn man das will«, sagte ich kühl und sah Robert aufmunternd an, damit auch er sich mit seiner Meinung nicht zurückhielt.

»Generell haben Sie natürlich Recht, Margarethe«, begann er zögernd, »aber in diesem speziellen Fall stimme ich eher Katja zu. Dies ist eine reine Zweckgemeinschaft für einen begrenzten Zeitraum, und mehr sollte man auch nicht hineininterpretieren.«

Auf Robert ist Verlass, dachte ich schadenfroh. Ich lehnte mich gelassen auf meinem Stuhl zurück und sah zu, wie seine Worte auf Margarethe wirkten. Ich hätte es dabei belassen sollen, aber sie reizte mich unwiderstehlich zu Widerworten.

»Was Sie angesprochen haben, Margarethe, bezieht sich wohl eher auf Gespräche im Freundeskreis und nicht auf so einen zusammengewürfelten Haufen wie uns drei. Freiwillig hätten wir uns doch nie zusammengefunden.« Ich hoffte, dass Robert mein entschuldigender Blick in seine Richtung nicht entgangen war.

»Gerade das macht es so interessant«, hielt sie mir unbeeindruckt entgegen. »Sicher sind auch die Gespräche unter Freunden sehr anregend, aber nur im Idealfall und wenn

sich jeder immer wieder am Riemen reißt. In der Regel sind diese Unterhaltungen zwischen Gleichgesinnten aber wie alte Hausschuhe, bequem und ausgelatscht. Anstatt mit den Zehen zu wackeln, lassen die meisten ihre Füße ausgiebig darin ruhen.«
Robert sah sie zweifelnd an, und ich spürte entsetzt, wie ich in meinen dicken Socken die Zehen bewegte.
»Auf eine sehr merkwürdige Weise sind wir vom Thema abgekommen«, unterbrach ich ihren bildhaften Versuch, unser Miteinander mit tiefsinnigen Gesprächen anzureichern. Vielleicht hatte sich ihr Faible für Nährwerte unbemerkt auf ihr gesamtes Leben erstreckt. Nun, dachte ich, das konnte mir egal sein, nur sollte sie mich damit in Ruhe lassen.
»Um das eigentliche Thema abzuschließen«, fuhr ich bestimmt fort, »schlage ich vor, dass wir die Küche nicht zum Aufenthaltsraum werden lassen, sondern dass sie nur zum Kochen und Essen genutzt wird. Ich halte auch nichts von einem Küchendienst. Jeder beseitigt seinen eigenen Dreck, das erspart uns Ärger und eine Menge Diskussionen.« Ich sah Margarethe undurchdringlich und Robert bittend an.
»Einverstanden«, sagte er knapp, und ich spürte, dass ihm schon diese Diskussion zu viel war.
»Wir werden sehen«, ließ Margarete ungewiss verlauten, sah uns beide jedoch mit unmissverständlicher Gewissheit an.
Robert verschwand kopfschüttelnd mit einem Müsliriegel und einem großen Becher Kaffee, der inzwischen durchgelaufen war, nach oben. Während ich Milch für einen Kakao

wärmte und mir ein Stück Kuchen abschnitt, wappnete ich mich innerlich gegen eine Fortsetzung von Margarethes Lebensweisheiten, aber sie hatte sich in eines ihrer Kochbücher vertieft, die sie auf dem Küchentisch ausgebreitet hatte.

»Bis später«, rief sie mir hinterher, als ich hinausging, um Kakao und Kuchen fern von ihren beredten Blicken zu genießen. In meinem Zimmer zündete ich mir zwei dicke Kerzen an, machte es mir in meinem Sessel gemütlich und begann, die Wochenendzeitung zu lesen. Nebenan hörte ich Robert rumoren und hämmern. Seinem dynamischen Tempo nach zu urteilen, würde er spätestens am nächsten Tag mit allem fertig sein. Er machte mir nicht den Eindruck, als habe er sich den Montag noch freigenommen, um seine Kisten auszupacken. Gut so, dachte ich, die besten Mitbewohner sind die, von denen ich nichts merke.

Gegen Abend entschloss ich mich trotz der Kälte, die draußen herrschte, zu einem kurzen Spaziergang. Ich wanderte durch die kleinen Nebenstraßen und sah im Vorbeigehen neugierig in die hell erleuchteten Fenster der Häuser. Zwischen den alteingesessenen, die ähnlich aussahen wie Haus Lieblich, gab es die renovierten Häuser mit ihren Hochglanzküchen und Lifestyle-Wohnzimmern. Ich dachte wehmütig an die Wiesbadener Wohnung, die nicht mehr *unsere* war, und wünschte mir, dass es nicht so lange dauern würde, bis ich mich hier heimisch fühlte. Es war alles noch so neu und ungewohnt, dass ich mir wie ein Besucher vorkam, der nach einer längeren Stadtbesichtigung wieder nach Hause zurückkehren würde. Aber mein Zuhause war jetzt hier, ich spürte nur noch nichts davon. Ich fühlte mich um alles betrogen, um meine berufliche Sicherheit, um die Geborgenheit meiner vertrauten vier Wände, die ich erst zu schätzen gelernt hatte, nachdem ich sie verloren hatte, und um die Zuversicht, die aus einer dauernden Beziehung erwuchs. Es hieß, hinter allem im Leben stecke ein tieferer Sinn. Wenn dieser Sinn in meinem Fall darin lag, mir zu zeigen, was mir etwas bedeutete, dann wünschte ich mir, dass sich mir dies auf einem anderen, leichteren Weg erschlossen hätte. Ich war durchaus lernwillig, auch ohne die Holzhammermethode.

Als ich die Tür zu Haus Lieblich aufschloss, strömten mir intensive Gerüche aus der Küche entgegen. Margarethe musste begonnen haben, ihre Vorräte, die die Speisekammer zum Bersten brachten, anzubrechen. Der Geräuschkulisse nach zu urteilen, ging es dort heiß her, und ich verdrückte mich nach oben. Als ich mir eine halbe Stunde später eine Pizza in den Ofen schieben wollte, saßen sich Margarethe und Robert am Tisch gegenüber und waren in die Betrachtung ihrer Teller versunken. Was Margarethe da angerichtet hatte, sah tatsächlich aus wie die Komposition eines Gourmetkochs, jedenfalls so, wie ich mir das vorstellte.

»Haben Sie Lust, mitzuessen, Katja?« Sie drehte sich auf ihrem Stuhl zu mir um und sah mich fragend an. »Es gibt Schweinefleischröllchen mit Rosmarin und Pilzen, dazu Schwenkkartoffeln.«

»Nein, danke«, sagte ich fest, meine Pizza würde mich schließlich auch satt bekommen, obwohl mir bei dem Anblick das Wasser im Mund zusammenlief. Aber so leicht

würde ich mich Margarethes Verführungskünsten nicht ergeben. Während ich mir einen Tee kochte, hörte ich den beiden zu, die sich am Tisch angeregt unterhielten.
»Haben Sie Kinder?«, fragte gerade Robert und schob sich genussvoll einen undefinierbaren Pilz in den Mund.
»Noch nicht.« Aus Margarethes Ton war nicht zu entnehmen, ob es sich bei ihrer Antwort um einen Scherz handelte oder um eine Hoffnung, die sie sich gegen jedes biologische Gesetz bewahrt hatte. Vielleicht hoffte sie aber auch auf die unglaubliche Verwegenheit italienischer Wissenschaftler, die gerade einer Sechzigjährigen zu Mutterfreuden verholfen hatten.
Robert hatte sich offensichtlich für den Scherz entschieden und ließ ein kraftvolles Lachen folgen.
»Und Sie?«, gab sie seine Frage zurück.
»O nein, das überlasse ich anderen. In mein Leben passt kein Kind.« Er schüttelte vehement den Kopf und machte sich über die Reste auf seinem Teller her.
»Das habe ich auch einmal gedacht«, sagte Margarethe plötzlich ganz ernst und mit einem Anflug von Wehmut in der Stimme. »In der Rückschau würde ich mich jedoch anders entscheiden. Zu spät.« Sie tupfte entschlossen ihre Lippen mit der Serviette ab, richtete sich kerzengerade auf und wechselte in Sekundenschnelle das Thema. »Ich koche übrigens jeden Tag. Wenn Sie wollen, lasse ich Ihnen für abends etwas übrig, ohne jede Verpflichtung, versteht sich.«
»Gern«, sagte Robert begeistert. »Kochen zählt nicht gerade zu meinen Stärken, Essen schon eher.«
Margarethe räumte den Tisch ab, während ich mich mit

meiner Pizza dort niederließ und Robert, ganz Mann, geruhsam sitzen blieb.

»Das gilt übrigens auch für Sie, Katja«, hörte ich sie hinter meinem Rücken sagen. »Ich weiß«, fuhr sie schnell fort, bevor ich meinen Protest loswerden konnte, »Sie haben sich unauflöslich Ihrer Pizza verschrieben. Aber sollte doch einmal der Moment kommen, in dem Sie die Sehnsucht nach einer kleinen Abwechslung übermannt, dann zögern Sie nicht. Es wird immer genug für Sie da sein.«

»Vielen Dank«, brachte ich zwischen zwei Bissen hervor und beließ es dabei. Sollte sie meine Antwort interpretieren, wie sie wollte.

Eigentlich hatte ich gehofft, die beiden hätten meinen Wink mit dem Zaunpfahl verstanden und würden sich nun in ihre Zimmer verziehen, aber weder Margarethe noch Robert machten entsprechende Anstalten. Im Gegenteil, sie nahmen in aller Seelenruhe ihre Unterhaltung wieder auf und ignorierten meine unmissverständlichen Blicke. Da Robert Margarethes indiskrete Attacken bisher noch nicht erlebt hatte, beantwortete er bereitwillig ihre Fragen.

»Ich bin Controller in einer großen Unternehmensberatung in Frankfurt.«

»Das ist aber eine beachtliche Karriere für Ihr Alter«, sagte Margarethe beeindruckt.

»Wie man's nimmt«, entgegnete er zögernd. Offensichtlich wägte er ab, inwieweit er sich mit einer Siebzigjährigen auf eine Karrierediskussion einlassen sollte.

Ich war gespannt, wie er sich entscheiden würde, und hoffte vergebens auf einen kleinen Dämpfer für Margarethe.

»Ich bin zweiunddreißig, und es gibt manche, die schon

viel eher auf einem ähnlichen Posten sitzen. So beachtlich ist es also gar nicht. Ich muss mich ranhalten, damit ich nicht irgendwann von so einem *Youngster* überholt werde.« Er sagte es in einem scherzhaften Ton, ließ aber den Ernst, den er der Sache beimaß, durchblicken.
»Und Sie, Katja«, wandte er sich völlig unerwartet an mich. »Was machen Sie?«
»Ich bin Kinderintensivschwester und derzeit arbeitslos.« Die nötige Portion Trotz in meiner Stimme dürfte jede Diskussion über meinen Job im Keim ersticken.
»Stellenstreichung?«, fragte er unbeeindruckt.
»So kann man es auch nennen«, sagte ich vage und räumte mein Geschirr zusammen.
»Es wird sich etwas finden, Katja.« Margarethe sah mich ruhig an und erntete zum ersten Mal seit Tagen wieder einen Pluspunkt. »So«, sagte sie entschieden und stand auf, »jetzt wünsche ich Ihnen noch einen schönen Abend.«
Robert folgte ihr kurz darauf und überließ mich in der Küche meinen Gedanken. Ich dachte an das nächste Vorstellungsgespräch, das am Montag anstand, und hoffte einmal mehr auf mein Glück, denn viel mehr konnte mir mein Berater beim Arbeitsamt im Moment nicht anbieten. Inzwischen war ich auf die Fragen gefasst und hatte ausreichend Gelegenheit gehabt, mich entsprechend darauf vorzubereiten. Da mir die Wahrheit niemand glaubte, würde ich ihnen eine überzeugende Geschichte aus dem Reich der Phantasie erzählen.

5 *Als ich am Montagmorgen gegen acht Uhr hinunterging*, begegnete mir Robert in Jogginganzug und Turnschuhen auf der Treppe. Er war vollkommen verschwitzt und zum Glück genauso ungesprächig wie ich. Mit einem knappen *Guten Morgen* ging jeder von uns seines Weges. Margarethe saß am Küchentisch und las ihre Zeitung. Auch sie hatte Erbarmen und ließ mich bis auf einen kurzen Gruß in Ruhe. Ich machte mir schnell einen Tee und trank ihn im Stehen. Meine Nerven waren bis zur Schmerzgrenze gereizt. Selbst wenn es dieser Job nicht ist, kommt irgendwann ein anderer, versuchte ich mich selbst zu beruhigen, aber das gelang mir nur ansatzweise. Es war zwar alles andere als angenehm, aber ich konnte durchaus noch einige Zeit mit meiner Arbeitslosigkeit zurechtkommen. Nur würde es zunehmend schwieriger werden, einem Verwaltungschef, der seinen Job verstand, den Grund dafür zu erklären. Gute Intensivschwestern waren gesucht. Nur allzu schnell würde der Umkehrschluss zuschnappen, dass, wer nicht gesucht war, auch nicht gut sein könne. Eine Falle nannte man so etwas, und ich saß mittendrin. Ich trank den letzten Schluck Tee, straffte meine Schultern und wünschte Margarethe einen schönen Tag.
»Viel Glück«, sagte sie herzlich und drehte sich zu mir um. »Ich drücke Ihnen die Daumen, Katja.« Dabei hielt sie beide Fäuste in meine Richtung und klemmte ihre Daumen darin ein.
»Woher …?«, ließ ich meine Frage in der Luft hängen. Ich hatte ihr nichts von meinem bevorstehenden Bewerbungsgespräch erzählt.

»Sie sind so hübsch angezogen heute. Außerdem kann ich Ihre Anspannung spüren. Nur Mut!«
Ich nickte ihr zu, schluckte meine Aufregung hinunter und presste ein zaghaftes *Na klar* zwischen meinen Lippen hindurch.
Als ich auf die Schnellstraße nach Frankfurt bog, war ich froh, dass ich so rechtzeitig losgefahren war. Die ersten Kilometer ging es nur im Schritttempo, bis sich die Kolonne auflöste und ich Gas geben konnte. Fünf Minuten vor meinem Termin erreichte ich das St.-Johannes-Hospital. Die Sekretärin brachte mich zu einer gemütlichen Sitzgruppe und bat mich, Platz zu nehmen. Ihre Chefin werde gleich kommen. Meine Zuversicht stieg, als ich in die weichen Polster sank, die so ganz anders anmuteten als der harte Büßerstuhl, auf dem ich in der vergangenen Woche dem Verwaltungsroboter gegenübergesessen hatte. Und als sich dann die *Chefin* zu mir setzte, schaukelte sich mein Optimismus in ungeahnte Höhen. Sie musste ungefähr so alt sein wie ich, hatte lange, glänzend braune Haare und steckte in einem dunkelgrünen, sehr femininen Kostüm. Ihre warmherzige Ausstrahlung ließ mich hoffen. Wie hatte es so eine Frau in die Verwaltung verschlagen? Egal, sie hatte mir der Himmel geschickt. Meine Geschichte würde ihr tiefstes Mitgefühl ansprechen, da war ich mir sicher.
Nach dem üblichen Vorgeplänkel kam sie zur Sache, nämlich zum Grund für meine Kündigung.
»Man hat mir aus sehr persönlichen Gründen gekündigt«, begann ich wie beim letzten Mal, um dann jedoch in die Welt der Phantasie abzubiegen.
»Können Sie mir das ein wenig genauer erklären?«, bat sie.

»Selbstverständlich.« Ich zögerte keine Sekunde, lächelte und sah ihr direkt in die Augen. »Ich hatte ein Verhältnis mit einem Oberarzt. Es kam heraus, und man kündigte mir. Auf mich konnte man offensichtlich eher verzichten als auf ihn.« Hätte sie ihn gekannt, hätte sie wahrscheinlich nicht nur an meiner emotionalen, sondern auch an meiner ästhetischen Zurechnungsfähigkeit gezweifelt. Der Oberarzt, den ich bei meinem Lügengespinst im Sinn hatte, war ein unterkühlter, zynischer Wissenschaftler, dessen Wachstumsphase bei einem Meter fünfundsechzig geendet hatte, der unter beängstigendem und endgültigem Haarausfall litt und sich regelmäßig beim Rasieren schnitt.
»Warum wurde denn aus einem solchen Grund eine Kündigung ausgesprochen?«, fragte sie überrascht und holte mich in die Wirklichkeit zurück.
»Es ist ein ungeschriebenes Gesetz dort, dass Mitarbeiter untereinander keine Beziehungen eingehen sollen«, erklärte ich ihr bereitwillig. »Das belaste angeblich die Arbeitsqualität.« In diesem Fall sagte ich sogar die Wahrheit. Bis auf die Tatsache, dass man es zwar nicht gerne sah, aber dennoch duldete. So wie die Beziehung zwischen Julius und mir, die wir über die Jahre hinweg nicht hatten geheim halten können.
»Damit haben wir hier keine Probleme«, sagte sie zufrieden. »Im Gegenteil, wir sehen es eher als eine willkommene Bindung an, wenn neben dem Arbeitsverhältnis auch eine persönliche Beziehung besteht.« Sie schlug ein Bein über das andere und las noch einmal ihren Fragenkatalog durch.
Ich spürte, dass ich sie fast so weit hatte, sie hatte meine deutlich abgewandelte Version geschluckt. Aber, warnte

mich meine innere Stimme, mit Naivität wäre sie nicht in dieser Position gelandet. Was, wenn sie meine Geschichte nachprüfte? Nichts einfacher als das, sie brauchte nur den Telefonhörer in die Hand zu nehmen. Ich dachte fieberhaft nach, wie ich sie daran hindern könnte.

»Über ein einfaches Verhältnis hätte man sicher auch hinweggesehen«, sagte ich zerknirscht und hoffte auf meine Überzeugungskraft. »Das Problem war nur, dass der Oberarzt verheiratet ist.« So, dachte ich erleichtert, das war zu delikat, um es nachzuprüfen.

»Oh«, sagte sie stirnrunzelnd. »Verheiratet.« Sie stellte ihre Füße wieder nebeneinander und sah mich kühl an. »Das ändert die Sachlage grundlegend, Frau Winter. Unter diesen Umständen können wir nicht zusammenkommen.«

»Wie bitte?«, fragte ich sie entsetzt. Ich musste mich verhört haben. »Das hat doch mit meiner beruflichen Qualifikation nicht das Geringste zu tun.«

»Mit Ihrer beruflichen nicht, da haben Sie natürlich Recht, aber es hat etwas ganz Entscheidendes mit Ihrer persönlichen Qualifikation zu tun.« Sie sammelte meine Unterlagen zusammen und legte sie auf den kleinen Tisch vor mir.

»Ich verstehe nicht«, sagte ich aufgeregt. Irgendetwas war fürchterlich schief gelaufen.

»Ich erkläre es Ihnen gerne«, sagte sie höflich distanziert und faltete die Hände über ihren Knien. »Wir leisten uns hier den Luxus, uns Menschen auszuwählen, die eine gewisse persönliche Reife vermuten lassen. Durch das Verhältnis mit einem verheirateten Mann sind Sie jedoch noch meilenweit davon entfernt.«

Ich sah sie fassungslos an.

»Entschuldigen Sie meine Offenheit«, lenkte sie eine Spur freundlicher ein, »aber Sie haben mich gefragt.« Sie erhob sich und bedeutete mir damit, dass das Gespräch für sie beendet war.

»Was, bitte, spricht gegen das Verhältnis mit einem verheirateten Mann?«, hielt ich sie ungläubig zurück. Meine Stimme hatte sich auf der Tonleiter immer höher gehangelt und ließ sich kaum noch kontrollieren.

»Seine Frau«, sagte sie schlicht, »und Ihre eigene Würde.« Sie gab mir die Hand und ließ mich sprachlos stehen.

Als ich mich einigermaßen berappelt hatte, folgte ich mit Bleifüßen den Schildern Richtung Ausgang. Ohne es zu merken, hatte ich mir selbst ein Bein gestellt und mich mit Zielsicherheit direkt ins Aus manövriert. *Fein, prima, großes Lob, grandiose Leistung*, schimpfte ich auf dem Weg zum Parkplatz nicht gerade leise vor mich hin und erntete dafür neugierige Blicke von Passanten. Ich stieg in mein Auto und atmete tief durch. Wer auch immer für die Vorkommnisse in meiner alten Klinik verantwortlich war, sollte verflucht sein. Er oder sie hatte mir eine Wanderschaft aufgezwungen, die alles andere als eine erbauliche Reise war. Vor allem fragte ich mich, wohin sie mich führen sollte.

Ich hatte nächtelang darüber gegrübelt, wie die Dinge, die man mir unterstellte, passiert sein konnten: Wäre es nur um den Alarm gegangen, dann wäre zumindest noch technisches Versagen in Frage gekommen. Eine zu hohe Geschwindigkeit beim Einlaufen der Infusionslösung ließ dagegen, da gab ich meinen Anklägern Recht, nur auf einen menschlichen Fehler schließen. Alle folgenden Anschuldigungen gehörten jedoch mitten ins Reich der Spekulation. Zwar war jeweils meine Überwachungseinheit während meines Dienstes betroffen, aber ich wusste genau, was ich getan hatte und was nicht. Zeitweise war es ihnen gelungen, mich zu verunsichern, mir *die in einer enormen Stresssituation verständlichen, aber dennoch unentschuldbaren Flüchtigkeitsfehler* schmackhaft zu machen. Doch dann hatte eine Art unbestechlicher Kern in mir rebelliert. Je größer die Schar derer wurde, die mir nicht glaubten, desto stärker besann ich mich auf mich selbst und fand meine Sicherheit wieder. Sie bewahrte mich zwar nicht vor dem Rauswurf, aber sie rettete mich vor einer zermürbenden Verzweiflung an mir selbst.

Blieb die Frage: Wer, wenn nicht ich? Nur fand ich darauf keine Antwort. Denn wenn nicht ich es gewesen war, dann ging es nicht um Flüchtigkeitsfehler, sondern um gezielte Maßnahmen von jemandem, der in meiner Überwachungseinheit nichts zu suchen hatte. Und von dort bis zu der Gleichung »gezielt gleich kriminell« war es nur noch ein kleiner Schritt. War ich mit meinen Gedanken so weit gekommen, brach ich sie rigoros und erschreckt ab. Wer sollte so etwas tun? Diese Frage stellte ich mir nicht nur selbst, man hatte sie mir auch im Krankenhaus immer wieder mit kaum verborgenem Vorwurf und überheblicher Ironie vorgehalten. Nur hatte man es nicht direkt als Frage formuliert, eher als eine Zurechtweisung an meine Adresse. *Wer sollte so etwas tun, Frau Winter!*

Als ich, mit meinem Groll beladen, die Tür zu Haus Lieblich aufschloss, nahm ich als erstes den Duft von frisch gebackenem Kuchen wahr. Ich hatte lange nicht etwas so

Köstliches gerochen und blieb im Flur stehen, um mich für einen Moment den Bildern einer lange zurückliegenden Vergangenheit zu überlassen. Den Kinderhänden, die tief im Teig steckten, und dem vom Naschen verklebten Mund. Dem ungeduldigen Warten, bis der Kuchen endlich abgekühlt war und gegessen werden durfte. Ich hängte meinen Mantel in die Garderobe und ging in die Küche, wo ich Margarethe vermutete. Das erste, was ich dort sah, war ein dunkelhaariger Junge, der am Tisch saß und Kuchenbrocken verschlang, als würde am nächsten Tag eine Fastenzeit von ungewisser Dauer beginnen. Margarethe stand an der Spüle und schrubbte die festgebackenen Reste von der Kuchenform.
»Hallo«, sagte ich in Richtung des kleinen Jungen. Er sah nur kurz auf und machte sich ohne jede weitere Reaktion über die Reste auf seinem Teller her. Dann eben nicht, dachte ich. Von einem Kind in Margarethes Umfeld hätte ich besseres Benehmen erwartet.
»Bin wieder da.« Ich ließ mich auf meinen inzwischen angestammten Stuhl fallen und ignorierte den Knirps mir gegenüber.
»Und wie war's?« Margarethe hatte sich zu mir umgedreht und trocknete sich sorgfältig die Hände ab.
»Elend«, sagte ich ebenso ehrlich wie niedergeschlagen. »Erst lief es ganz gut, aber dann sind irgendwie die Pferde mit mir durchgegangen – weil ich es besonders gut machen wollte. Ich hätte einfach meinen Mund halten sollen, dann hätte ich jetzt einen Job.«
Der Kleine kaute immer noch und sah mich mit großen Augen ungerührt an. Ich hätte ihm am liebsten die Zunge

rausgestreckt. O Gott, dachte ich, was war nur aus mir geworden?

»Ich habe mir auch so manches im Leben verbaut, weil ich meinen Mund nicht halten konnte.« Margarethes Stimme hatte einen weichen Tonfall angenommen. »Aber wenn ich es mir recht überlege, habe ich im Endeffekt mehr dadurch gewonnen. Die Menschen wissen bei mir ziemlich schnell, woran sie sind. Ich mache ihnen nichts vor, das schafft die gesünderen Beziehungen.«

»Und ich habe gelogen«, sagte ich matt, »weil ich dachte, dass mir die Wahrheit sowieso niemand glaubt. Und was ich als Wahrheit verkauft habe, ist bei meinem Gegenüber offenbar auf moralisch unüberwindbare Mauern gestoßen. Ich könnte mich ohrfeigen.«

Der Kleine hatte sich in der Zwischenzeit das nächste Stück Kuchen auf seinen Teller geladen und nahm es so systematisch auseinander wie das vorherige. Die Stücke, die in seinem Mund landeten, waren rekordverdächtig. Wer auch immer für seine Manieren zuständig war, hatte bisher gründlich versagt. Das Areal um seinen Teller und seinen Stuhl war inzwischen großräumig mit Krümeln übersät. Ich wunderte mich, dass Margarethe nicht einschritt.

»Nehmen Sie sich auch ein Stück Kuchen, Katja, das beruhigt die Nerven. Und vielleicht erzählen Sie mir heute Abend in Ruhe, was passiert ist. Natürlich nur, wenn Sie wollen. Hin und wieder hilft nämlich ein neutraler Zuhörer, die Dinge zu sondieren.« Sie setzte sich zu uns an den Tisch und stellte mir einen Teller vor die Nase.

Ich griff dankbar zu und probierte ein Stück des Mohnkuchens, der mit dem Geschmack, den ich aus der Bäckerei gewohnt war, nicht das Geringste zu tun hatte. Es schmeckte einfach herrlich, und ich vergaß für einen Moment diesen unseligen Morgen.

»Jetzt muss ich Ihnen aber erst einmal Paul vorstellen«, unterbrach Margarethe fröhlich das Aufblühen meiner Geschmacksnerven.

»Katja, das ist Paul, Paul, das ist Katja.«

»Hallo Paul«, sagte ich freundlicher gestimmt und bereit, unseren krummen Anfang zu vergessen.

Er aber sah mich wieder nur an und machte seinen Mund lediglich auf, um ihn ein weiteres Mal mit Kuchen voll zu stopfen. Auch gut, dachte ich, dann sind die Fronten ja nun geklärt. Sollte er wieder einmal zu Besuch kommen, würde ich ihn ignorieren.

»Paul ist noch ein wenig schüchtern«, entschuldigte Margarethe ihn und sah ihn verständnisvoll an. »Aber das wird sich mit der Zeit geben. Wenn er uns ein wenig besser kennt, dann wird er sich auch trauen, den Mund aufzumachen, um etwas herauszulassen.«

Ich fragte mich, ob Margarethes feine Ironie bei diesem Kind nicht eher verschwendet war. Aber sie kannte ihn besser, also sollte er seine Chance haben. Etwas irritierte mich allerdings. Was hatte sie mit *uns* gemeint?

»Was heißt das, wenn er *uns* ein wenig besser kennt?« Ich wusste ja, dass Margarethe selbst keine Kinder hatte, nahm aber an, dass Paul zu ihrem Clan gehörte. »Seit wann kennen Sie ihn denn?«

»Seit heute Morgen. Er kam, kurz nachdem Robert das Haus verlassen hatte.«

Ich sah Margarethe fragend an.
»Seine Mutter hat ihn hier abgegeben.«
»Und Sie sind der Babysitter«, sagte ich vergnügt. Da hatte Margarethe sich ja etwas aufgeladen.
»Ich bin kein Baby«, sagte Paul empört und verteilte die Krümel aus seinem Mund mit jedem einzelnen Wort weiträumig über den Tisch.
»Bisher hätte man das durchaus annehmen können«, sagte ich süffisant. »Aber nachdem du offensichtlich reden kannst, muss ich meinen ersten Eindruck revidieren.«
Seine Augen sprühten Funken in meine Richtung. Dumm ist er also nicht, stellte ich beruhigt fest. Er hatte mich ganz genau verstanden.
»Ich bin sieben und kann reden, seit ich ein Jahr alt bin.« Sein altklug-hochmütiger Ton konnte kaum den Stolz in seiner Stimme verbergen.
»Und in welchem Alter willst du anfangen, Manieren zu lernen?«, fragte ich ihn spitz.
Er sah Margarethe Hilfe suchend an.
»Sie meint es nicht so«, sagte sie beruhigend. »Katjas Tag hat nur heute nicht so schön angefangen, deshalb hat sie schlechte Laune.«
»Ich habe keine schlechte Laune«, brauste ich auf. »Ich …«
»Ich muss mal«, unterbrach mich Paul, sprang auf und lief hinaus.
»Sage ich doch, keine Manieren.« Ich sicherte mir ein Stück Mohnkuchen, bevor der Lauser auch noch das letzte Stück verdrückte.
»Sie werden noch ausreichend Gelegenheit bekommen, ihm Manieren beizubringen, Katja.«

»Wie bitte? Was habe ich mit ihm zu tun? Darum soll sich mal schön seine Mutter kümmern.« Wenn Margarethe einen Babysitterjob annahm, dann sollte sie dem auch gerecht werden und mich nicht mit hineinziehen. Kinder waren nicht mein Fall, jedenfalls nicht, wenn sie gesund waren und aufrecht standen.

»Seine Mutter ist gerade auf dem Weg nach Amerika und steuert einer – in meinen Augen wenig beneidenswerten – Zukunft an der Seite ihres Liebsten entgegen, der zu unser aller Leidwesen einer puritanischen Familie entstammt, für die eine unverheiratete Frau mit Kind an die Schwere einer Erbsünde heranreicht.«

Von Margarethes ausführlicher Erklärung hatte ich nichts verstanden, jedenfalls nichts, was einen Sinn ergab.

»Ich verstehe nicht ganz, was bedeutet das?« Ich hatte eine sehr ungute Ahnung, konnte sie aber nicht genau fassen.

»Da gibt sie ihn einfach bei Ihnen ab? Dieses Kind muss doch einen Vater haben. Warum hat sie ihn nicht einfach da geparkt? Oder gehört sie zu denen, die nicht wissen, wer der Vater ist?« Manche Spitzen konnte ich mir einfach nicht verkneifen.

»Sie *hat* ihr Kind bei dem Vater geparkt, Katja.« Margarethes vieldeutiger Tonfall ließ mich aufhorchen. »Der Vater weiß nur noch nichts von seinem Glück. Er war schon ins Büro gefahren, als sein Sohn hier anklopfte.«

»Robert?«, fragte ich entsetzt. »Er hat mir gesagt, dass er keine Kinder hat.«

»Robert!« Margarethe nickte bekräftigend. »Er hat auch die Wahrheit gesagt. Er weiß bisher nichts von seinem Kind, sie hat es ihm nie gesagt. Es war wohl nur eine sehr kurze Affäre, eine von diesen *One-Night-Stands*, wie Pauls Mutter es nannte.«

»Na fein«, sagte ich genervt. »Ich habe alles versucht, damit in diesem Haus keine Kinderfüße herumstampfen, und dann schleicht sich so ein Bengel durch die Hintertür ein. Was ist denn das überhaupt für eine Mutter, die ihr Kind einfach abschiebt?«, wetterte ich in Richtung Küchentür, durch die Paul verschwunden war.

»Nicht so laut«, bat mich Margarethe. »Er muss das ja nicht unbedingt hören. Das Ganze ist schon schlimm genug für ihn. Ich weiß nicht, was das für eine Frau ist, sie war nur eine Viertelstunde hier, hat mir kurz erklärt, warum sie ihn hier abgibt und dass er so bald wie möglich nach Amerika nachkommen soll. Dann hat sie für Robert eine Liste der wichtigsten Informationen über sein Kind dagelassen und dazu eine Erklärung, dass sie das Sorgerecht vorübergehend auf ihn überträgt. Scheint eine durchorganisierte Person zu sein«, sagte Margarethe mit ehrlicher Anerkennung. »Sie hat nichts vergessen.«

»Doch! Ihren Sohn«, schimpfte ich ungehalten. »Warum haben Sie sich nicht einfach geweigert, Margarethe? Man kann Möbel einlagern, aber doch kein Kind. Und überhaupt: Wann soll er denn nachkommen?«

»Weigern konnte ich mich schlecht. Sie hatte das Ganze wohl zunächst anders geplant. Paul sollte für eine Weile bei ihrer Freundin leben. Die hatte aber unglücklicherweise gestern einen Bandscheibenvorfall und liegt im Krankenhaus. Blieb als einziger Ausweg offensichtlich nur der Vater. Den konnte sie aber unter seiner Adresse in Frankfurt nicht erreichen. Als sie ein paar Stunden vor ihrem Abflug mit Paul im

Schlepptau hinfuhr, hat ihr der Hausverwalter Roberts neue Anschrift gesagt. So kamen sie auf den letzten Drücker hier an.« Margarethe verdrehte die Augen in Anbetracht dieser haarsträubenden Geschichte. »Was das Abholen betrifft«, fuhr sie zögernd fort, »nun ja. Sie sagte, sie wolle sich erst einmal in der Familie ihres zukünftigen Mannes einleben und sie nach und nach auf Paul vorbereiten.«
»Das muss doch ein Schock für das Kind sein, dass sie ihn einfach so im Stich lässt«, überlegte ich laut und eine Spur friedlicher.
»All das habe ich ihr auch zu bedenken gegeben, aber sie ließ sich nicht beirren. Paul sei ein sehr robustes und verständnisvolles Kind, sie habe es ihm erklärt.« Margarethe saß kopfschüttelnd da.
»Wie erklärt man einem Kind, dass man es verlässt, um in Amerika sein Liebesglück zu suchen?« Paul ließ mich zwar nicht in Begeisterungsstürme ausbrechen, aber seine Geschichte erregte durchaus mein Mitgefühl.
»Das habe ich mich auch gefragt, und ich habe noch keine befriedigende Antwort gefunden. Viel wichtiger ist aber im Moment, wo der Junge bleibt.« Margarethe stand auf und machte sich auf die Suche, während ich versuchte, das Schlachtfeld, das Paul auf Tisch und Fußboden hinterlassen hatte, zumindest übersichtlich einzugrenzen.
»Er hat sich in Roberts Zimmer verzogen und spielt dort«, klärte Margarethe mich auf, als sie in die Küche zurückkam.
»Womit?«, fragte ich wachsam. Ich war zwar nicht die Hüterin von Roberts Hausrat, aber seine Sachen sollten auch nicht schutzlos seinem unerzogenen Sohn zum Opfer fallen.

»Keine Sorge«, beruhigte sie mich. »Seine Mutter hat nicht nur ihren Sohn hier abgeladen, sondern auch sein gesamtes Spielzeug. Und das ist nicht wenig«, grinste Margarethe.

Ich ließ mich gegen die Lehne meines Stuhls sinken und dachte nach. So ging das nicht, ich würde am Abend mit Robert reden, ich wollte kein Kind hier im Haus. Er würde sich etwas einfallen lassen müssen. Ich stand auf und streckte meinen verspannten Rücken.

»Danke für den Kuchen, der hat wirklich sehr gut geschmeckt«, sagte ich mich ehrlicher Anerkennung zu Margarethe.

»Freut mich.« Sie nahm sich wieder ihre Zeitung, bei deren Lektüre sie am Morgen durch Pauls Eintreffen unterbrochen worden war.

Ich war so müde, dass ich mich zu einem Mittagsschlaf entschloss. Wenn ich Glück hatte, sah die Welt danach etwas angenehmer aus. Zu hoffen, dass Paul nach meinem Aufwachen verschwunden sein würde, versagte mir mein untrüglicher Realitätssinn.

Kaum hatte ich mich hingelegt, versank ich auch schon in einen erschöpften Schlaf und in verwirrende Träume. Wo immer ich hinsah, breitete sich Chaos um mich herum aus, das ich zu ordnen versuchte. Aber wenn ich die Ordnung gerade wieder hergestellt hatte und mich beruhigt umdrehte, geriet alles erneut durcheinander. Als meine Nerven schließlich bis zum Äußersten gespannt waren, begann jemand, sie einzeln aus meiner Haut zu lösen und mit einem Hammer zu bearbeiten. Ich kämpfte mich aus den Tiefen des Unterbewussten hoch und versuchte, diesem Albtraum zu entkommen, nur um festzustellen, dass das

Hämmern sich nicht vertreiben ließ. Dieser verwirrende Zustand zwischen Schlafen und Wachen hielt einen Moment an, bis ich begriff, dass sich das Hämmern in meine Traumwelt vorgearbeitet hatte, jedoch sehr realen Ursprungs war. Ich sprang aus dem Bett, riss meine Zimmertür auf und platzte mit drei Schritten in Roberts Reich. Inmitten von vier sich symmetrisch gegenüberstehenden Sesseln aus schwarzem Leder und Chrom saß Paul und bearbeitete mit einem Holzhammer konzentriert und kraftvoll mehrere Holzklötze. Der wohl tuend bunte Einbruch dieser Kinderwelt in Roberts männlich-kühles Ambiente erreichte mich nur als kurzer Gedankenblitz, reichte jedoch nicht aus, um mich zu beruhigen.
»Ruhe!!«, schrie ich ihn an, so dass er erschreckt aufsah und zusammenzuckte. Trotz meiner Rage rührte mich dieses Zucken merkwürdig an. Ich senkte meine Stimme und setzte erneut an. »Ich versuche nebenan zu schlafen, kannst du bitte aufhören zu hämmern!«
»Ich bin aber noch nicht fertig«, sagte er ernst.
»Womit?«, fragte ich genervt und drohend. Ich erkannte an die zwanzig bunte Bauklötze, die zusammenhanglos um ihn herum verstreut lagen. Er wollte doch nicht allen Ernstes behaupten, dieses *Werk* ließe sich nicht auch noch später vollenden.
»Mit meinem Haus, ich baue ein Haus, vorher muss ich die Steine bearbeiten.« Er hatte begonnen, den Hammer wieder kräftig auf die Klötze niedersausen zu lassen. Dieses Mal zuckte ich zusammen.
»Du hörst auf der Stelle damit auf!«
Da er sich erfolgreich meinem Blick entzog, versuchte ich,

die nötige Überzeugungskraft in meine Stimme zu legen. Was mir offensichtlich auch gelang, denn er hielt sich kurzerhand die Ohren zu. Auch gut, dachte ich, dann sind seine Hände wenigstens anderweitig beschäftigt. Ich schloss die Tür und ging nach unten, um mir einen Tee zu kochen. Kaum war ich unten angekommen, drang mir das unverwechselbare Geräusch des Holzhammers erneut durch Mark und Bein. Wenn er schon meine natürliche Autorität nicht anerkannte, sagte ich mir ironisch, dann vielleicht Margarethes großmütterliche. Ich klopfte an ihre Zimmertür und wartete einen Moment, aber nichts rührte sich.
»Ich bin hier im Wohnzimmer, Katja«, hörte ich ihre Stimme hinter der nur angelehnten Tür am Ende des Flurs.
Ich war seit ihrem Einzug nicht mehr in diesem Raum gewesen und war erstaunt, was sie daraus gemacht hatte. Am Fenster standen sich zwei gemütliche helle Sofas gegenüber, die in der Mitte einem flachen Couchtisch Raum gaben. Ansonsten befanden sich nur noch eine Kommode und ein Sekretär in diesem Zimmer und bewahrten dessen lichten Charakter. An den Wänden hatte Margarethe Bilder versammelt, die eher die Bezeichnung Gemälde verdienten und es an Jahren mit ihrem antiken Mobiliar durchaus aufnehmen konnten. Ein kurzer Blick auf die Kommode gab mir eine Ahnung davon, dass Margarethe durchaus *Anhang* hatte und nicht allein in dieser Welt stand. Zwischen Silberrahmen verewigt, lachten dem Betrachter in Schwarz-Weiß festgehaltene Gesichter entgegen. Ich war jedoch immer noch viel zu aufgebracht, um sie in Muße zu betrachten. Außerdem erinnerte ich mich zum Glück noch rechtzeitig

daran, dass Margarethe mich mit keinem Wort dazu eingeladen hatte. Ich konnte schlecht die mangelnden Manieren dieses Sprösslings aus dem ersten Stock beklagen und meine eigenen großzügig vergessen.

Margarethe saß zurückgelehnt in einer Sofaecke und hatte offensichtlich gelesen, bis ich sie unterbrochen hatte.

»Wie können Sie bei diesem Lärm lesen?«, begann ich das Gespräch nicht weniger aufbrausend, als ich es mit Paul beendet hatte.

»Hier unten geht es«, erwiderte sie ruhig. »Setzen Sie sich doch, Katja.« Sie bot mir mit einer einladenden Handbewegung einen Platz auf dem Sofa ihr gegenüber an. »Ich freue mich immer über Besuch.« Ihr gelassenes Lächeln brachte mich auf die Palme. Wie konnte sie so ruhig bleiben, während über uns dieser Bengel tat, was er wollte? Und das unter meinem Dach.

»Von wegen *hier unten geht es*, das Klopfen ist doch direkt über uns.« War sie schwerhörig? »Außerdem komme ich nicht zu Besuch«, fauchte ich und trat unruhig von einem Bein auf das andere, »ich brauche Ihre Unterstützung, auf Sie hört er vielleicht.« Während Paul zu einem Stakkato ansetzte, balancierte ich auf einem unsicheren Grat zwischen entnervtem Ausrasten und bemühter Beherrschung.

»Sie setzen sich jetzt, Katja, atmen tief durch und hören mir zu«, sagte Margarethe in einem Befehlston, der die Hierarchie, die ich in diesem Haus hatte aufbauen wollen, im Nu durcheinander wirbelte. Hatte ich noch vor fünf Minuten geglaubt, natürliche Autorität zu besitzen, dann belehrte mich Margarethe nun bravourös eines Besseren. Wenn eine von uns beiden diese unschätzbare Eigenschaft besaß, dann war eindeutig sie es. Ich sah sie erstaunt an und setzte mich.

»Aber …«, versuchte ich aufzubegehren, doch sie erstickte meinen Einwurf im Keim.

»Kein Aber. Ich verstehe Sie, aber ich verstehe auch dieses Kind. Es ist von seiner Mutter sitzen gelassen worden, damit diese einem Liebhaber folgen kann, dessen Rückgrat ich als eher schwammig einschätze. Gar nicht zu reden von seinem Verantwortungsbewusstsein. Und jetzt sitzt da oben ein kleiner Krümel, der die Welt nicht mehr versteht und der seine Aggressionen und seinen Schmerz an seinen Bauklötzen auslebt. Ich habe ganz bestimmt nicht vor, ihn in irgendeiner Weise daran zu hindern. Im Gegenteil, ich höre ihm zu und bin froh, dass er ein Ventil findet.«

»Das ist ja wunderbar«, zischte ich und versuchte, meine ausufernden Aggressionen im Zaum zu halten. »Ich habe mir eine ruhige Idylle gesucht mit ruhigen Mietern, wobei von zweien nie die Rede war, geschweige denn von dreien, und schon gar nicht von einem *Kind*.« Ich presste die Worte langsam heraus und bemühte mich, meinen Ärger dosiert entweichen zu lassen. »Ich habe mich dazu breitschlagen lassen, Sie für kurze Zeit hier wohnen zu lassen. Aber ich werde keinesfalls dieses *Krümelmonster* da oben unter meinem Dach dulden. Wenn ich eines nicht ertrage, dann ist es Lärm. Und Kinder produzieren nichts anderes. Wenn sie nicht gerade schlafen oder im Koma liegen«, schickte ich hinterher und sah sie herausfordernd an. Wie ich Margarethe inzwischen kannte, würde ich auf ihren Kommentar nicht lange warten müssen.

»Ich kann Ihnen natürlich nicht hineinreden, Katja«, setzte

sie gelassen an. »Ich kann Sie nur bitten, Ihre Abneigung nicht ganz so ungefiltert auf den Kleinen niederprasseln zu lassen. Er macht schon genug durch, da müssen Sie das Fass nicht zum Überlaufen bringen.«

»Wer bringt hier wessen Fass zum Überlaufen?« Das war doch die Höhe. Mit ein paar Worten hatte sie kurzerhand die Verhältnisse verkehrt und mir den schwarzen Peter zugeschoben.

»Katja, beruhigen Sie sich doch bitte.« Margarethe hatte sich im Sofa vorgebeugt und hielt meinen unsteten Blick fest. »Die Situation ist sicher nicht einfach für Sie, aber es wird sich eine Lösung finden.«

»Zweifellos«, sagte ich garstig in ihre Richtung. »Und ich habe die ideale Lösung auch schon parat.«

Sie sah mich fragend an.

»Ich werde Robert heute Abend fristlos kündigen. Irgendwo wird er mit seinem Sprössling schon unterkommen. Das wird nämlich alles andere als meine Sorge sein. Ich habe genug eigene Sorgen, da kann ich weiß Gott auf die Probleme anderer Leute verzichten. Robert wusste von Anfang an, dass ich keine Kinder im Haus haben will. Das habe ich unmissverständlich klar gemacht. Er wird es verstehen.«

Kaum hatte ich das gesagt, als ich die Haustür hörte. Es war erst kurz nach fünf, Robert konnte es also noch nicht sein. Ich lief in den Flur, wo ich fast mit ihm zusammenprallte.

»Oh, Sie sind es doch schon«, stammelte ich und sah ihn überrascht an.

Er reagierte jedoch kaum, sondern versuchte, mit einem kurzen *Hallo* an mir vorbeizukommen und nach oben zu verschwinden.

»Einen Moment bitte, Robert«, hielt ich ihn auf. »Ich muss kurz mit Ihnen reden.«

»Ein anderes Mal«, sagte er kurz angebunden und ging einfach weiter Richtung Treppe.

»Nein, jetzt«, rief ich ihm hinterher und stampfte mit dem Fuß auf.

»Mir ist jetzt nicht nach Reden zumute.« Er war mit einer Hand am Treppengeländer stehen geblieben, hatte sich jedoch nicht zu mir umgedreht.

»Es ist mir egal, wonach Ihnen gerade zu Mute ist«, sagte ich. »Es hat sich ein Problem ergeben, und wir müssen…«

»Entschuldigen Sie, Katja, aber Ihr Problem ist mir im Augenblick wirklich egal.« Er hatte sich umgedreht und sah mich an, als habe er gerade die anstrengendsten Stunden seines Lebens hinter sich. »Ich habe selbst eines, und ich werde jetzt nach oben gehen und überlegen, was ich dagegen tun kann.« Seine Stimme kam direkt aus den Tiefen der Antarktis. Er wandte sich wieder der Treppe zu, hielt sich am Geländer fest und ging mit schweren Schritten nach oben.

6 *So einfach würde er mir nicht davonkommen. Ich* wollte gerade Anlauf nehmen, um ihm hinterherzulaufen, als ich Margarethes Hand auf meiner Schulter spürte.

»Robert, kommen Sie bitte einen Augenblick herunter«, hörte ich sie hinter mir sagen.

Ihre Stimme klang so ruhig und liebevoll, als lade sie einen guten Freund zu einer Tasse Tee ein. Was mir weder mit meiner vehementen Aufforderung noch mit meinem Fußstampfen gelungen war, glückte nun Margarethe ohne viel Aufhebens, mit ein paar knappen Worten. So viel zu natürlicher Autorität, dachte ich zum zweiten Mal an diesem Tag, als ich Robert die Treppe langsam wieder herunterkommen sah. Mit einer einladenden Geste lotste sie uns beide in ihr Wohnzimmer. Robert setzte sich widerwillig auf die Sofakante und sah uns abweisend an. Er hatte seine bisherige Höflichkeit erfolgreich überwunden und machte keinen Hehl daraus, dass er so schnell wie möglich in sein Zimmer verschwinden wollte. Wahrscheinlich waren ihm im Lauf des Tages ein paar Nullen hinter seinen Zahlen verloren gegangen, und er wollte ungestört darüber nachdenken, wie er sie zurückerobern könnte.

Für ein paar Minuten hatte ich Paul vollkommen vergessen. Offenbar hatte er das mit telepathischen Fähigkeiten glasklar erkannt und sofort wirksame Gegenmaßnahmen ergriffen, denn schon wieder ertönte dieses kraftvolle Hämmern von Holz auf Holz über unseren Köpfen. Robert sah unwillig hoch zur Decke.

»Handwerker?«, fragte er genervt und lockerte den Knoten seiner Krawatte.

»Wenn es nur das wäre.« Ich sah ihn vorwurfsvoll an. »Die würden ja nach einer Weile wieder verschwinden«, sagte ich unfreundlich.

»Sie haben Besuch bekommen, Robert«, klinkte sich Margarethe in das Gespräch ein. Der Blick, den sie mir zuwarf, sprach Bände und ließ mich für die nächsten fünf Minuten verstummen. Ihn dagegen umfing sie mit so viel Wärme und Verständnis, dass er sich etwas entspannte und tiefer in sein Sofa rutschte.

»Heute morgen war eine Frau Gassner hier, um ihren Sohn Paul abzugeben. Es ist *Ihr* Sohn, Robert.« Margarethe sah ihn behutsam an und forschte in seinem Gesicht nach einer Reaktion.

»Ich verstehe nicht ganz«, stammelte Robert, »ich habe gar keinen Sohn. Ich kenne auch keine Frau Gassner. Das muss ein Irrtum sein. Aber das lässt sich ja aufklären, wenn sie ihn abholt.« Damit war das Thema für ihn erledigt, und er machte Anstalten aufzustehen, wurde jedoch von Margarethes dirigierenden Blicken wieder in die Polster zurückgedrängt.

»Natalie Gassner ist ihr Name, und Sie müssen ihr vor knapp acht Jahren begegnet sein. Ihr Sohn ist jetzt sieben. Hier habe ich einen Brief für Sie. Ich dachte, es ist besser, wenn Sie ihn hier unten lesen, bevor Sie Paul kennen lernen. Lassen Sie sich Zeit, wir gehen so lange in die Küche.« Margarethe war aufgestanden und bedeutete mir, ihr zu folgen.

»Aber …«, protestierte ich. Die Worte, die ich mir zurechtgelegt hatte, um Robert samt Anhang vor die Tür zu setzen, sollten schließlich auch zu ihrem Recht kommen.

»Später«, sagte Margarethe in einem Ton, der für Missverständnisse keinen Raum ließ.

Robert knöpfte sich stirnrunzelnd sein Sakko auf und vertiefte sich sofort in den Brief. Während ich Margarethe in die Küche folgte, fragte ich mich einmal mehr, auf welche Weise ich das durcheinander geratene Kräfteverhältnis zwischen uns wieder zurechtrücken konnte. In ihrer Gegenwart hatte ich mehr und mehr das Gefühl, das Zepter zu verlieren.

»Ich bin alt genug, um ohne Vorschriften auszukommen«, fauchte ich sie in der Küche an. »Ich bin erwachsen, leiste mir den Luxus einer eigenen Meinung und hatte Zeit genug, mir einen Wortschatz anzueignen, um diese auch kundzutun. Also tun Sie das nie wieder!«

Wenn Frau Lieblich mir jetzt wegen meines ungebührlichen Verhaltens gegenüber ihrer geschätzten Freundin kündigen sollte, so war es mir egal. Sollte diese doch erst einmal beweisen, dass sie wirklich ein Freigeist war. Ich sprühte Funken in ihre Richtung und versagte meiner Mimik selbst den leisesten Hauch von Freundlichkeit. Was auch immer Margarethe war, eines war sie sicher nicht – leicht zu provozieren. Sie holte seelenruhig zwei Töpfe und eine Pfanne aus dem Schrank, platzierte alles auf dem Herd und legte sich verschiedene Zutaten bereit, um später eines ihrer kulinarischen Wunderwerke zu zaubern. Dann setzte sie sich zu mir an den Tisch und begann, Kartoffeln zu schälen.

»Wenn Sie von ihrer egoistischen Exkursion zurückgekehrt sind, Katja, werden Sie einsehen, dass man Robert und Paul nicht so mir nichts, dir nichts, auf die Straße setzen kann.«

»Und ob ich das kann«, wütete ich weiter. »Von Kindern war nie die Rede, und von so einem schon gar nicht.« Dabei schoss mein Zeigefinger Richtung Decke.

»Haben Sie nicht ein kleines bisschen Mitgefühl, Katja? Ich beneide im Moment keinen von beiden.« Sie saß kopfschüttelnd da.

»Mit mir hatte auch niemand Mitleid, als mir von einem

Tag auf den anderen Arbeit, Liebhaber und Wohnung gekündigt wurden«, japste ich empört und kein bisschen besänftigt. »Und ich hatte keinerlei Schuld daran.«
»Und was ist mit Frau Lieblich?«, fragte Margarethe leise. »Hat sie Ihnen nicht eine Chance gegeben?«
»Das können Sie doch überhaupt nicht vergleichen«, sagte ich gereizt. »Wir haben uns *gegenseitig* ein Problem gelöst. Im Fall von Robert und Paul wäre die Sache ja nun wirklich einseitig.«
»Aber Katja!« Ihr Tonfall war so ausdrucksstark, dass die Botschaft unmissverständlich bei mir ankam, aber ich ließ mich nicht beirren.
»Nichts da! Ich werde doch die Feuerpause, die ich mir gerade verdient habe, nicht aufs Spiel setzen, indem ich plötzlich altruistisch und gefühlsduselig werde.«
Margarethe war mit dem Kartoffelschälen fertig und hatte sich eine Tüte Rosenkohl vorgenommen, den sie akribisch putzte. Dazu hatte sie sich ihre Lesebrille aufgesetzt, über deren Rand hinweg sie mich tadelnd ansah.
»Haben Sie sich einmal überlegt, was das Ganze bedeutet?«, hielt ich ihrem unausgesprochenen Vorwurf entgegen. »Da es eher unwahrscheinlich ist, dass Robert Erziehungsurlaub einreicht, zumal es sicher auch Probleme gäbe, diesen für einen Siebenjährigen durchzusetzen, müsste er für die Nachmittage eine Kinderfrau engagieren. Selbst wenn diese Paul im Idealfall mit zu sich nach Hause nähme, wäre er immer noch morgens und abends hier.«
»Wäre das denn so schlimm?«, fragte mich Margarethe erstaunt.
»Das kommt auf die Perspektive an«, entgegnete ich bissig.

»Wenn man mit einem Bein im Altenheim steht und relativ sicher sein kann, dass man dem vorprogrammierten Chaos elegant und kurzfristig entgeht, dann ist es natürlich nicht schlimm. Wenn man sich dagegen nach nichts anderem sehnt als nach Ruhe, wenn man innerhalb weniger Monate Probleme angehäuft hat, die manche gar nicht und andere in einem großzügig bemessenen Zeitraum von zehn Jahren treffen, dann ist es eine Katastrophe.« Meine Stimme war wieder einmal entgleist, aber ich fand, sie hatte ein Recht dazu.

»Trotzdem sollten Sie erst einmal hören, was Robert dazu zu sagen hat.« Der Rosenkohl war fertig geputzt, und Margarethe schob mit beiden Händen die Schalen zu einem Haufen zusammen. »Vielleicht machen Sie sich ganz unnütze Sorgen. Es gibt tausend Möglichkeiten: Großeltern, Internate, wobei ich für Paul hoffe, dass er diese Idee auslässt, oder eben eine Kinderfrau.« Dabei nickte sie zustimmend in meine Richtung. »Er wird eine Lösung finden, Katja, da bin ich mir ganz sicher. Er macht doch einen ganz patenten Eindruck.«

»Auf die Gefahr hin, dass ich mich wiederhole, Margarethe«, sagte ich langsam, indem ich jede Silbe betonte, »ich habe die ideale Lösung bereits gefunden. Es gibt nichts abzuwarten und zu diskutieren. Ich habe entschieden: Die beiden verlassen so schnell wie möglich das Haus. Zwischen Untervermieter und Untermieter existiert glücklicherweise keine Demokratie, sondern ausschließlich eine klar definierte Hierarchie. Und auch wenn Sie sich auf den Kopf stellen, ich werde jeden Zentimeter dieser Hierarchie ausnutzen!«

»Sie kommen mir vor wie jemand, der durch eine glückliche Fügung in einem Rettungsboot gelandet ist, dort zum Kapitän ernannt wurde und nun entscheidet, wer über Bord geworfen wird und wer nicht.« Margarethe hatte ihren Kopf zur Seite geneigt und sah mich zweifelnd an. Ihre Hände ruhten auf dem Schalenberg, als müsse sie auch ihn vor meinen Übergriffen schützen.
Eine innere Stimme hielt mich gerade noch davor zurück, ihr entgegenzuhalten, dass, hätte ich wirklich Kapitänsgewalt, auch sie am nächsten Tag ihre Sachen packen könnte. Aber ich wollte den Bogen nicht überspannen. Deshalb änderte ich meine Taktik und appellierte an ihre Vorstellungskraft. Schließlich wäre ihr Platz in diesem Rettungsboot ohne Robert und Paul auch weit komfortabler.
»Margarethe«, begann ich, »wir haben beide keine Kinder, und wahrscheinlich haben Sie auch keinerlei Erfahrung in dieser Hinsicht. Meine Erfahrung beschränkt sich auf kranke, meist bewußtlose und komatöse Kinder. Wie sich die Knirpse im Wachzustand benehmen, haben wir in den letzten paar Stunden ungefiltert miterlebt. Das können Sie doch nicht wollen.« Ich sah sie Beifall heischend an, aber Margarethe war absolut skrupellos und versuchte es im Gegenzug mit moralischer Erpressung.
»Manchmal geht es nicht um das Wollen, sondern um das Müssen. Um Verantwortung und um Menschlichkeit. Und um den Spiegel, in dem Sie sich morgen auch noch gefallen wollen.« Sie ließ ihre Worte in aller Ruhe auf mich wirken und stand auf, um am Herd weiterzuwerkeln. »Und nun genug davon«, sagte sie forsch. »Wir reden hier über ungelegte Eier ...«

»Von wegen ungelegt«, schnaubte ich dazwischen und dachte an das Krümelmonster im ersten Stock.

»... vielleicht gibt es längst eine verblüffend einfache Lösung, und Sie machen sich ganz überflüssige Sorgen, Katja.«

»Wir werden sehen«, brummelte ich pessimistisch und ließ es dabei bewenden. Ich glaubte nicht an einen solchen Ausgang, dazu hatte ich in den vergangenen Monaten zu viel Pech gehabt. Es hieß nicht umsonst, der Teufel mache sich immer über den größten Haufen her. Sprichwörter beruhten schließlich auf Erfahrungswerten. Aber ich hatte genug von dieser Unterhaltung mit Margarethe und wollte nur noch hinaus und frische Luft schnappen.

Ich überließ sie ihren Töpfen und wappnete mich im Flur mit meiner dicksten Jacke, einer Wollmütze und Handschuhen gegen die kalte Winterluft, die mich draußen empfangen würde. Im Hinausgehen ließ ich meinen Blick durch Margarethes Wohnzimmer schweifen, aber Robert war nicht mehr dort, er musste nach oben gegangen sein. Ich zog die Haustür hinter mir zu, ging Richtung Altstadt und atmete in der Dunkelheit erleichtert auf. In den vergangenen Stunden hatte ich die herrliche Luft hier draußen völlig vergessen, die Stille und die anheimelnde Schönheit dieses Ortes. Wenn mich dies alles schon im Winter so begeisterte, wie würde es dann erst im Sommer sein? Aber bis dahin war es noch ein weiter Weg, bremste ich meine aufkeimende Vorfreude. Ich konnte noch nicht einmal sagen, ob ich dann noch hier sein würde. So vieles war ungewiss, dass ich kaum die nächsten vier Wochen überblicken konnte. Und auch da war das Arbeitsamt mit seiner monatlichen

Unterstützung und dem Engagement meines Sachbearbeiters die einzige feste Größe. Der Rest bestand aus Variablen, allen voran meine Wohngemeinschaft. Ich hoffte inständig, dass die Tendenz, die sich hier abzeichnete, als Generalprobe zu werten war und dafür die Premiere ein Erfolg würde. Nur leider, so ertappte ich mich selbst, hinkte der Vergleich. Generalprobe und Premiere bestritten in der Regel dieselben Darsteller. Was in meinem Fall die absolute Horrorvorstellung war. Nur nicht daran denken, ermahnte ich mich und schob diese beklemmenden Gedanken beiseite. Ich wollte wenigstens die Zeit hier draußen genießen.
Als ich über den großen Platz am Rande der Altstadt lief, begann es zu schneien. Die dicken, kräftigen Schneeflocken fielen fast senkrecht vom Himmel und überzogen im Nu alles mit einer weißen Schicht. Ich sah über die Fachwerkhäuser hinweg hoch zu der mit Scheinwerfern angestrahlten Burg und wünschte mir nichts sehnlicher, als bleiben zu können. Es musste einen Weg geben, einen neuen Job, eine sorglose Mitbewohnerin, Lösungen. Und schon befand ich mich wieder inmitten meiner Gedankenmühle. Ich lief an den hell erleuchteten Schaufenstern vorbei, nahm aber nichts von dem wirklich wahr, was meine Augen streiften. In Gedanken spielte ich bereits meinen kurzen Monolog durch, der Robert samt Sohn auf die Suche nach einer neuen Bleibe schicken würde. Ich musste nur einen günstigen Moment abpassen und warten, bis Margarethe nach dem Essen mit ihrem Schlaftee verschwand.
Inzwischen hatte ein heftiges Schneegestöber eingesetzt, und die Autos schlichen im Schneckentempo an mir vor-

bei. Als der erste Schneeball mich an der rechten Schulter traf, sah ich mich erschreckt um. Drei Jungen hatten sich hinter einem parkenden Auto verschanzt, zwei lieferten emsig die Munition, und einer bewarf treffsicher Passanten und vorbeifahrende Autos. Sie waren so groß wie Paul, etwa so alt wie er, und sie erinnerten mich an sein freches Gesicht. Ich sah sie böse an, machte auf dem Absatz kehrt und ging wild entschlossen nach Hause.

Es war kurz nach sieben, als ich um die Ecke bog und vor Haus Lieblich stehen blieb. Es sah aus wie jedes andere Haus auch: Aus den Fenstern fiel warmes Licht in den Vorgarten, und der Rauch, der aus dem Schornstein aufstieg, verwehte im Schneetreiben. Doch die friedliche Stimmung täuschte, das wusste ich nur zu gut. Die ockerfarbenen Mauern beherbergten weder eine fröhliche Familie noch die zufriedenen Singles einer funktionierenden Zweckgemeinschaft. Dafür verbarg sich dahinter eine unaufhörlich sprudelnde Quelle für meinen Missmut. Und die würde ich noch heute zum Versiegen bringen! Jedenfalls die eine Hälfte.

Unter dem schützenden Vordach schüttelte ich die Schneeflocken von meiner Jacke und zog meine völlig durchnässten Stiefel aus. Im Haus war es außergewöhnlich ruhig. Die Küchentür stand weit offen, aber Margarethe war nirgends zu sehen. Ich vermutete sie in ihrem Wohnzimmer, dessen Tür nur leicht angelehnt war. Meine nasse Jacke ließ ich an der Garderobe und ging nach oben. Während ich mir in meinem kleinen Reich eine trockene Hose anzog, drangen ganz schwach die Stimmen von Robert und Paul durch die Wand zu mir. Zumindest kommunizie-

ren sie mit Worten und nicht mit Holzklötzen, dachte ich in einem Anflug von Galgenhumor.
Da offenbar alle in ihren Zimmern beschäftigt waren, wollte ich die Gelegenheit nutzen und in Ruhe essen. Ich lief nach unten in die Küche, holte mir eine Tunfischpizza aus dem Gefrierfach und blieb wie angewurzelt vor dem Backofen stehen. Durch das kleine Fenster sah ich direkt auf Margarethes Kartoffeln und Rosenkohlknospen, die, verziert mit etwas Undefinierbarem, in einer riesigen Auflaufform bräunten. *Na prima*, murmelte ich vor mich hin. Wenn es wenigstens ein Umluftherd gewesen wäre, hätte ich eine Etage tiefer noch eine Chance für mein Abendessen gesehen. Aber so ... Als ich gerade daran dachte, kurzerhand einen Austausch vorzunehmen, hörte ich hinter mir das unverwechselbare Geräusch von Pumps auf Steinboden. Zu spät, dachte ich schlecht gelaunt und drehte mich zu Margarethe um.
»Der Auflauf ist fast fertig«, erstickte sie meinen Unmut im Keim. »In zwei Minuten ist der Ofen frei.« Als die Zeit um war, nahm sie zwei Topflappen, holte die glühend heiße Form heraus und stellte sie auf einen Untersatz mitten auf den Küchentisch.
»Es reicht für vier«, hörte ich sie sagen, als ich gerade die Ofenklappe hinter meiner Pizza geschlossen hatte.
»Vielen Dank«, sagte ich standhaft, »aber Sie wissen ja ...«
»Ja«, sagte Margarethe in einem Ton, der mehr Missbilligung als Bewunderung enthielt. »Bockig bis zur Selbstverleugnung, ich weiß.«
»Eher aufopfernd bis zur Selbstaufgabe«, hielt ich ihr zuckersüß entgegen. »Der Kleine hat doch sicher großen

Hunger. Wenn ich daran denke, wie er sich über den Kuchen hergemacht hat ...«

»Ich bin nicht klein«, schallte eine Stimme aus dem Flur, der auch gleich ihr Besitzer samt Vater folgte. Während mit dem einen eine geballte Portion Aufmüpfigkeit in die Küche wehte, wirkte der andere durcheinander und hilflos.

»Solange du meine Blickhöhe nicht erreicht hast«, sagte ich ruhig, »bist du klein. Merk dir das!« Ich hielt meine Augen auf Robert gerichtet und sah ihm mit einer Spur von Mitgefühl entgegen. Die kommenden Wochen würden für ihn turbulenter werden als erwartet: Eine dicke Wolke trübte seinen Horizont. Aber er musste damit genauso fertig werden wie ich mit meiner dichten Wolkendecke, nämlich allein. Ich verschloss mich gegen seine Hilfe suchenden Blicke und wandte mich ab. Als ich mir gerade einen Teller und Besteck aus dem Schrank holen wollte, sah ich, dass Margarethe bereits für vier gedeckt hatte. Sie ließ aber auch keinen Versuch aus. Na gut, dachte ich lakonisch und setzte mich an den Tisch, sollten die beiden ihre Henkersmahlzeit im trauten Kreis haben.

»Rosenkohlauflauf mit Haselnusskruste«, pries Margarethe ihr immer noch vor Hitze dampfendes Werk an und verteilte es auf drei Teller.

Ich schnitt derweil meine Pizza in Dreiecke und sah sie wohlwollend an, da sie noch zu heiß waren, um hineinzubeißen.

»Ich möchte auch Pizza«, quengelte Paul und schob seinen Teller zur Tischmitte. »Rosenkohl mag ich nicht.«

»Probier doch erst einmal, das Essen ist so lecker«, machte

Robert einen schwachen Versuch, seinen Sohn umzustimmen.

»Woher willst du das wissen?«, fragte dieser empört. »Du hast doch noch gar nichts gegessen!«

Robert saß vor seinem Teller und hatte tatsächlich noch keinen Bissen probiert. Die Einzige, die sich genüsslich über ihren Teller hermachte, war Margarethe.

»Du musst nichts essen, was du nicht magst, Paul.« Sie sah ihn verständnisvoll an. »Morgen koche ich eines deiner Lieblingsgerichte, heute Abend wirst du allerdings ...«

Ich ließ sie nicht ausreden, sondern schob meinen Teller geräuschvoll zu Paul hinüber und nahm mir seinen. Je eher wir das Essen hinter uns brachten, desto besser.

»Danke«, hörte ich ihn leise sagen. Trotz seines überquellenden Mundes hatte er dieses Wort fast unbeschadet herausgebracht.

»Schon okay.« Ich war entsetzlich müde von diesem Tag und stocherte lustlos in Margarethes Auflauf herum. Nachdem ich jedoch die erste Gabel in den Mund geschoben hatte, musste ich ihr widerwillig ein Kompliment machen.

»Schmeckt sehr gut«, sagte ich knapp und vermied es, sie dabei anzusehen. Auf den Triumph in ihren Augen konnte ich verzichten.

Aus dem Augenwinkel sah ich, dass Robert, der neben mir saß, sein Essen immer noch nicht angerührt hatte. Paul dagegen hatte meine Pizza bis auf zwei Stücke verdrückt und turnte unruhig auf seinem Stuhl herum.

»Kann ich noch fernsehen?«, fragte er.

Mir fiel auf, dass er dabei niemanden direkt ansah. Wir waren alle gleich fremd für ihn, und er wusste nicht, wer das

Sagen hatte. Im Geist schüttelte ich ihm die Hand, da ich nach den vergangenen Tagen nicht viel klüger war als er. Ich wusste lediglich, wer das Sagen hätte haben sollen.
»Nein«, sagte Robert ruhig und bestimmt »es ist gleich halb neun, und du musst ins Bett. Geh bitte schon mal hoch und putze dir die Zähne. Ich komme gleich nach.«
Paul sah uns unsicher der Reihe nach an, stand aber unwillig auf und schlurfte hinaus, als er merkte, dass von Margarethe und mir keine Hilfe zu erwarten war.
»Ich muss mit Ihnen reden«, sagte Robert ernst, als er Pauls Schritte auf der Treppe hörte und ihn außer Hörweite vermutete. Dabei sah er Margarethe an und bewies mir einmal mehr, dass sich die Hierarchieverhältnisse in Haus Lieblich eindeutig zu meinen Ungunsten verschoben hatten.
»Da gibt es nicht viel zu reden«, meldete ich mich entschieden zu Wort. Ich setzte mich kerzengerade auf meinem Stuhl auf und fixierte Robert mit meinen Blicken, so dass er nicht zu Margarethe entwischen konnte. »Die Bedingungen waren unmissverständlich: keine Kinder. Ich sehe ein, dass Sie ein Problem haben, aber Sie werden schon eine Lösung finden.«
»Da bin ich mir nicht so sicher«, sagte er seltsam ruhig.
Für einen Sekundenbruchteil hatte ich eine Mischung aus Verzweiflung und Angst in seinen Augen erkennen können. Diesen Blick kannte ich nur zu gut. Über Jahre hinweg hatte ich ihn Tag für Tag in den Augen der Eltern meiner kleinen Schützlinge gesehen. Wenn sie erfuhren, wie krank ihr Kind war, hatte stets der gleiche Ausdruck in ihren Gesichtern gestanden. Aber Robert hatte gar keinen

Grund dazu. Paul war, wie ich fand, übel mitgespielt worden, und zu einer anderen Zeit, an einem anderen Ort hätte er mir auch von Herzen Leid getan, aber er war nicht krank. Andererseits, überlegte ich, wirkte Robert nicht wie jemand, der zu empfindlichen Überreaktionen neigte.
Margarethes Gedanken mussten einen ähnlichen Weg gegangen sein, denn sie stellte die Frage, die mir auf der Zunge lag. »Was ist los, Robert?«
»Der Teufel ist los«, sagte er gequält, als habe er die Orientierung verloren. »Heute morgen war noch alles in Ordnung. Und plötzlich …« Er stockte. »Plötzlich gerät alles durcheinander, und nichts ist mehr, wie es war.«
»Paul ist ja auch nicht gerade mein Traumkind«, versuchte ich, das Ganze etwas herunterzukochen, »aber ich finde, jetzt übertreiben Sie ein wenig.« So tief konnte der Schock doch gar nicht sitzen. Schließlich würde Paul seiner Mutter in ein paar Wochen nach Amerika folgen.
Robert schüttelte unwillig den Kopf. »Wenn es nur der Junge wäre. Ich bin es, ich …« Er sprach so leise, dass ich ihn kaum verstand. »Ich muss morgen früh ins Krankenhaus. Verdacht auf einen Hodentumor.« Er starrte vor sich auf die Tischplatte. Seine Miene verriet eine Mischung aus Unglauben, Erschütterung und der Hoffnung, aus einem bösen Traum aufzuwachen.
»O nein«, sagte Margarethe, als könne sie damit das Schicksal von ihm abwenden.
»Nein!« Ich sah ihn fassungslos an. In meinem Inneren kämpfte mitfühlendes Entsetzen gegen puren Selbstschutz. War es denn immer noch nicht genug? Was war mit diesem Tag los?

»Ich werde ein paar Tage dort bleiben müssen.« Er atmete schwer.
Ich sah in dieses entblößte Gesicht und konnte nichts mehr von dem dynamischen Jungmanager erkennen, der mir noch heute Morgen nach dem Joggen auf der Treppe begegnet war. Es musste ihn sehr viel Kraft gekostet haben, die Angst, die jetzt unverkennbar seine Züge zeichnete, vor seinem Sohn zu verbergen. Warum geschahen all diese Dinge? Warum geschah alles auf einmal? Ich konnte ihn noch nicht einmal trösten, ich hatte ja für mich selbst keinen Rat. So sah ich ihn nur sprachlos an und sackte auf meinem Stuhl zusammen. Den Tag über hatte ich sie auf den Mond gewünscht, aber jetzt hoffte ich auf Margarethe, und sie ließ mich nicht im Stich.
»Machen Sie sich um Paul keine Sorgen«, sagte sie pragmatisch und ließ sich weder von meiner Ratlosigkeit noch von seiner Angst anstecken. »Sie nehmen sich alle Zeit, die Sie brauchen, Robert. Hier wird schon alles klappen. Schließlich sind wir zu zweit, nicht wahr?« Dabei zwinkerte sie mir aufmunternd zu.
»Natalie hat geschrieben, dass Paul in der Schule angemeldet werden muss. Ich habe überhaupt keine Ahnung, was so ein Kind macht, was es braucht, worauf man achten muss. Wie konnte sie das tun?« Robert sah uns fragend an, wobei er offen ließ, mit welcher Tatsache er haderte. Mit der generellen Existenz von Paul oder mit seiner vorübergehenden unter diesem Dach.
»Ich habe auch keine große Erfahrung in dieser Hinsicht«, versuchte Margarethe, ihn zu beruhigen, »aber ich weiß, wie lange es dauert, sich die Zähne zu putzen. Ich denke,

Sie sollten hinaufgehen und mal nach dem Rechten sehen. Der Fernseher übt auf fast jedes Kind eine magische Anziehungskraft aus. Und die ist stärker als jedes Nein. Wir können auch später noch überlegen, was zu tun ist.«
»Ja«, sagte er schlicht. »Natürlich.«
Ich folgte ihm mit meinen Blicken, als er langsam aus der Küche ging. Etwas in seinem Gang und seiner Haltung rührte mich seltsam an, als sei er voller Vorsicht, um vor dem nächsten Schlag in Deckung zu gehen. Er hatte viel einstecken müssen an diesem Tag, und ich konnte mir vorstellen, was auf ihn zukam, sollte sich dieser schreckliche Verdacht bestätigen. Gleichzeitig sollte er die Verantwortung für seinen ihm völlig fremden Sohn übernehmen. In diesem Augenblick wünschte ich mir, mich wie ein Hund mit einem Schütteln von allem Unangenehmen befreien zu können und unbeschwert weiterzugehen. Margarethe saß einfach nur da und war vollkommen in sich gekehrt. Ich musste etwas tun, mich bewegen, deshalb stand ich auf und begann, das Geschirr abzuräumen und in der Spüle zusammenzustellen.
Als wolle mir das Leben beweisen, dass nichts planbar war, begann ich mit dem Abwasch für vier Personen, obwohl ich mir so fest vorgenommen hatte, mich ausschließlich um meine Dinge zu kümmern. Ich hörte noch meine feste Stimme sagen, dass jeder seinen eigenen Dreck beseitigen solle. Und nun stand ich hier als freiwillige Helferin beim Küchendienst. *Eine Ausnahme*, beruhigte ich mich und fasste verdrossen neue Vorsätze.
Kaum hatte ich den ersten Teller zum Abtropfen abgestellt, als sich Margarethe zu mir gesellte und abzutrocknen be-

gann. Sie war immer noch tief in Gedanken und nahm sich mechanisch einen Teller nach dem anderen vor. Ihr Schweigen war mir sehr recht, es war zu viel geschehen an diesem Tag. Mein Kopf schwirrte, und ich genoss die Stille, die nur durch das Klappern des Geschirrs unterbrochen wurde. Als wir fertig waren, ließ sie sich auf ihren Küchenstuhl sinken, zog ihre Schuhe aus und streckte die Beine aus. Ich sah ihr erstaunt dabei zu und merkte einmal mehr, dass ich mit meiner begrenzten Vorstellung von einer Dame bei Margarethe nicht weiterkam. Sie war immer wieder gut für Überraschungen.

»Was für ein Tag«, sagte sie müde und sprach mir aus der Seele.

»Im Heim wäre es sicher ruhiger.« Ich musste lächeln bei der Vorstellung von Margarethe zwischen lauter gebrechlichen Alten, die von nichts anderem als ihren Krankheiten erzählten. »Da ginge es um das zähe Fleisch beim Mittagessen, das schwer zu kauen ist, und nicht um schwer verdauliche Nachrichten mitten aus dem Leben.« Ich setzte mich ihr gegenüber und spürte wohltuend den Waffenstillstand zwischen uns, als sie einfach nur zurücklächelte.

»Es gab tatsächlich einmal eine Zeit«, begann ich laut zu denken, »da war ich überzeugt, das einzig wahre Überlebenstraining zu beherrschen. Ich konnte auch der schlimmsten Situation noch ein Fitzelchen Gutes abgewinnen. Nur war ich nicht darauf gefasst, dass auch diese vermeintlich schlimmsten Situationen durchaus noch Steigerungspotenzial haben.« Ich spürte eine Bitterkeit in mir aufsteigen, die mir bis vor kurzem noch fremd gewesen war. Worüber ich mir früher Sorgen gemacht hatte, empfand ich jetzt als lächerlich und weit davon entfernt, ein Problem zu sein. Wie sehr sich doch mein Weltbild in dieser Hinsicht gewandelt hatte. In den vergangenen Wochen hatte ich einiges von dem erlebt, was in der einschlägigen Literatur gemeinhin als Trauma bezeichnet wurde. Ich hatte meinen Arbeitsplatz verloren, mein Partner hatte sich von mir getrennt, und ich hatte einen Umzug hinter mich gebracht. All dies nur, um vollkommen kopflos eine Tür zu öffnen, hinter der sich ein Chaos verbarg, dem ich so gar nichts Gutes abgewinnen konnte.

»Das ist schon ein ganz guter Ansatz für ein Überlebenstraining«, sagte Margarethe und zerrte mich aus meinen Gedanken in die Gegenwart. »Wobei, das muss ich zugeben, nicht jede Situation ihr Gutes hat. Und manchmal dauert es sehr lange, bis man in der Rückschau trotzdem etwas Positives erkennen kann.«

Ich glaubte nicht, dass mich ein Blick zurück irgendwann mit meiner gegenwärtigen Situation versöhnen würde, aber für einen Widerspruch war ich einfach zu müde. Es war erst viertel nach neun, und doch hatte ich das Gefühl, zwei Nächte nicht geschlafen zu haben.

»Das einzig Positive, was ich im Moment erkennen kann«, sagte ich gähnend, »ist die Tatsache, dass da oben mein Bett auf mich wartet. Ich gehe schlafen. Gute Nacht, Margarethe.« Ich war mir bewusst, dass ich kniff. Ich hätte auf Robert warten sollen, um gemeinsam zu besprechen, was in den nächsten Tagen mit Paul geschehen sollte. Aber nachdem ich das Zepter vorübergehend schon an Margarethe hatte abgeben müssen, überließ ich ihr nun auch die Verantwortung. Ihr würde schon etwas einfallen.

7 *Es war bereits nach elf, als ich am nächsten Morgen die Augen aufschlug* und das Gefühl hatte, ein LKW sei in der vergangenen Nacht über mich hinweggebraust. Am liebsten wäre ich für immer im Bett liegen geblieben, aber unten klingelte das Telefon, und ich verfluchte die Umstände, die mich zwangen zu sparen, anstatt mir einen eigenen Anschluss in mein Zimmer legen zu lassen. Vielleicht ist es das Arbeitsamt, dachte ich voller Hoffnung und stürmte im Schlafanzug nach unten.
»Hallo?«, rief ich außer Atem in den Hörer, aber es war zu spät, am anderen Ende der Leitung hatte die Geduld nicht mehr ausgereicht.
Nachdem ich mir oben ein paar dicke Socken und einen Pulli übergezogen hatte, entschied ich mich für ein ausgiebiges Frühstück und setzte in aller Ruhe Wasser für einen Tee auf. Während es heiß wurde, setzte ich mich auf die Fensterbank des Küchenfensters und sah hinaus. Es hatte aufgehört zu schneien, und die Sonne hatte sich ganz zaghaft durch die Wolken gewagt. Im Vorgarten lag der Schnee zentimeterdick, während auf der Straße schon ein Räumfahrzeug am Werk gewesen sein musste. An den Spuren zwischen Haustür und Gartentor sah ich, dass ich die einzige Langschläferin im Einzugsbereich von Haus Lieblich war, alle anderen waren bereits ausgeflogen. Gut so, dachte ich erleichtert, denn das bedeutete Ruhe.
Ich schmierte mir zwei Brote, setzte mich an den Tisch und begann, den Stellenteil der *Kinderkrankenschwester* durchzulesen. Die einzigen Krankenhäuser, die in der aktuellen Ausgabe eine Intensivschwester mit meinem Profil suchten, lagen am Tegernsee, in Bielefeld und in Wiesbaden.

Letzteres kam für mich nicht in Frage, da es sich um meinen ehemaligen Arbeitgeber handelte, der eine Nachfolgerin für mich suchte. Es versetzte mir einen gewaltigen Stich, diese Anzeige zu lesen. *Nur nicht kleinkriegen lassen*, sprach ich mir selbst Mut zu und rief meinen Sachbearbeiter beim Arbeitsamt an. Ich spürte, dass er sich Mühe gab, nicht genervt zu klingen. Es war bereits mein dritter Anruf innerhalb einer Woche, und er konnte mir immer noch nichts Neues sagen, es gab keine weiteren Anfragen. Ich legte den Hörer enttäuscht wieder auf. Hätte ich gewusst, dass die Wartezeit in zwei Monaten ein Ende hätte, hätte ich die Zeit wenigstens genießen können. Aber so?

In diesem Augenblick hörte ich den Schlüssel in der Haustür und gleich darauf Stiefelpaare, die den Schnee abstampften. Es folgte ein Plumpsen, das, wie ich noch herausfinden sollte, Pauls Schulranzen war, der von seinen Schultern ungebremst gen Boden rutschte. Margarethes Frage, ob er vor dem Essen noch spielen wolle, beantwortete er mit einem altklugen *Na klar* und sprang die Treppe hinauf. Seinen Füßen gelang es auch ohne Schuhe, sich auf den Holzstufen Gehör zu verschaffen. Ich fragte mich, wie Kinder es schafften, um sich herum eine derartige Geräuschkulisse aufzubauen. Vor allem: Wie hielt ihre Umwelt das aus?

»Guten Tag, Katja«, ertönte Margarethes fröhliche Stimme hinter mir.

»Hallo.« Ich drehte mich um und sah mich einem putzmunteren Temperamentsbündel gegenüber, dessen Augen über den von der Kälte noch roten Wangen weit ausgeruhter aussahen, als ich mich fühlte. Der Kontrast zwischen ihr und mir hätte kaum bemerkenswerter sein können, trafen doch ein Flanellschlafanzug in verwaschenem Grün unter in langen Nachtdiensten selbst gestricktem Pulli und Socken auf ein feingewebtes, hellblaues Twinset über einer hellgrauen, perfekt geschnittenen Tuchhose. Während mich dieser Gegensatz in Staunen versetzte, schien er Margarethes Bewusstsein nicht zu erreichen. Zumindest in dieser Hinsicht war sie ein Freigeist, musste ich Frau Lieblich insgeheim Recht geben, denn eines wusste ich inzwischen ganz genau: Margarethe nahm kein Blatt vor den Mund. Hätte sie etwas dazu zu sagen gehabt, hätte sie kaum gezögert, es mir auch mitzuteilen. So nahm ich an, dass es ihr egal war, in was ich meinen Körper hüllte. Gut so, dachte ich, die Einmischung in meine Ess- und Liebesgewohnheiten hatten schließlich das Maß des Erträglichen fast überschritten.

Während ich am Küchentisch sitzen blieb und in meiner Zeitschrift blätterte, widmete Margarethe sich einer ihrer Lieblingsbeschäftigungen. Innerhalb von fünf Minuten hatte sie jeden freien Platz auf der Arbeitsplatte mit Beschlag belegt und war mitten in ihrem Element.

»Paul hatte heute seinen ersten Schultag in Kronberg«, erzählte sie stolz, während sie ein Ei, Mehl, Milch, Wasser und Zucker in einer Rührschüssel verschwinden ließ. »Ich kenne die Leiterin von der Grundschule, sie ist sehr verständnisvoll und absolut unbürokratisch.«

»Was haben Sie ihr denn erzählt?«, fragte ich neugierig.

»Die Wahrheit, die ist in der Regel am beeindruckendsten. Und in diesem Fall ganz besonders.« Margarethe hielt kurz inne und betrachtete den Schneebesen in ihrer Hand.

»Paul tut ihr von Herzen Leid«, fuhr sie fort. »Sie hat ihn in die Klasse 2c gesteckt. Die Lehrerin soll eine ganz warmherzige und kluge Person sein.«
»War das nicht etwas voreilig?« Ich war plötzlich auf der Hut. »Robert weiß doch noch gar nicht, ob er in Kronberg eine neue Bleibe findet. Oder will er durch diese Einschulung etwa Tatsachen schaffen, die mich in Zugzwang versetzen?«
»Ich glaube kaum, dass er so berechnend ist«, verteidigte Margarethe ihn. »Außerdem war ich diejenige, die ihn dort angemeldet hat. Ich habe es Robert gestern Abend vorgeschlagen, und er hat dankbar angenommen.« Sie klopfte den Schneebesen am Rand der Schüssel ab und legte ihn in die Spüle. »So, und jetzt wollen wir erst einmal abwarten, was heute bei ihm herauskommt. Und dann sehen wir weiter.«
Wie sie es sagte, klang es vollkommen harmlos und fast liebevoll, aber ich fühlte mich wieder von ihr zurechtgewiesen.
»Waren Sie eigentlich verheiratet, Margarethe?«
»Ja«, antwortete sie schlicht und begann, die Äpfel zu schälen, die sie sich bereitgelegt hatte.
»Haben Sie Ihren Mann auch so untergebuttert, oder haben Sie in ihm Ihren Meister gefunden?«
»Er war ganz anders als ich.« Sie lachte mit einem sehr zärtlichen Ausdruck auf ihrem Gesicht. »Er war eher ein Feingeist.«
»Das muss ja eine sehr vergeistigte Beziehung gewesen sein«, sagte ich ironisch, »wenn Feingeist und Freigeist aufeinander treffen. Gab es da überhaupt Raum für die sexu-

ellen Abwechslungen, die Sie so begeistert propagieren?«
Diese wunderbare Gelegenheit für eine Retourkutsche musste ich nutzen.
»Ich habe einen Raum gefunden«, sagte sie vieldeutig und sah mich eindringlich an. »Aber das ist eine andere Geschichte. Jetzt wollen wir doch erst einmal sehen, wie wir die hungrigen Mägen stopfen. Wie ist es mit Ihnen, Katja? Wollen wir heute Mittag noch einmal Ihr gemütsberuhigendes Nahrungsschema unterbrechen und eine Überraschungsparty für Ihre Geschmacksnerven bereiten? Paul hat sich Apfelpfannkuchen gewünscht.«
»So, hat er das?«, fragte ich schneidend. »Seit wann werden denn in diesem Haus Wünsche erfüllt? In den letzten Tagen hatte ich eher das Gefühl, dass meine Albträume wahr werden.« Ich schlug meine Zeitschrift zu und stand auf. »Und um Ihre erste Frage zu beantworten: Nein, danke, ich bin satt. Ich werde jetzt duschen.«
Roberts Zimmertür stand weit offen, und ich sah Paul auf dem Boden liegen und winzige Teilchen ordnen. Ich war so froh über diese geräuscharme Betätigung, dass ich mich leise vorbeischlich, um ihn keinesfalls auf andere Gedanken zu bringen. Unter der Dusche hörte ich unten das Telefon läuten, aber dieses Mal folgte ich nicht dem Impuls hinunterzurennen, Margarethe stand schließlich keine zwei Meter davon entfernt. Ich hielt mein Gesicht direkt unter den Duschkopf und ließ das heiße Wasser auf mich prasseln.
Es war immer noch ungewohnt für mich, ohne eine Uhr im Hintergrund zu leben, die mich zum Dienst oder auf den letzten Drücker in den Supermarkt trieb. Ich hatte Zeit, keiner hetzte mich, niemand wartete auf mich. Das, wovon

ich mitten im Stress so oft geträumt hatte, war wahr geworden, und ich konnte es nicht genießen. Irgendjemand hatte einmal gesagt, das größte Unglück sei es, wenn Träume wahr würden. Dem konnte ich inzwischen aus tiefster Seele beipflichten. In Zukunft würde ich vorsichtiger sein mit meinen Wünschen, nahm ich mir vor.
Als ich mich abtrocknete, hörte ich Margarethe nach Paul rufen. Er solle zum Telefon kommen, seine Mutter sei am Apparat. Es dauerte keine zwei Sekunden, bis ich seine Füße auf der Treppe hörte. Sie klangen, als wollten sie einen Geschwindigkeitsrekord brechen. Armer kleiner Kerl, dachte ich etwas versöhnlicher. Er musste sich genauso entwurzelt vorkommen wie ich. Und ich fand ihn viel zu jung für derartige Empfindungen. Nur gut, dass sein Elend in ein paar Wochen vorüber sein würde. Bei meinem war ich mir da gar nicht so sicher.
Draußen hatten sich die Sonnenstrahlen ihren Weg zur Erde freigekämpft. Der Blick aus meinem Fenster war so verlockend, dass ich beschloss, einen kleinen Spaziergang zu machen. Im Haus herumzusitzen würde meine Laune auch nicht gerade verbessern, und zum Lesen fehlte mir die nötige innere Ruhe. Während ich in der Garderobe Jacke und Stiefel anzog, lauschte ich Pauls verzagter Stimme, die nur hin und wieder ein Ja oder Nein in die Neue Welt entließ. Er stand mit gesenktem Kopf vor der Wand, an der das Telefon hing, und hielt den Hörer krampfhaft fest. Die Knöchel seiner Hand schimmerten weiß durch die Haut; ich schämte mich für meinen Groll auf dieses Kind, das nichts für die Misere konnte, in der ich festzusitzen schien.
Der Schnee war so fest, dass meine Schritte ein lautes Knir-

schen verursachten. Ich ging über die Straße und sah einen Moment lang den Ponys auf der gegenüberliegenden Weide zu. Sie hatten sich vor dem kleinen Holzstall versammelt und kauten gemächlich ihr Heu. Ihr dickes Winterfell sah so zottelig aus, als könne es keine Stahlbürste je wieder entwirren.

Diesmal ging ich nicht in den Ort, sondern wanderte entlang der Felder, bis ich an eine stark befahrene Straße kam und wieder umkehrte, da ich mich dort nicht auskannte und keine Lust auf geographische Experimente verspürte. Wenn ich meinen Radius erweitern wollte, musste ich mir endlich eine Karte von der Umgebung besorgen. Ich nahm mir dies für den Nachmittag vor, da ich sowieso einkaufen musste, meine bescheidenen Vorräte neigten sich langsam ihrem Ende zu. Als ich wieder an der Ponyweide vorbeikam, stand dort ein Kind am Zaun und fütterte eines der Tiere mit Mohrrüben. Es redete leise auf den zotteligen Schecken ein und strich ihm unablässig mit der Hand über die Stirn. Ich erkannte Pauls Stimme und stutzte, da ich ihn unter der tief in die Stirn gezogenen Wollmütze nicht gleich erkannt hatte.

»Hallo«, sagte ich und blieb kurz stehen.

»Hallo«, hörte ich ihn verhalten antworten. Er drehte sich nicht zu mir um, das Pony forderte seine gesamte Aufmerksamkeit.

Zurück in Haus Lieblich, rief Margarethe mir aus der Küche zu, ich möge doch einen Moment hereinkommen. Sie saß mit ihrer Zeitung am Tisch, hatte sich ihren Stuhl jedoch so gedreht, dass sie Paul durchs Küchenfenster beobachten konnte.

»Robert hat vor zehn Minuten angerufen.« Ihre ernste Stimme sprach Bände. Es war ein Tonfall, wie ihn Ärzte benutzten, wenn sie schlechte Nachrichten hatten.

Ich sah sie fragend an, obwohl ich bereits ahnte, was jetzt kam.

»Der Verdacht hat sich bestätigt«, sagte sie traurig. »Er ist heute Morgen operiert worden und hat gerade das Ergebnis erfahren.« Margarethe hatte die Zeitung sorgsam zusammengefaltet und strich immer wieder über die Kante, die inzwischen einer scharfen Bügelfalte ähnelte. »Er wird circa eine Woche im Krankenhaus bleiben müssen. Sie wollen in einer zweiten Operation die Lymphknoten im Bauchraum überprüfen.«

Ich ließ mich auf den nächstbesten Stuhl fallen. »So ein verdammter Mist!«

»Was ist ein verdammter Mist?«, hörte ich eine Stimme in meinem Rücken. Paul war unbemerkt in die Küche gekommen und zog eine Spur aus geschmolzenem Schnee hinter seinen Winterstiefeln her. Seine graublauen Augen wanderten neugierig zwischen Margarethe und mir hin und her.

»Dass es in diesem Haus gar kein richtiges Spielzimmer für dich gibt«, sagte Margarethe geistesgegenwärtiger, als mir lieb war. Dieser Ansatz konnte nichts Gutes verheißen. »Und oben bist du so alleine. Wie wär's, wenn du nachher deine Spielsachen runterholst? Die Küche ist riesig. Und hier am Tisch kannst du auch viel besser deine Schulaufgaben machen.«

»Okay«, sagte er, nicht ohne vorher einen Moment darüber nachzudenken.

Er hatte wenigstens die Chance dazu, dachte ich verstimmt, ich wurde wie gewohnt vor vollendete Tatsachen gestellt.

»Aber erst brauche ich noch ein bisschen Futter für das Pony, es hat schon alle Mohrrüben aufgefressen.« Er sah Margarethe erwartungsvoll an.

Sie sammelte vorsichtig die Apfelschalen aus dem Müll und tat sie ihm in einen kleinen Eimer. Paul griff mit großem Ernst nach dem Henkel, als gelte es, eine wichtige Aufgabe zu erfüllen, und machte auf dem Absatz kehrt, um wieder nach draußen zu verschwinden.

»Lass nachher bitte deine Stiefel draußen«, rief Margarethe ihm hinterher und erntete ein geschäftiges *Okay*, das gerade noch zu hören war, bevor die Tür ins Schloss fiel.

»Ich wollte Sie nicht überrumpeln, Katja«, entschuldigte sich Margarethe, bevor ich überhaupt Luft holen konnte. »Ich dachte nur, dass man den Kleinen nicht ganz sich selbst überlassen kann da oben, solange Robert nicht da ist.«

»Ist schon in Ordnung«, sagte ich in einem Anfall von Müdigkeit, die nichts mit körperlicher Erschöpfung zu tun hatte. Ich war an einem Punkt angekommen, an dem ich keine Hiobsbotschaften mehr ertragen konnte. Das unbeschwerte Leben, das ich einmal so dankbar geführt hatte, war auf Nimmerwiedersehen verschwunden, und um mich herum sah ich nichts als Probleme.

»Da draußen laufen Hunderttausende herum, die überhaupt nicht wissen, was ein Problem ist«, sagte ich mürbe, »und ich habe das Gefühl, dass ich in letzter Zeit direkt im Epizentrum einer sprudelnden Quelle sitze und es dort einen Sog gibt, der mich nicht mehr herauslässt.«

»Es gibt diese Zeiten, Katja, ich weiß.« Ihr gütiger Blick beruhigte meine aufkeimende Verzweiflung um einige Nuancen. »Es mag für Sie im Moment sehr unbefriedigend klingen, aber so ist das Leben nun einmal. Es ist nicht so angelegt, dass es uns in einem steten Gleichklang von der Geburt bis zum Tod unbeschadet durchschleust. Was auch schrecklich langweilig wäre«, fügte sie lächelnd hinzu. »Das jedenfalls würden wir antworten, wollte man uns die Höhen nehmen. Das Problem sind die Tiefen, die möchte jeder gerne auslassen. Aber es sind die Täler, die uns wirklich herausfordern und wachsen lassen, nicht die Berge.«
»Wozu soll denn diese Herausforderung gut sein?«, fragte ich rebellisch. »Damit ich erkenne, wie tief ein Tal wirklich sein kann? Vielen Dank! Dazu reicht meine Phantasie gerade noch.«
»Zum Glück nicht.« Maragrethe hatte auf seltsame Weise zu ihrer Fröhlichkeit zurückgefunden, während ich gerade wieder dabei war aufzubrausen.
»Wie bitte?«, fragte ich drohend.
»Zum Glück reicht die Phantasie nicht«, sagte sie ungerührt. »Ihre genauso wenig wie meine oder die eines anderen. Man kann sich vieles versuchen vorzustellen, aber die Realität ist immer anders. Und das ist gut so. Manches soll man sich nämlich gar nicht vorstellen, es reicht, sich dann damit auseinander zu setzen, wenn es einen trifft.«
»So wie Robert, der jetzt irgendwo in einem Krankenbett liegt und wahrscheinlich umkommt vor Angst.« Ich war kein bisschen besänftigt. »Werden Sie ihm auch sagen, dass er gerade das Tal der Herausforderung durchschreitet?«
Margarethe schüttelte bedauernd den Kopf und sah mich

nachsichtig an. »Wenn sich Ihr Gemüt wieder ein wenig abgekühlt hat, werden Sie sich diese Frage selbst beantworten können.«

Ich wusste, dass ich ihr einen vollkommen unqualifizierten Seitenhieb verpasst hatte, aber ich konnte nicht einlenken, geschweige denn, mich entschuldigen. Ich starrte auf die Tischplatte vor mir und schwieg.

»Und jetzt lassen Sie uns kurz besprechen, wie wir die Woche mit Paul gestalten.« Sie wartete, bis ich aufsah und sie meiner Aufmerksamkeit sicher sein konnte. »Ich werde ihn die ersten Tage morgens zur Schule bringen und ihn auch wieder abholen, bis er den Weg alleine findet. Das Nachmittagsprogramm lassen wir am besten auf uns zukommen. Es wäre nur gut, wenn wir uns absprechen, damit immer eine von uns beiden zu Hause ist.« Sie machte eine Pause; als mein Einspruch jedoch ausblieb, fuhr sie unbeirrt fort. »Morgen zum Beispiel habe ich eine feste Verabredung mit einer Freundin. Ich besuche sie immer mittwochs nachmittags. Da wäre es mir sehr lieb, wenn Sie hier die Stellung halten würden. Lässt sich das machen?«

»Ja«, erwiderte ich knapp. Was hätte ich auch sonst sagen sollen? Ich hatte keinerlei Verpflichtungen und auch keine Termine, weder feste noch sonst welche, lediglich eine grundsätzliche Aversion gegen diese Situation, in die ich durch eine Aneinanderreihung von widrigen Umständen hineingeschlittert war. Und nachdem ich mich selbst so sehr darüber aufgeregt hatte, in der Not im Stich gelassen worden zu sein, konnte ich schlecht dasselbe mit Robert und Paul tun. Also fügte ich mich schweren Herzens.

Margarethe war es zufrieden und beschloss, einen kleinen

Mittagsschlaf zu machen. Ich würde solange auf Paul aufpassen. Von meinem Platz auf der Fensterbank aus sah ich ihm zu, wie er im Vorgarten einen Schneemann baute, bis mich das Telefon aus meinen Gedanken riss. Dieses Mal war ich rechtzeitig am Apparat.

»Seniorenresidenz Taunushöhe«, hörte ich eine muntere Frauenstimme am anderen Ende der Leitung. »Erreiche ich bei Ihnen Frau zur Linden?«

»Ja«, sagte ich, »warten Sie bitte, ich muss sie holen.« Ich klopfte an Margarethes Tür, aber es rührte sich nichts. Sie musste eingeschlafen sein.

»Sie schläft gerade«, sagte ich bedauernd. »Soll ich ihr etwas ausrichten?«

»Ich habe heute Vormittag schon einmal angerufen, aber niemanden erreicht.« Dem kaum verborgenen Vorwurf war unschwer zu entnehmen, dass sie von Gesprächspartnern erwartete, brav am Telefon auszuharren und auf ihren Anruf zu warten. »Richten Sie ihr doch bitte aus, dass wir jetzt ein Apartment für sie frei haben. Sie müsste allerdings schon Anfang nächster Woche einziehen.«

»Das geht nicht«, platzte ich spontan heraus und war mit einem Schlag auf der Hut.

»Wie bitte?«, hörte ich ihre erstaunte Stimme. »Frau zur Linden hatte es doch so eilig, einen Platz bei uns zu bekommen.«

»Das stimmt«, druckste ich herum und hoffte inständig auf eine überzeugende Vorstellung. »Aber letzte Woche waren Sie noch voll belegt, und da meine Tante annahm, dass sich daran auch so schnell nichts ändern würde, macht sie ab morgen eine vierwöchige Schiffsreise. Sie können sich nicht

vorstellen, wie sehr sie sich darauf freut.« Falls es bei Robert im Krankenhaus doch länger dauern sollte, hatte ich damit etwas Spielraum und blieb nicht mit Paul alleine.
»Ich dachte, Frau zur Linden hat keine Familie.«
»Sie hat keine *Kinder*«, sagte ich, um eine freundliche Aufklärung bemüht. »Manche Begriffe definiert sie sehr eng. Das werden Sie auch noch feststellen, wenn Sie sie näher kennen lernen.« Bei der Vorstellung, wie dieses belehrend-indignierte Wesen eines nicht allzu fernen Tages an Margarethes Gleichmut abprallen würde, verirrte sich ein leichtes Grinsen in meine Mundwinkel.
»Vielleicht könnten Sie ja den Umzug für Ihre Tante organisieren.« Ich spürte, wie sehr sie sich über diesen genialen Lösungsansatz freute. Sie machte noch nicht einmal den Versuch, ihren suggestiven Angriff hinter einem Fragezeichen zu verbergen. Hätte sie gewusst, was es für mich bedeutete, wenn Margarethe mich in diesem Chaos allein ließe, hätte sie auch gewusst, wie standhaft ich ihr widerstehen würde.
»So gerne ich es würde«, sagte ich, um einen bedauernden Ton bemüht, »aber das geht leider nicht. Ich begleite sie nämlich auf dieser Reise. Deshalb werden Sie uns auch telefonisch nicht erreichen können. Wenn Sie also in der Zwischenzeit ein freies Apartment bekommen sollten, schreiben Sie meiner Tante am besten. Dann kann sie sich nach unserer Rückkehr gleich mit Ihnen in Verbindung setzen.« Es gab zum Glück nur einen Briefkastenschlüssel, und den hatte ich. Bis sich die Situation hier entschärft hatte, würde ich die Post mit Argusaugen durchsehen.
»Na gut, dann melde ich mich wieder, sobald sich etwas

Neues ergibt.« Es war nicht zu überhören, wie unzufrieden sie mit dem Ausgang dieses Gespräches war.

Besser sie als ich, dachte ich und war im gleichen Moment erschreckt über meine ungeahnten Potenziale, die nach und nach ans Licht kamen. Hätte mir früher jemand prophezeit, dass ich einmal lügen würde, dass sich die Balken bogen, und wild entschlossen war, Margarethes Post zu unterschlagen, hätte ich mich von Grund auf missverstanden gefühlt. Aber da hatte ich auch noch nicht geahnt, was es bedeutete – dieses ganz normale Leben in Haus Lieblich. Und außergewöhnliche Umstände rechtfertigten schließlich außergewöhnliche Taten. Zumindest ein drohendes Problem hatte ich damit geschickt und geistesgegenwärtig abgewendet.

Ich ging zufrieden zum Küchenfenster zurück und sah direkt auf den Schneemann, der zwei Meter vor dem Fenster aufragte und mit Tannenzapfenaugen zu mir hereinstarrte. Mein Herz klopfte vor Schreck ein paar Takte schneller, da ich Paul nicht entdecken konnte. Anstatt auf ihn aufzupassen, hatte ich ihn für ein paar Minuten vollkommen vergessen. Ich rannte zur Haustür, riss sie auf und sah mich panisch um. Bitte nicht auch noch das! betete ich. Sämtliche möglichen Szenarien liefen blitzschnell vor meinem inneren Auge ab. Dabei war simples Weglaufen und der Versuch, sich allein nach Amerika durchzuschlagen, noch die mildeste Version. Ich hatte zu viele kindliche Unfallopfer gesehen, um mich jetzt zu beruhigen und gelassen abzuwarten.

»Paul!«, schrie ich, so laut ich konnte. Ich stand am Gartentor und sah aufgeregt die Straße hinauf und hinunter.

»Pauuuul!« Meine Stimme klang selbst in meinen Ohren entsetzlich schrill, aber sollten die Nachbarn mich ruhig für hysterisch halten, es war mir egal. Ich wollte einzig und allein die dunkelblaue Wollmütze und den bunten Anorak entdecken, und zwar aufrecht und nicht eingeklemmt unter einer Stahlkarosserie.

»Ich bin hier«, hörte ich seine Stimme aus der Ferne und sah mich suchend um. Er lugte samt Schecken aus dem Holzstall auf der Ponyweide gegenüber.

»Du kommst sofort hierher!«, schrie ich ihm zu. Das Einzige, was ich von Pferden wusste, war, dass sie vorne bissen und hinten ausschlugen, wenn sie kein schützender Zaun davon abhielt.

»Wieso?«, klang es mir entgegen.

»Weil wir die Besitzer von den Ponys noch nicht gefragt haben, ob du so einfach auf die Weide gehen darfst.« Mein Geschrei musste Margarethe aus ihrem Mittagsschlaf gerissen haben, denn sie stand plötzlich neben mir und gab Paul eine Erklärung, die mir, wenn überhaupt, dann zuallerletzt eingefallen wäre.

Für ihn war sie allem Anschein nach ausreichend, denn er verabschiedete sich von dem Pony und trottete langsam auf uns zu.

»Kinder sind umringt von Schutzengeln«, versuchte Margarethe, mich zu beruhigen, während wir beide dabei zusahen, wie Paul geübt über den Zaun kletterte. »Sonst würde nur ein Bruchteil von ihnen das zehnte Lebensjahr erreichen.«

»Ich habe nur leider zu viele Kinder gesehen, deren Schutzengel gerade Urlaub machten, um mich darauf zu

verlassen.« Ich lehnte mich gegen den Pfosten des Gartentors und fühlte mich völlig erschlagen.
»Kannst du mit den Besitzern von den Ponys reden?« Paul war direkt vor Margarethe stehen geblieben und sah bittend zu ihr auf. »Ich habe Johnny versprochen, morgen wieder zu kommen.«
»So, er heißt also Johnny. Der Name gefällt mir.« Margarethe sah ihn liebevoll an und beugte sich zu ihm hinunter. »Und dein Versprechen musst du natürlich halten. Ich werde mal sehen, was ich machen kann. Solange ich die Besitzer allerdings nicht erreicht habe, bleibst du besser auf dieser Seite des Zauns. Versprochen?«
Er sah sie ernst an und hielt ihr dann seine Hand hin, in die sie genauso ernst einschlug.
Plötzlich spürte ich die Kälte und ging zurück ins Haus. Die beiden folgten mir in kurzem Abstand und machten Pläne, wie der Spielzeugumzug am besten zu bewerkstelligen sei. Paul zählte hinter mir seine wichtigsten Spielzeuge auf, bis mir klar wurde, dass alle auf die eine oder andere Art wichtig waren und hinuntergebracht werden müssten. Dieser Aktion wollte ich jedoch keinesfalls beiwohnen. Meine schönen Pläne, die Küche nur zum Kochen und Essen zu nutzen, waren von der Realität längst eingeholt worden. Oder besser von Margarethe, die beschlossen hatte, hier unten ein kulinarisches Kommunikationszentrum ins Leben zu rufen. Die Erweiterung zum Kinderhort versuchte ich stillschweigend zu ignorieren.
Während Paul sein emsiges Treppauf-Treppab startete und Margarethe die Zutaten für einen Obstsalat klein schnitt, holte ich meinen Einkaufskorb aus der Speisekam-

mer, wappnete mich zwiebelartig gegen die Kälte und floh nach draußen.

Mein Einkauf im Supermarkt war schnell erledigt. Beladen mit Butter, Käse, Aufschnitt und Pizza, ging ich weiter zum Bäcker und kaufte noch Brot und Kuchen. Auf dem Rückweg studierte ich die Auslage des Zeitungsladens und entdeckte daneben einen Zettelkasten mit Angeboten und Gesuchen. Wäre ich doch vor zwei Wochen hier vorbeigekommen, dachte ich enttäuscht, als ich die zahlreichen Anfragen von Wochenendfahrern las, die nur die Woche über ein Zimmer suchten. Es wäre mir viel Ärger erspart geblieben. Schicksal oder Zufall, fragte ich mich nicht zum ersten Mal, nur um wieder zu dem Schluss zu kommen, dass es letztendlich egal war. Wer auch immer dahinter steckte, meinte es im Moment nicht gut mit mir.

Zu Hause verstaute ich meine Einkäufe in den winzigen Lücken in Kühlschrank und Tiefkühltruhe, die Margarethe mir übrig gelassen hatte. Sie saß mit Paul am Tisch und las ein Buch, während er Schulaufgaben machte. Ich brühte mir einen Tee auf, nahm den Kuchen und verzog mich in mein Zimmer. Was ich jetzt brauchte, war Ruhe, und die würde ich hier unten nicht finden.

Ich kuschelte mich in meinen gemütlichen Sessel und ließ meine Beine über die Lehne baumeln, während ich genüsslich in meine Rosinenschnecke biss. All die klugen Ratgeber, die Frustessen als Ersatzbefriedigung abtaten, konnten mir gestohlen bleiben. Wenn schon das Leben keine Höhepunkte zu bieten hatte, dann doch wenigstens die Kuchentheke. Und natürlich mein Bücherregal, das noch eine Menge ungelesener Schätze beherbergte, die ich jetzt aus-

graben würde. Ich wanderte mit meinen Augen die Reihen entlang und entschied mich für den *Medicus*. Mein Eintauchen in die wundersame Welt des Mittelalters währte jedoch nur eine halbe Stunde, bis mir vor Müdigkeit die Augen zufielen und ich fest einschlief.
Auch an diesem Tag riss mich ein lautes Klopfen aus meinen wilden Träumen, jedoch rührte es diesmal nicht von einem Holzhammer, der ungehindert auf Bauklötze traf. Paul klopfte gegen meine Tür und versuchte, mich mit Margarethes Menüvorschlägen in die Küche zu locken. Ich sah auf meine Uhr und stellte überrascht fest, dass ich fast drei Stunden geschlafen hatte und es bereits sieben Uhr war.
»Es gibt Pizza«, rief er begeistert durch meine Tür und ließ ein weiteres lautes Klopfen folgen. »Und danach Eis mit heißen Himbeeren.«
Ich schälte mich aus meinem Sessel und streckte mich, bevor ich die Tür aufmachte und den kleinen Quälgeist genervt anschaute.
»Ich bin nicht schwerhörig!«, brauste ich auf und bereute es sofort als ich sah, wie er vor Schreck zusammenzuckte.
»Entschuldigung«, flüsterte er, ließ den Kopf hängen und ging Richtung Treppe.
»Nein, ich entschuldige mich«, rief ich ihm reumütig hinterher. »Ich habe es nicht so gemeint.«
Er drehte sich um und sah mich zweifelnd an.
»Okay, ich habe es so gemeint«, gab ich schuldbewusst zu. »Ich würde es aber gerne wieder zurücknehmen. Geht das?«
»In Ordnung.« Er nickte zur Bekräftigung und schickte sich an, dem köstlichen Essensduft nach unten zu folgen.

»Ich komme mit«, sagte ich entschlossen, zog meine Tür hinter mir zu und folgte ihm.

Das Bild, das die Küche bot, hatte sich in den vergangenen drei Stunden grundlegend gewandelt. Die luftigen Freiflächen gehörten der Vergangenheit an, und die Gegenwart hatte Einzug gehalten: mit einer Raumstation, einem elektrischen Jeep mit überdimensional großen Reifen, mit einem überaus gut bestückten Bauernhof Marke Großgrundbesitzer, mit Malkästen, Buntstiften, Knetmasse, und und und. Ich traute meinen Augen nicht. Die Kinder auf meiner Station hatten ihren Lieblingsteddy neben sich auf dem Kopfkissen gehabt. Was sich hier vor meinen Augen ausbreitete, sah aus wie das gesamte Lager eines Spielwarengeschäftes.

Bevor ich meine Meinung zu dem reizüberflutenden Chaos kundtun konnte, nahm Margarethe mir den Wind aus den Segeln.

»Paul hat diese Raumstation ganz allein zusammengebaut«, sagte sie munter. »Das ist bemerkenswert, nicht wahr?«

»Das ist allerdings bemerkenswert«, stimmte ich ihr mit einem Schuss Sarkasmus zu.

»Wie gut, dass Lieblichs diesen großen Tisch hier gelassen haben.« Margarethe ließ nichts aus, um mir die Situation schmackhaft zu machen. »Er reicht zum Essen und für die Hausaufgaben. Das ist wie früher, als es noch die großen Wohnküchen gab und sich das ganze Familienleben in einem Raum abspielte.«

»Wunderbar«, sagte ich schwach. »Wie schade, dass ich das nicht mehr miterleben durfte.«

»Dafür darfst du es jetzt«, mischte Paul sich freudig ein und bewies, dass Ironie an Kindern tatsächlich abprallte.
»Heute Abend werden Ihre Wünsche erfüllt, Katja«, wechselte Margarethe schnell das Thema. »Es gibt Pizza.«
»Und ich durfte alles drauflegen«, verriet Paul mir stolz.
»Na, dann wird es bestimmt ganz besonders gut schmecken.« Ich hatte noch etwas gutzumachen bei ihm.
Margarethe holte die beiden herrlich belegten, runden Teile aus dem Ofen, schnitt sie in Dreiecke und stellte sie vor uns auf den Tisch. Das war die erste selbst gemachte Pizza meines Lebens, und ich musste an Margarethes Prophezeiung denken, dass ihr Essen einen beim ersten Bissen für anderes verderbe. Ich aß mit riesigem Appetit und entspannte mich zusehends.
»Hast du deine Haarfarbe auch zu lange draufgelassen?« Paul hatte die ersten Bissen heruntergeschluckt, sah mich interessiert an und riss mich aus meiner zart aufblühenden, wohlwollenden Zuwendung.
»Wie bitte?«
»Na, deine Haarfarbe. Meine Mama hatte auch mal so eine wie du, und die hat sie zu lange draufgelassen. Deshalb sah sie dann so komisch aus.«
»Ich habe die Farbe schon immer gehabt«, presste ich zwischen meinen Zähnen hervor und erinnerte mich daran, warum ich es aufgegeben hatte, in einen Spiegel zu sehen.
»Oh, tut mir Leid.« Er sah mich ganz zerknirscht an und ließ offen, was ihm Leid tat: dass er es überhaupt erwähnt hatte oder die Tatsache, dass ich bis an mein Lebensende mit dieser Farbe würde herumlaufen müssen.
»In einem Ratgeber, wie man am leichtesten Freundschaf-

ten schließt, sollte vor diesem Ansatz dringend gewarnt werden«, sagte ich bemüht freundlich und war erleichtert, dass ich zu meinem Galgenhumor zurückgefunden hatte.
Margarethe lachte lauthals los und riss mich gegen meinen Willen mit.
Paul sah verständnislos von seiner Pizza auf. »Was ist denn so komisch?«
»Das Leben«, antwortete ihm Margarethe. »Einfach das Leben.«

8 *Es dauerte lange, bis an diesem Abend Ruhe im Haus einkehrte.* Paul war nicht nur voller neuer Eindrücke, die verarbeitet werden mussten, er vermisste auch seine Mutter sehr. Was er tagsüber hatte überspielen können, holte ihn abends beim Zubettgehen ein. Ich hatte mich bereit erklärt, ihn hochzubringen und ihm noch eine Geschichte vorzulesen. Ihn allerdings so weit zu bringen, dass er dieser Geschichte unter seiner dicken Daunendecke auch in naher Zukunft lauschen konnte, hätte, wie ich feststellen sollte, eine Mischung aus Überredungskünstler, Dompteur und englischer Gouvernante erfordert. Meine Erfahrungen mit Kindern begannen in dem Moment, in dem sie bereits im Bett lagen, und zwar in der Regel bewegungslos. Was jedoch hier zwischen Badezimmer und Schlafzimmer ablief, war ein Spiel, dessen Regeln ich nicht kannte: Die komplizierten Wasserspiele beim Zähneputzen waren für mich genauso undurchschaubar wie die plötzliche Beschäftigung mit einem Spielzeugteil, das seine

volle Aufmerksamkeit forderte. Das Ausziehen vollzog sich ganz nebenbei in homöopathischen Dosen. Sobald ich versuchte, diese Rituale zu beschleunigen, schalteten seine Ohren vollständig auf Durchzug.
Nach fünfundzwanzig Minuten hatte ich ihn glücklich im Bett. Überflüssig zu sagen, dass die Glücksgefühle ausschließlich auf meiner Seite zu finden waren, ihm war es eindeutig zu schnell gegangen.
»Ich bin froh, wenn ich wieder zu meiner Mama kann«, hielt er mir anklagend vor.
»Glaub mir, Paul, ich auch.« Ich sah ihn offen an und stopfte die Decke um ihn herum fest. Dann nahm ich das Fünf-Freunde-Buch, das neben Roberts Bett auf dem Boden lag, und begann, ihm daraus vorzulesen. Nach drei Sätzen unterbrach er mich bereits.
»Wann kommt meine Mama mich holen?«
»Ich denke, bald«, sagte ich fest.
»Wann ist bald?«
»So in zwei bis drei Wochen, solange wirst du es doch hier aushalten können, oder?« Ihm würde es garantiert leichter fallen als mir.
»Aber warum kann ich denn nicht weiter in meine alte Schule gehen?«
»Die ist zu weit weg, Paul.« Soweit ich wusste, hatte Paul mit seiner Mutter in der Nähe von Darmstadt gewohnt. »Weder Margarethe noch ich können dich jeden Tag so weit fahren.«
»Und was ist mit Robert?«
»Er wird es auch nicht können«, sagte ich leicht genervt.
»Aber was ist mit ihm? Warum ist er noch nicht hier?«

Robert hatte ihm also nichts gesagt. Feine Eltern, dachte ich übellaunig, erst machte sich die Mutter aus dem Staub, und dann verschwand auch noch der Vater, ohne seinem Sohn zu sagen warum. Die Antworten auf all die Fragen überließen sie getrost Margarethe und mir, eine Aufgabe, die nicht leicht zu erfüllen sein würde. Paul machte mir nicht den Eindruck, als sei sein Repertoire so schnell erschöpft.
»Warum?«, insistierte er denn auch prompt.
»Dein Papi ist leider krank geworden und musste ins Krankenhaus. Er kommt in ein paar Tagen wieder.« Ich versuchte, alle mir mögliche Zuversicht in meine Stimme zu legen.
»Ach so«, sagte er enttäuscht und drehte sich zur Seite.
»Soll ich dir jetzt weiter vorlesen?«
»Wenn du willst«, antwortete er lahm und gab mir das Gefühl, es sei ihm egal.
Trotzdem begann ich zu lesen und entführte ihn in die Welt von Enid Blyton. Es dauerte keine fünf Minuten, bis er eingeschlafen war. Ich ließ seine Tür angelehnt und ging hinunter, um mir noch eine heiße Schokolade zu machen. Margarethe hatte die Küche blitzblank hinterlassen, als wolle sie alles in ihrer Macht Stehende tun, um Ärger mit mir zu vermeiden. Während die Milch heiß wurde, setzte ich mich hin und legte die Füße auf den Tisch.
Ich hatte jegliches Zeitgefühl verloren, und das nicht nur für diesen Tag, sondern für alle Tage und Wochen, die hinter mir lagen. Waren früher meine Tage durch feste Dienste und eine beruhigende Routine geprägt gewesen, war in den vergangenen Wochen eine Vielzahl an Ereignissen über mich hereingebrochen. Allein meine kurze Zeit in

Haus Lieblich erschien mir wie eine kleine Ewigkeit. Es war gerade eine Woche vergangen, seitdem ich hier eingezogen war, um anstatt Ruhe ein Chaos zu finden, das sich Tag für Tag ein bisschen mehr in mein Leben drängte.

»Kommen Sie doch mit Ihrer Schokolade noch auf einen Sprung zu mir herüber, Katja.« Margarethe stand im Türrahmen und sah mich einladend an. »Natürlich nur, wenn Sie Lust haben.«

Ich hatte zwar keine, aber die Alternative erschien mir im Augenblick auch wenig verlockend. Durch meinen ausgedehnten Mittagsschlaf war ich zum Lesen zu aufgekratzt. Ich hätte gerne einen Film gesehen, den Fernseher hatte ich jedoch bei Julius zurücklassen müssen, da er ihm gehörte. Es würde sicher einige Zeit dauern, bis ich mir einen eigenen leisten konnte.

»Okay«, sagte ich wenig begeistert und folgte ihr in ihr Wohnzimmer.

Dort empfing mich eine wunderschöne Atmosphäre aus klassischer Musik und Kerzenschein, der die Schatten an den Wänden tanzen ließ. Auf dem Couchtisch stand eine geöffnete Flasche Rotwein, daneben ein riesiges Burgunderglas. Margarethe, die Genießerin, ließ es sich gut gehen. Ich beneidete sie darum, mir selbst war es bislang nicht gelungen. Auf dem langen Weg von Wiesbaden nach Kronberg hatte ich meinen Frohsinn verloren und damit auch die Fähigkeit, an meine Umwelt ein wenig davon abzugeben.

Ich setzte mich ihr gegenüber in eine Sofaecke und stellte den Becher mit der heißen Schokolade auf dem Couchtisch ab.

»Morgen Abend mache ich den Abwasch, und Sie bringen Paul ins Bett«, schlug ich ihr vor. Warum sollte ich ihre Autorität in diesem Haus nicht auch einmal zu meinem Nutzen einsetzen?

»War es so schlimm?«

»Schlimmer«, gab ich ehrlich zu. »Das hat mit Verzögerungstaktik schon nichts mehr zu tun. Es ist, als wolle man einen störrischen Esel am Abend in den Stall treiben – ohne Peitsche, nur mit bloßen Händen und guten Worten. Ein aussichtsloses Unterfangen.«

»Ich glaube, der Ansatz ist falsch«, amüsierte sich Margarethe. »Wenn Sie versuchen, ihn zu treiben, haben Sie schon verloren. Versuchen Sie einmal, ihn in den Stall zu *locken*, um bei diesem Beispiel zu bleiben. Vorauslaufen anstatt hinterherzulaufen.« Sie zwinkerte mir spitzbübisch zu. »Was glauben Sie, wie schnell der Esel im Stall ist, wenn Sie dort mit einer Mohrrübe auf ihn warten.«

»Margarethe, worauf gründen eigentlich Ihre Erfahrungen? Auf dem Umgang mit Kindern oder mit Eseln?« Es war ihr gelungen, mich mit ihrer guten Laune anzustecken.

»Ein bisschen von beidem, denke ich.«

»Dann können Sie mir sicher auch sagen, was für Paul die Mohrrübe wäre.«

Sie nahm ihr Rotweinglas, nippte daran und schaute dessen Inhalt bewundernd an, bevor sie es vorsichtig wieder vor sich abstellte.

»Eine Kissenschlacht«, überlegte sie, »ein kleiner Wettbewerb, eine spannende Geschichte. Eigentlich ist es egal, solange es ein Spiel ist.«

»Mit dieser Antwort sind die Aufgaben eindeutig verteilt«,

sagte ich entschieden. »Wie ich schon sagte: Ich werde in Zukunft abends abwaschen.«

»Von mir aus gerne«, stimmte Margarethe aufgeräumt zu. »Dann kann ich auf den letzten Drücker noch ein wenig Großmutter spielen. Wie lange das sein wird, kann ich nur leider nicht sagen«, schickte sie bedauernd hinterher. »Sie wissen ja, dass ich sehr bald mit einem Platz im Seniorenheim rechne. Ich habe der Seniorenresidenz Taunushöhe übrigens Ihre Telefonnummer gegeben, falls sich etwas ergibt.«

»Ich werde daran denken«, sagte ich wahrheitsgemäß und versenkte meinen Blick in die heiße Schokolade.

»Solange ich noch hier bin, würde ich mich allerdings freuen, wenn wir uns duzen könnten, Katja. Wir leben in diesem Haus so eng beieinander …« Sie sah bittend zu mir herüber. »Außerdem hätte ich noch einmal für kurze Zeit das Gefühl, in einer Familie zu leben. Ganz egoistische Gründe, wie Sie sehen.«

Mir kam es eher sentimental vor, aber sollte sie ihren Willen haben, schließlich war ich ihr, wenn es um Egoismus ging, um einen großen Schritt voraus.

»In Ordnung«, sagte ich deshalb und prostete ihr mit meinem Becher zu.

»Was für ein Sakrileg!«, wies sie mich energisch zurecht, stand auf und holte ein zweites Glas, das sie ebenfalls mit Rotwein füllte. »Nichts gegen die Schokolade, sie taugt sicherlich dazu, um kalte Füße aufzuheizen, aber nicht, um mit einem Neunziger Clos de Vougeot anzustoßen.« Sie stellte das Glas vor mich hin und sah mich so lange auffordernd an, bis ich danach griff und probierte.

»Die Gegensätze könnten nicht passender sein«, grinste ich. »Schau doch uns beide an.« Das *Du* ging mir noch etwas schwer über die Lippen, aber ich würde mich daran gewöhnen. Hauptsache, sie blieb mir erhalten, solange dieses Kind hier herumsprang.
»Ich weiß gar nicht, ob wir tatsächlich so verschieden sind«, sinnierte Margarethe. »Ich bin nur schon fünfunddreißig Jahre länger auf der Welt als du. Da schleifen sich so manche Kanten ab, genauso wie einige ganz bewusst hinzukommen – als Tribut an die Freiheit des Alters gewissermaßen. Und es kommen ein paar Gedanken und Erfahrungen hinzu, die das Leben erheblich einfacher machen.« Ihre Zufriedenheit mit sich und der Welt war unüberhörbar.
»Meine jüngsten Gedanken und Erfahrungen haben mein Leben nicht gerade einfacher gemacht, eher im Gegenteil«, stöhnte ich.
»Dein Job?«, fragte sie vorsichtig.
»Ja, mein Job«, bestätigte ich bitter.
Margarethe lehnte sich gemütlich in ihrem Sofa zurück und sah mich gespannt an.
»Es ist müßig, die Geschichte zu erzählen«, wehrte ich unwillig ab. »Bisher hat mir niemand geglaubt, warum solltest du es tun?«
»Weil ich sehr viel Phantasie habe und weil ich gelernt habe, Erwartungen aus meinen Gedanken herauszuhalten. Ich bin absolut unvoreingenommen«, stellte sie ganz sachlich und ohne jede Koketterie fest. »Das ist übrigens der Schlüssel zu vielen Dingen, nicht nur zu den schönsten Überraschungen, auch zu sehr intensiven Eindrücken.

Und manchmal ist es der Schlüssel zu einer neuen Welt.« Ihr Gesicht mit den vielen Falten darin hatte einen weichen Ausdruck angenommen und für einen Moment sein Alter hinter sich gelassen. »Aber hier geht es nicht um mich, sondern um deine Geschichte; die würde ich gerne hören.«

»Ich war leitende Intensivschwester am Kinderkrankenhaus in Wiesbaden«, begann ich widerstrebend. »Vor sechs Jahren habe ich dort angefangen, und vor einem Jahr haben sie mir die Leitung der Station übertragen, obwohl es einige dienstältere Kolleginnen und Kollegen gab. Es war eine Chance, mit der ich so schnell nicht gerechnet hatte.« Ich spürte immer noch den Stolz, der mich erfüllt hatte, als man mir den Posten anbot. »Ich hole nur so weit aus, damit du einen Eindruck bekommst.«

Während ich erzählte, ließ ich Margarethe nicht aus den Augen. Warum sollte sie anders sein als all die anderen mit ihren ungläubigen Blicken, denen ich von den selbst für mich unerklärlichen Geschehnissen berichtet hatte?

»Es gibt sicher Berufsgruppen, bei denen Fehler nicht sofort auffallen, aber auf einer Intensivstation ist das anders. Deshalb erinnere ich mich auch noch genau, wann es begann. Die Tagschicht war fast zu Ende, als in meiner Überwachungseinheit der Alarm blinkte.«

Margarethe sah mich aufmerksam an.

»Bei dem zehnjährigen Mädchen, das dort lag, war kurz vorher schon einmal der Alarm losgegangen, ihr Kreislauf musste stabilisiert werden. Wenn so etwas passiert, schaltet man den akustischen Alarm bis nach der Behandlung aus und dann wieder ein. Und genau das habe ich getan, da bin ich mir hundertprozentig sicher. Aber beim zweiten Mal hat der Alarm nur geblinkt, das heißt, das akustische Signal war ausgeschaltet. Ich habe es durch Zufall entdeckt, als ich noch einmal nach ihr sehen wollte.« Bei der Erinnerung daran begann mein Herz aufgeregt zu klopfen. Der Schreck war mir damals durch alle Glieder gefahren, und ich konnte ihn noch jetzt spüren. »Es blieb kein Einzelfall«, fuhr ich fort »Ein anderes Mal waren bei einem Dreijährigen die Schläuche des Beatmungsgerätes nicht richtig zusammengesteckt. Zwei Wochen später traf es ein Baby: Die Frequenz am Beatmungsgerät war plötzlich falsch eingestellt. Dann war zweimal die Geschwindigkeit für das Einlaufen der Infusionslösung zu hoch. Und all das immer während meiner Schicht und in meinen Überwachungseinheiten.« Je weiter ich mich auf diese Erinnerungen einließ, desto aufgeregter wurde ich. »Ich habe es immer so rechtzeitig entdeckt, dass ich es entweder selbst beheben oder einen Arzt rufen konnte. Keinem der Kinder ist etwas Bleibendes passiert, aber ich konnte es weder mir selbst noch anderen erklären. Zum Schluss war ich so weit, dass ich jeden meiner Handgriffe drei Mal kontrolliert habe. Und nicht nur ich, die anderen fingen an, mich skeptisch zu beobachten. Das Ganze hatte sich wie ein Lauffeuer herumgesprochen. Es gab Ärzte, die während meiner Schicht mehrfach vorbeikamen, weil sie mir nicht mehr vertrauten. Neben den Gefahren, denen die Kinder ausgesetzt waren, war das für mich das Schlimmste.«

Ich zog meine Beine an und hielt sie mit den Armen umfangen, bis mir bewusst wurde, dass ich auf Margarethes fein bezogenem Sofa saß und nicht auf meinem altgedienten Sessel.

»Entschuldigung«, sagte ich ertappt und stellte meine Füße wieder auf den Boden.

»Wofür?«, fragte Margarethe überrascht, bis sie begriff, was ich meinte. »Lass deine Füße ruhig oben«, forderte sie mich lächelnd auf, »meine landen auch irgendwann eine Etage höher.«

Also gut, dachte ich und machte es mir wieder bequem, nicht ohne vorher noch einen Schluck von ihrem wunderbaren Rotwein zu trinken.

»Und wie ging es weiter?« Aus ihrer Stimme sprach weder Sensationsneugier noch die mir so vertraute Skepsis, es war reines Interesse.

»Einige Zeit später war das akustische Alarmsignal ein weiteres Mal ausgeschaltet – während meiner Schicht, in meiner Überwachungseinheit. Eine Kollegin kam dort vorbei, weil sie mich suchte, und bemerkte das Blinken. Sie hat es später gemeldet, und man hat mir noch am selben Tag fristlos gekündigt. Sehr sachlich, sehr bestimmt und ohne jeden Zweifel.« Ich schluckte, als mir die Tränen in die Augen zu steigen drohten, schließlich wollte ich nicht vor Margarethe als das Häufchen Elend zerfließen, als das ich mich fühlte. »Über ein, zwei Fehler hätte man noch hinwegsehen können«, erzählte ich stockend von dem Gespräch in der Verwaltung, »dann hätte, so meinten sie, ein längerer Urlaub möglicherweise Abhilfe geschaffen. Aber durch diese Häufung von Vorkommnissen sähen sie sich gezwungen, mich langfristig freizusetzen, meine Überlastungssymptome seien nicht mehr tragbar für diese Klinik. Sie fühlten sich außerdem verpflichtet, meiner mangelnden Belastbarkeit in meinem Zeugnis Rechnung zu tragen.

Zum Abschied haben sie mir noch geraten, mich in eine Behandlung zu begeben. Ich wusste nur leider nicht, was ich hätte behandeln lassen sollen«, fügte ich sarkastisch hinzu, während mir die Mundwinkel zuckten. »Vielleicht meinen Starrsinn, mit dem ich mich nach wie vor weigere, an meine Schuld zu glauben.«

»Den solltest du nicht behandeln lassen, sondern pflegen«, sagte Margarethe trocken. »Hast du Buch darüber geführt, wer jeweils mit dir zusammen Dienst hatte?«

»Nein, warum? Es ist doch nur in meinen Überwachungseinheiten passiert.«

»Eben deshalb! Ich halte es durchaus für möglich, dass dir ein solcher Fehler passiert ...«

»Ich habe keinen dieser Fehler gemacht!«, unterbrach ich sie aufbrausend.

»Du solltest besser auf die kleinen Unterschiede hören.« Margarethe gab sich gänzlich unbeeindruckt und fuhr unerschütterlich fort. »Ich habe nicht gesagt, dass du im konkreten Fall einen gemacht hast, sondern dass es möglich ist, dass du einen machst. Du bist auch nur ein Mensch.«

Ich holte tief Luft, um sie mit allen anderen in einen Topf zu werfen, die mir eine ähnliche *Menschlichkeit* hatten nahe legen wollen, doch sie ließ mich nicht zu Wort kommen.

»Ich rede hier von Wahrscheinlichkeiten, und das ist genau der Punkt. Einer dieser Fehler liegt durchaus im Bereich des Möglichen, aber keinesfalls diese Häufung, zumal du, wie du sagst, sehr wachsam geworden warst. Außerdem glaube ich an Gewohnheiten oder besser an Routine. Bestimmte Handgriffe sind nach so langer Zeit automatisiert.« Margarethe hatte sich vorgebeugt und sah mich aus ihren blitzgescheiten Augen gespannt an. Ihr Kinn hatte sie in ihre Hand gestützt.

»Gab es irgendetwas in deinem Leben, das diese Routine hätte durcheinander bringen können?«

Ich wusste nicht, was das hätte sein können, und zuckte mit den Achseln.

»Hattest du Liebeskummer oder Geldsorgen? Warst du mit deinen Gedanken woanders?«

Ich schüttelte den Kopf. »Nein!« Das ist alles erst hinterher gekommen, zumindest die Geldsorgen, dachte ich verbittert.

»Was ist mit Missstimmungen unter Kollegen oder mit Vorgesetzten? Ich glaube, Mobbing heißt das auf Neudeutsch.«

»Nichts, nichts, nichts! Das macht mich fast wahnsinnig. Es ist, als wäre das alles durch Geisterhand geschehen.« Die Verzweiflung stieg wieder in mir hoch und begann mir die Kehle zuzudrücken.

»Nun traue ich Geistern durchaus eine Menge zu«, sagte Margarethe ernsthaft, »aber das ist einfach nicht ihr Metier.« Sie wiegte nachdenklich ihren Kopf von einer Seite zur anderen. »Ich vermute, da waren eher Hände am Werk, die sehr menschliches Blut durchströmt. Deshalb schlage ich vor, dass du dich hinsetzt und alles aufschreibst, was dir dazu einfällt, vor allem, wer jeweils mit dir zusammen Dienst hatte. Was dir geschehen ist, gehört nämlich meiner Meinung nach in den Bereich des Unerklärlichen, dem nur mit klaren Fakten zu begegnen ist.« Sie sah mich zufrieden an und platzierte elegant ihre Beine *eine Etage höher*, wie sie es nannte.

Ich betrachtete sie, wie sie halb aufgerichtet in den Sofakissen lehnte und stellte fest, dass ich noch nie einer Frau begegnet war, die sich bis ins hohe Alter eine solch natürliche Grazie bewahrt hatte. Und das bei ihrer Größe!

»Hast du mir zugehört, Katja?«, holte sie mich aus meinen Gedanken zurück.

»Habe ich.« Es war vielleicht wirklich keine schlechte Idee, alles einmal genau aufzuschreiben, überlegte ich. Und wenn es nur dazu diente, mir selbst ein wenig mehr Klarheit zu verschaffen.

»Gut so.« Sie lächelte zufrieden zu mir herüber. »Und nun weiter. Bist du mit dieser fristlosen Kündigung und vor allem mit deinem Zeugnis schon vor ein Arbeitsgericht gegangen?«

Ich schüttelte stumm den Kopf.

»Warum nicht?«, fragte sie überrascht.

»Julius hat mir nachdrücklich davon abgeraten.«

»Wer ist Julius?«

»Er war bis vor ein paar Wochen mein Lebensgefährte«, antwortete ich müde.

»Und warum hat er dir abgeraten? Versteht er etwas davon?«

»Er ist Radiologe an der Klinik, die mich an die Luft gesetzt hat. Dort haben wir uns auch kennen gelernt.« Ich erinnerte mich noch an das erste Mal, als er mir mit diesem wundervollen Lächeln auf einem der nüchternen Krankenhausflure entgegengekommen war. Und ich erinnerte mich an das angestrengte Lächeln, als er zum Schluss herumdruckste und seine Karriere mir vorzog.

»Seit wann verstehen Radiologen etwas von Arbeitsrecht?«

Aus Margarethes Frage klang echtes Interesse und keinerlei Ironie.

»Er versteht davon genauso wenig wie ich, aber er meinte, ich würde mir nur noch mehr schaden, wenn ich es an die große Glocke hänge. Mit einem stillen Rückzug hätte ich wenigstens die Chance, noch einmal woanders unterzukommen.«

»Ist das die wörtliche Wiedergabe: *stiller Rückzug*?« Margarethe hatte sich aufgesetzt und sah mich gespannt an, wobei sich ein amüsiertes Lächeln in ihre Mundwinkel stahl.

Ich nickte beschämt, das waren tatsächlich seine Worte gewesen.

»Du sagtest, er *war* dein Lebensgefährte. Hat er auch gleich selbst den Rückzug angetreten?« Margarethe traf mit ihrer Intuition den Nagel auf den Kopf.

Ich nickte ein weiteres Mal. »In so einer Situation wünscht man sich einen Partner, der einem den Rücken stärkt. Meiner hat mir den Rücken gekehrt, wie es so schön heißt.« Ich lächelte Margarethe traurig an. »Er hat sich für mich geschämt. Was mit mir geschehen war, passte nicht in sein erfolgsverwöhntes Lebenskonzept. Ich müsse das verstehen«, wiederholte ich seine Worte, »er mache gerade einen ganz entscheidenden Karriereschritt, und da könne er keine Irritationen gebrauchen. Also hat er die *Irritation* nach fünf Jahren aus seinem Leben verabschiedet.« Es hatte locker klingen sollen, aber ich konnte meine Verbitterung nicht verbergen.

»Und hat gleichzeitig einen Irrtum korrigiert«, fügte Margarethe hinzu.

Da war kein Fragezeichen in ihrem Tonfall, und auch ich hatte das Fragezeichen hinter dem *Irrtum* längst eliminiert. »Es ist schwer, sich das einzugestehen«, sagte ich zögernd, »aber du hast Recht, ich habe mich in ihm geirrt, jedenfalls in dieser Hinsicht.«
»Dann hatte die Situation doch wenigstens etwas Gutes.«
Margarethes positive Sichtweise in allen Ehren, aber darauf hätte ich doch gern verzichtet. Ich sah sie vorwurfsvoll an.
»Nun aber zurück zu deinem Job«, fuhr sie unbeirrt fort. »Bist du schon einmal auf die Idee gekommen, dich zu wehren? Ich meine damit nicht dein innerliches Aufbegehren gegen das Unrecht, das man dir angetan hat. Damit erreichst du nämlich nichts, wenn es keine Konsequenzen nach sich zieht. Und die wäre einzig und allein gewesen, deine Rechte zu prüfen und entsprechend zu handeln.«
Ich sah sie matt an und wusste nicht, was ich hätte sagen sollen. Auch in diesem Fall hatte sie Recht, nur hätte ich nicht erwartet, mein Versagen gerade von einer Frau vorgehalten zu bekommen, die ich noch der duldsamen Generation zuordnete. Aber Margarethe sprengte auch hier jede Kategorie.
»Katja, entschuldige, aber du bist ein Schaf«, unterbrach sie meine Gedanken. »Oder sagen wir besser: ein sehr willfähriges Opfer.« Sie sah mich liebevoll an und nahm damit ihren Worten die Schärfe, jedoch nicht den Nachhall.
»So fühle ich mich auch«, gab ich ehrlich zu. »Und das Schlimmste sind die Rachegefühle. Ich möchte es allen, die mir das angetan haben, so gerne zeigen, ich weiß nur noch nicht, wie.« Der Groll, der so dicht unter der Oberfläche brodelte, drohte mich zu überschwemmen.

»Zum Antun gehören immer zwei, Katja, der aktive und der passive Part. Du hast es doch auch zugelassen, hast es hingenommen. Besser wäre es gewesen, sich beizeiten zu wehren, dann wären diese Rachegefühle erst gar nicht aufgekommen. Wobei ich solche Regungen sehr gut verstehen kann, besonders dann, wenn man so ungerecht behandelt worden ist. Zurechtrücken kannst du es jedoch am besten durch Fakten, und damit schließt sich der Kreis wieder. Schreib sie auf, und dann sehen wir weiter!«
Der Kerzenschein spiegelte sich auf ihrem Gesicht und betonte ihr ausdrucksstarkes Mienenspiel, das die Aufforderung in ihren Worten unterstrich.
Ich wollte nicht als dieses Schaf zurückbleiben, als das sie mich gerade kennen gelernt hatte. »Weißt du, Margarethe, bis vor einem halben Jahr war mein Leben noch ganz in Ordnung. Ich habe meinen Job gerne gemacht und war überzeugt, eine gute Beziehung zu haben. Und dann wurde plötzlich mein gesamter Lebensplan in winzig kleine Fetzen zerrissen, und nun sitze ich davor und weiß nicht, wie ich sie wieder zusammenfügen soll. Jeden Morgen wache ich auf und hoffe, dass der Spuk endlich ein Ende hat. Ich möchte ja nicht unbescheiden sein, aber ich wünsche mir einfach nur ein unbeschwertes Leben.«
»Das ist nicht unbescheiden, das ist absolut unrealistisch«, hielt sie mir gutmütig entgegen.
Ich zog meine Augenbrauen hoch und sah sie fragend an.
»Dieses unbeschwerte Leben, das du dir ersehnst, Katja, gibt es nicht. Es gibt immer nur Momente, mal längere, mal kürzere. Manche davon sind unbeschwert, glücklich, zufrieden, nenn es, wie du willst. Manche sind jedoch auch

traurig, düster, belastet und schwierig. Viele davon überschneiden sich. Und sie gehören alle zum Leben.«

»Wie kommt es dann, bitteschön«, trumpfte ich auf, »dass es Menschen gibt, die einen Schritt auf die düstere Seite tun, dort wie in einem Sumpf versinken und nicht wieder herausfinden? Und der große Rest hat ein lebenslanges Abonnement für die Sonnenseite.«

»Das scheint nur so«, sagte sie ruhig. »Auch das sind nur Momentaufnahmen.«

»Bei mir dauert der Moment im Sumpf aber schon ziemlich lange.« Ich wusste, dass Margarethe nichts dafür konnte, trotzdem gelang es mir nicht, meinen vorwurfsvollen Ton zu unterdrücken.

»Hast du nicht gerade gesagt, dass dein Leben bis vor einem halben Jahr noch ganz in Ordnung war? Das klingt verdächtig danach, als sei das der weit längere Moment in deinem Leben gewesen.«

»Das sind Haarspaltereien«, brauste ich auf. »Du weißt genau, was ich meine. Nur weiß ich nicht, womit ich das alles verdient habe! Ich habe mich immer sozialverträglich verhalten, habe meinen Job gewissenhaft gemacht, meinen Müll getrennt, an der Kasse andere vorgelassen und keinen Weichspüler benutzt, nicht einmal in unbeobachteten Momenten«, schimpfte ich und fühlte mich vom Leben ungerecht behandelt.

Anstatt verständnisvoll in meine Schimpftiraden einzustimmen, amüsierte Margarethe sich jedoch allem Anschein nach köstlich. »Wenn es so leicht wäre«, sagte sie lachend, »würde ich mit Freuden einen ganzen Rattenschwanz von voll gestopften Einkaufswagen an der Kasse vorlassen und meinen Müll selbst auf fünf verschiedene Tonnen verteilen. Aber man kann sich sein Glück leider nicht verdienen. Es gibt kein Konto, auf dem dir die Punkte gutgeschrieben werden, die du dann dein Leben lang glücklich abfordern kannst.« Margarethe war wieder ernst geworden und sah mich behutsam an. »Es gibt keinen Gutschein für ein unbeschwertes Leben.« Ihre sanfte Stimme trug eine Menge an Erinnerungen in sich, die mir verschlossen waren.

»Das klingt mir zu sehr nach Resignation.« So schnell ließ ich mich nicht beirren. »Wer hat mir denn gerade geraten, mich zu wehren?«

»Oh, ich habe dir nicht geraten, gegen das Prinzip des Lebens zu kämpfen. Im Gegenteil, das würde ich sogar als einen großen Fehler ansehen. Dann wirst du immer mit ihm hadern. Das Geheimnis ist, sich damit auszusöhnen wie mit dem Meer, das so viel mehr zu bieten hat als eine glatte, ruhige Oberfläche. Zum Beispiel auch eine kabbelige oder eine sanft wogende«, zählte sie schwärmerisch auf. »Da gibt es Wellenberge, Wellentäler, überschäumende Wellenbrecher – alles was du willst, oder eben auch nicht. Aber es liegt in der Natur der Sache, dass es nie gleich ist. Und nur wenn du deine Augen dafür öffnest, wird es sich dir in seiner ganzen Vielfalt erschließen.«

Margarethes Vortrag hatte weder etwas Besserwisserisches noch den leisesten Anflug eines erhobenen Zeigefingers. Aus ihren Worten sprach einzig und allein eine mir vollkommen unverständliche Begeisterung.

»Je eher du das erkennst«, fuhr sie ungebremst fort, »desto besser wirst du dich durchs Leben schlagen.«

»Sagt das ein altes Schlachtschiff?«, fragte ich trocken.

»Mit dem Schlachtschiff könntest du Recht haben, das *alte* habe ich überhört.« Sie schmunzelte über ihre eigene Eitelkeit. »Wie wäre es mit *sturmerprobt*? Das gefällt mir viel besser.«
»Und welche Lehre hast du aus diesen Stürmen gezogen?« Auf ihren lockeren Ton einzugehen, erschien mir im Augenblick als die einzige Möglichkeit, meinen Pulsschlag zu beruhigen.
Ihre Antwort kam so prompt, als liege sie auf der Hand. »Dass die Beschaffenheit des vor mir liegenden Weges ungewiss ist«, sagte sie, ohne einem Zweifel Raum zu lassen. »Niemand kann mir sagen, ob ich auf Unebenheiten treffen werde, auf Baumstämme oder Felsbrocken, die den Weg versperren. Oder auf ein Stück, das leicht begehbar ist, vielleicht sogar wunderschöne Blumen am Straßenrand für mich bereithält. Das Einzige, was ich weiß, ist, dass ich hindurch muss, so oder so – bis ich ans Ende komme.«
Ich dachte an den Weg, der vor *mir* lag, und war mir ziemlich sicher, dass er nichts Gutes verhieß. Und ich musste an Robert denken, dem ein schlechtes Untersuchungsergebnis möglicherweise ziemlich genauen Aufschluss über seinen weiteren Lebensweg geben würde. Margarethes Philosophie von der Ungewissheit konnte ich nicht teilen.
»Und noch etwas weiß ich«, sagte sie erschöpft, während sie ein Gähnen kaum unterdrücken konnte. »Dass ich jetzt unbedingt schlafen muss. Das war ein sehr langer Tag, und um sieben Uhr muss Paul aufstehen, damit er rechtzeitig in der Schule ist.«
»Soll ich …?« Mein schwacher Anlauf stieß hoffentlich nicht auf positive Resonanz.

»Nein, nein«, wehrte Margarethe entschieden ab. »Solange ich noch hier bin, mache ich das gerne.« Sie erhob sich langsam von ihrem Sofa, wobei sie sich vorsichtig streckte und reckte.
Ich hielt in jeder Hand einen der gewaltigen Weinkelche und sah Margarethe dankbar an.
Sie schaltete ihre Musikanlage ab und blies die Kerzen aus, von denen nur noch kleine Stumpen übrig waren. Dass wir nicht plötzlich im Stockdusteren dastanden, hatten wir allein dem Mond zu verdanken.
»Bevor ich es vergesse, Katja: Ich habe Paul versprochen, dass er morgen Nachmittag hier ein Video schauen darf. Robert hat oben nur einen Fernseher.« Sie öffnete noch einmal den Schrank, in dem sich auch die Musikanlage verbarg, und zeigte auf den Rekorder, den ich im Mondlicht kaum erkennen konnte.
»Er wird mich bestimmt daran erinnern«, sagte ich gottergeben.
Margarethe kicherte fröhlich und verabschiedete sich vor ihrer Tür von mir. »Gute Nacht!«
»Dir auch«, sagte ich im Gehen, stellte die Gläser in die Spüle und schlich leise nach oben. Es würde wohl eine Weile dauern, bis ich die Schlafgewohnheiten eines gesunden Kindes durchschaute und weder flüsterte noch auf Zehenspitzen an seiner Tür vorbeischlich.
Trotz meines ausgedehnten Mittagsschlafes übermannte mich die Müdigkeit innerhalb von Minuten. Ich träumte von Paul, der mich in meinem Bett verfolgte und mit seinen kleinen Füßen beständig den Kontakt zu meinen Beinen suchte. Jedenfalls dachte ich, es sei ein Traum, bis ich

gegen Morgen kurz aufwachte und ihn leise neben mir atmen hörte. Das würde ganz bestimmt keine Gewohnheit werden, nahm ich mir vor und fiel zurück in einen bleiernen Schlaf.

9 *Als ich das nächste Mal meine Augen aufschlug und* die Erinnerung an die vergangene Nacht in mein Bewusstsein drang, war ich plötzlich hellwach und sah neben mich, aber Paul war verschwunden. Ich ließ mich beruhigt in meine Kissen zurückfallen. Wenn mein Wecker gestern Abend nicht stehen geblieben war, dann war es bereits halb elf, und mein kleiner nächtlicher Besucher musste schon bald wieder aus der Schule kommen. Wollte ich mein Frühstück noch ungestört genießen, musste ich mich beeilen.

Margarethe hatte mir in der Küche frische Brötchen, Kräuterquark und Marmelade hingestellt, selbst gemacht, versteht sich. Sie hatte es sich tatsächlich in den Kopf gesetzt, mich von Grund auf zu verderben. Wenn sie fort war, würde ich mich schnell wieder an meine Routinekost gewöhnen müssen, der es ohnehin nicht gelungen war, ein ruhiges Gegengewicht in mein Leben zu bringen. Ich setzte Teewasser auf und blätterte derweil im Stellenteil der Frankfurter Rundschau, die auf dem Küchentisch lag. Doch niemand war dort auf der Suche nach mir. Das einzig Interessante war die Anzeige einer Klinik für plastische Chirurgie in Königstein: Sie suchten auf sehr erfrischende Weise eine Schwester für die Aufwachphase frisch Operierter. War das ein Fingerzeig des Schicksals, sollte ich einfach anrufen und etwas ganz Neues anfangen? Schließlich hatte ich auf der Suche nach einer Einzimmerwohnung Haus Lieblich gemietet. Mein ursprünglicher Plan hätte mir allerdings einiges erspart. Trotzdem wählte ich die Nummer. Ein etwas ungewöhnlicher Job für eine Kinderintensivschwester war immer noch besser als gar keiner. Immerhin hätte ich Haus Lieblich selbst im jetzigen Zustand einer drohenden Obdachlosigkeit ohne Frage vorgezogen.

Das Gespräch mit der zuständigen Dame war so unkompliziert wie die Anzeige. Um elf Uhr dreißig sei noch ein Vorstellungstermin frei, wenn ich also Interesse hätte ... Ich hatte, drehte den Herd wieder aus, schrieb Margarethe einen Zettel, auf dem ich versprach, spätestens um zwei Uhr zurück zu sein, um meinen Dienst bei Paul anzutreten, und machte mich im Eiltempo fertig. Eine Viertelstunde später verließ ich mit knurrendem Magen das Haus und schickte Dankesgebete zu Petrus, der in der Nacht keinen Schnee mehr geschickt hatte. Nach weiteren zehn Minuten ergatterte ich einen Parkplatz auf dem Klinikgelände in Königstein und war pünktlich am Empfang.

Dort bat man mich, noch einen Moment zu warten, man würde mich abholen. So hatte ich genügend Zeit, meine Blicke durch die Halle schweifen zu lassen und die Atmosphäre in mich aufzunehmen. Mit leiser Meditationsmusik in den Ohren und einem zarten Duft von Orangenaroma in der Nase wanderte ich entlang der gewaltigen Ölgemälde, die besser in einen modernen Bankenpalast als in ein Krankenhaus gepasst hätten. Davor standen, locker verteilt, champagnerfarbene Sitzgruppen, die völlig unbenutzt aussahen. Ich kannte nur abgewetzte und zerkratzte Kunststoffstühle vor weiß getünchten Wänden mit dunklen Fingerabdrücken darauf und fragte mich, wie lange es dauern würde, bis man sich hier der Realität beugte und dem Schöner-leiden-Konzept eine praktikablere Lösung vorzog.

»Frau Winter?« Die freundliche Stimme kannte ich bereits vom Telefon, sie gehörte der Verwaltungssekretärin.

»Ja«, sagte ich betont aufgeschlossen und folgte ihr den Flur entlang.

Das knappe Kostüm über ihrer Mannequinfigur passte nahtlos in diese Umgebung, ebenso ihre hauchzarten Nylons und die Pumps mit den angedeuteten Plateausohlen. Nur ich kam mir wie ein Bauerntrampel vor, das dem Winter Tribut zollte und seine Kleidung nicht nur dem Anlass, sondern auch den draußen herrschenden Temperaturen angepasst hatte.

Am Ende des Gangs öffnete sie eine Tür vor mir und entließ mich in die Gefilde des Verwaltungstempels, wo ich zum zweiten Mal in kürzester Zeit einer Verwaltungschefin begegnete. Es musste sich in den vergangenen Jahren viel getan haben, dachte ich, erfreut über die ungewohnte weibliche Präsenz in diesen Etagen.

»Schön, dass Sie so schnell kommen konnten, Frau Winter.« Eine elegante Mittvierzigerin kam kühl lächelnd auf mich zu, zog mich mit einem kräftigen Händedruck hinter sich her, bis sie mich vor einem knallroten Sessel losließ und mir bedeutete, Platz zu nehmen. Für einen Augenblick konnte ich an nichts anderes denken als an den unerträglichen Kontrast zwischen der Farbe des Sessels und der meiner Haare. Aber glücklicherweise gab es keinen Spiegel an der Wand, und so blieb wenigstens ich von dem Anblick verschont.

Sie setzte sich mir gegenüber, streckte gebieterisch ihre Hand aus und griff nach meinen Bewerbungsunterlagen, die sie eingehend studierte. Als sie fertig war, bombardierte sie mich mit Fragen, die gezielter nicht hätten sein können. Es war jedoch nicht deren Inhalt, der meine Vorstellung sprengte, Frauen würden neben ihrer Kompetenz auch eine gewisse Menschlichkeit in Chefetagen einbringen, es war ihre kalte und leidenschaftslose Art, die mich irritierte.

»Weitestgehend exzellente Referenzen«, gratulierte sie mir sachlich. »Über die Lücke hinsichtlich Ihrer Belastbarkeit können wir hier durchaus hinwegsehen. Eine tragende Säule unseres Konzeptes ist die vollkommen stressfreie und sehr persönliche Betreuung der Patienten. Sie müssen sich im Aufwachraum jeweils nur um eine Person kümmern, und ich denke, das werden Sie problemlos schaffen. Und wenn Sie sich bisher ausschließlich um Kinder gekümmert haben – umso besser. Davon werden unsere zart besaiteten Fälle nur profitieren. Von meiner Seite aus können wir es also versuchen. Haben Sie noch Fragen?« Sie lehnte sich gelassen zurück und sah mich großmütig an.

Mein Herz klopfte so aufgeregt, dass ich mich erst einmal sammeln musste, um nicht loszustottern. Ich konnte mein Glück kaum fassen. All meine Gebete waren erhört worden, und ich bekam die Chance, meiner Arbeitslosigkeit endlich ein Ende zu machen. Am liebsten hätte ich ganz einfach Ja gesagt, doch sie erwartete sicher mehr von mir. Also akzeptierte ich die Regeln und stellte meine Fragen.

»Auf welches Gebiet ist Ihre Klinik spezialisiert?«
»Plastische Chirurgie«, benannte sie verwundert das Offensichtliche.
»Ja«, sagte ich vorsichtig, »aber worauf genau? Auf Verbrennungen, Deformierungen, auf...« Ich kam mit meiner Aufzählung jedoch nicht sehr weit, da sie mich sofort unterbrach.
»Wir sind auf Schönheit spezialisiert.« Der Hochmut in ihrer Stimme ließ auf Abgründe schließen, in denen eine schlecht verwachsene Hasenscharte als aussätzig und dieser Hallen nicht für würdig angesehen wurde. »Schlupflider, schwache Mundwinkel und Brüste, unwillkommene Falten, Fettpolster – was Sie wollen. Wir helfen, wenn es darum geht, den Alterungsprozess aufzuhalten oder einer unglücklichen Veranlagung zum Übergewicht entgegenzuwirken. Auf privater Basis selbstverständlich, die Kassen sind in dieser Hinsicht noch schwer zugänglich.«
Ich hoffte inständig, sie würden es auch bleiben, und sah sie entgeistert an, als ich endlich wieder zu mir kam. Ich erinnerte mich an Margarethes Worte vom vergangenen Abend. Sie hatte mir einen wehrhaften Arbeitsgerichtsprozess nahe gelegt, und ich hatte nichts Eiligeres zu tun, als einen weiteren Rückzug anzutreten und mit einem Job zu liebäugeln, der sowohl meine Qualifikation als auch meinen Anspruch meilenweit unterlief.
»Denken Sie wirklich, dass ich hierher passe?«, fragte ich sie, nachdem ich zumindest ansatzweise zu meinem beruflichen Selbstbewusstsein zurückgefunden hatte.
»Mit ein wenig Make-up und einer anderen Haarfarbe denke ich das durchaus.«

Ich blitzte sie übermütig an und erklärte mich zum ersten Mal in meinem Leben mit meiner Haarfarbe solidarisch.
»Diese Farbe hat mir die Natur mitgegeben und sie hat sich bisher allen Versuchen, daran etwas zu ändern, standhaft widersetzt. Ich denke, ich sollte das als ein Zeichen werten, nicht gegen die Natur zu handeln. Hier würde ich nichts anderes tun.«
»Warten Sie, bis Sie in das Alter kommen, dann sprechen wir uns wieder.« Ihr überheblicher Ton hatte keine Spur an Intensität eingebüßt.
»Bestimmt nicht!« Ich dachte an Margarethes wunderbar faltiges Gesicht und freute mich, dass es wenigstens ein Gebiet gab, auf dem ich eine unumstößliche Zuversicht verspürte. Ich nahm ihr meine Unterlagen aus der Hand, verabschiedete mich und lief beschwingt Richtung Ausgang. Hatte ich die beiden letzten Kliniken enttäuscht verlassen, spürte ich an diesem Ausgang eine ungemein beflügelnde Erleichterung, die auch noch anhielt, als ich Haus Lieblich betrat.
Es war kurz vor zwölf, ich hatte immer noch nichts gegessen und dachte nur noch an die leckeren Sachen, die in der Küche auf mich warteten.
Wie nicht anders zu erwarten, stand Margarethe vor dem Herd und bereitete das Mittagessen. An diesem Tag hatte sie sich von Kopf bis Fuß in sanfte Beigetöne gehüllt und sogar ihre Schürze farblich darauf angestimmt. Sie war einfach eine Augenweide. Mein *Hallo* musste wohl so ungewohnt fröhlich ausgefallen sein, dass sie mich gespannt ansah.
»Ich war kurz davor, einen riesigen Fehler zu machen«,

klärte ich sie auf. »Zum Glück ist es aber gerade noch mal gut gegangen.«

Sie nickte zufrieden und wandte sich wieder ihren Töpfen zu, während ich mich halb verhungert über mein Frühstück hermachte.

»Wann kommt Paul aus der Schule?«, fragte ich. Es war so herrlich ruhig, und ich wollte jede Minute dieses paradiesischen Zustandes genießen.

»Er ist schon zurück, er ist drüben bei seinem Pony.«

»Aha.« Dann hatte mein Frühstück also Chancen, ungestört zu verlaufen. Etwas an Margarethes Worten irritierte mich allerdings. »Was heißt bei *seinem* Pony?«

»Solange er hier ist, gehört es ihm«, klärte sie mich auf. »Ich habe heute Morgen mit der Besitzerin gesprochen: Wenn ich das Futter zahle, geht es in Ordnung.« Als sei es das Natürlichste von der Welt, einem Siebenjährigen ein Pony zu überlassen, rührte Margarethe weiter in ihrem Topf.

»Wozu braucht er ein eigenes Pony?« Meine gute Laune war von einer Sekunde auf die andere verflogen. Paul war gerade drei Tage hier und …

»Er braucht einen Freund.«

»Zweibeiner sollen sich auch ganz ausgezeichnet dazu eignen«, sagte ich bissig.

»Er wünscht sich aber ein Haustier«, stellte Margarethe seelenruhig fest.

»Da gibt es durchaus passendere Alternativen, Goldhamster zum Beispiel. Die sind auch lange nicht so gefährlich.«

»Die standen aber nicht auf seiner Liste. Außerdem kann er mit den Tieren umgehen, er hat in der Nähe eines Ponyhofs gewohnt.«

Margarethe machte mich wahnsinnig mit ihren ergiebigen Antworten und ihrem Rücken, an dem meine zornigen Blicke einfach abprallten.

»Was stand denn so auf seiner Liste?«, fragte ich zuckersüß.

»Ein Pony, ein Elch, ein Wollschwein und eine Giraffe – exakt in dieser Reihenfolge. Mir ist die Wahl, ehrlich gesagt, nicht schwer gefallen, zumal ich die Besitzerin der Ponys kenne. Bei den anderen Tieren hätte ich sehr viel mehr Zeit gebraucht.«

Überflüssig, sich zu fragen, ob sie es ernst meinte. »Margarethe«, polterte ich los, »es mag ja sein, dass man als Freigeist auch Narrenfreiheit genießt, aber ich habe keine Lust, dass das auf meine Kosten geschieht.« Was hatte ich nur verbrochen, um so gestraft zu werden?

»Erstens bezahle *ich* das Futter«, entgegnete sie ungerührt und sah mich über ihre Schulter hinweg an. »Zweitens gibt es sicher einen Grund, warum du dich so sehr darüber aufregst. Welches Tier hast du denn als Kind nicht bekommen?«

Ich sah sie Funken sprühend an und schüttelte verbiestert meinen Kopf.

»Nun sag schon!«

»Ein Meerschweinchen«, presste ich heraus und schämte mich gleichzeitig für das Gezeter einer Fünfunddreißigjährigen, die einem Siebenjährigen sein Haustier neidete.

»Diese unerfüllten Wünsche sind sehr anhänglich.« Margarethe probierte die dickflüssige rote Soße in ihrem Topf und nickte zufrieden.

»Ja, das sind sie wohl«, gestand ich kleinlaut und verdrückte den letzten Bissen von meinem Brötchen.

»Im Backofen habe ich übrigens noch einen Kuchen, falls ihr heute Nachmittag Lust auf etwas Süßes habt. Ich gehe gegen drei Uhr weg.«

»Du musst diese Freundin sehr gern haben, wenn du sie jeden Mittwoch besuchst«, sagte ich versöhnlich. Ich war dankbar für den Themenwechsel.

»Ja, das habe ich.« Margarethe hielt mitten in ihrer Bewegung inne und sah gedankenverloren aus dem Fenster. »Uns verbindet viel.«

»Gemeinsame Vergangenheit, was?« Es hatte ein Scherz sein sollen, war jedoch bei Margarethe offenbar nicht so angekommen.

»Ja«, antwortete sie knapp und ließ es dabei bewenden.

Da sie sonst so großzügig mit ihren Kommentaren umging, musste ich in einen beachtlichen Fettnapf getreten sein. Wahrscheinlich war es meine Wortwahl gewesen, und eine Dame hatte einfach keine Vergangenheit. War der Freigeist Margarethe nun doch von der Moral eingeholt worden? Ich wollte gerade meiner Schadenfreude mit einem kleinen Seitenhieb auf den von ihr propagierten *Stellungswechsel* Ausdruck verleihen, als jemand an der Haustür Sturm klingelte.

Paul, schoss es mir durch den Kopf und ich sah ihn mit tiefen Bisswunden und blauen Flecken in Form von Ponyhufen vor mir. Ich stürzte zur Tür und riss sie auf, nur um einem quietschvergnügten Knirps schnellstmöglich den Weg zur Toilette frei zu machen.

»Ich muss«, rief er mir zu und verschwand in der Gästetoilette, nicht ohne mit seinen Stiefeln feuchtdreckige Abdrücke auf den Fliesen zu hinterlassen.

»Draußen gibt es massenhaft Bäume«, schimpfte ich ungehalten.
»Meine Mami sagt, das ist eklig.«
»Aber sehr praktisch!« In dieser Hinsicht hatte ich mir mehr als einmal gewünscht, ein Mann zu sein.
»Das hab' ich ihr auch gesagt, aber sie meinte, alles Praktische würde nur der Natur schaden.« Er war wieder herausgekommen und vor mir stehen geblieben. Der Blick, mit dem er mich ansah, ließ einiges von der Überzeugungskraft seiner Mutter ahnen.
Was war das für eine Frau? fragte ich mich entgeistert. Sie machte sich Sorgen um die Urinversickerung in Baumnähe, zuckte aber nicht mit der Wimper, wenn es darum ging, ihren Sohn praktischerweise in Haus Lieblich abzuladen. Wo blieb denn da die Schadensbegrenzung?
»Das Essen ist fertig«, rief Margarethe aus der Küche.
»Spaghetti mit Tomatensoße!« Er strahlte und zog blitzschnell Anorak und Stiefel aus.
Ich folgte ihm in die Küche, wo Margarethe gerade zwei Teller belud.
»Wenn du mit uns essen möchtest, Katja – es ist genug da.«
»Nein danke, ich bin satt, ich gehe in mein Zimmer. Sag bitte kurz Bescheid, wenn du gehst, dann komme ich hinunter und passe auf den Kleinen auf.«
»Ich bin nicht klein!« Er sagte es mit einer solchen Überzeugung, dass ich fast bereit war, es zu glauben.
Aber eben nur fast. »Solange du nachts unter meine Decke kriechst, bist du klein.«
»Der Freund von meiner Mami schläft auch immer bei ihr,

wenn er schlecht geträumt hat. Und der ist schon groß.« Er sah mich böse an.

»Nachts gelten eben andere Gesetze«, kam Margarethe ihm mit gespieltem Ernst zu Hilfe, »Katja weiß das nur noch nicht.« Sie stellte ihm seinen Teller vor die Nase und strich ihm beruhigend über die Hand. »Lass uns jetzt essen, kalt schmeckt es lange nicht so gut.«

Sie zwinkerte mir amüsiert zu, und ich konnte ihr deutlich ansehen, dass sie genau wie ich versuchte, ihr Lachen im Zaum zu halten.

Als ich die Treppe hinaufging, musste ich immer noch grinsen. Vielleicht konnte Robert diese Dinge in einem Gespräch von Mann zu Mann aufklären, vor allem, dass es kein Albtraum war, der Pauls Mutter und ihren Freund unter einer Decke vereinte.

Robert ... Ich hatte die Gedanken an ihn in den vergangenen anderthalb Tagen erfolgreich verdrängen können, doch jetzt holten sie wieder mich ein. In der kurzen Zeit, die er in Haus Lieblich verbracht hatte, war keine Gelegenheit gewesen, ihn kennen zu lernen, aber er musste schon ein übermenschlicher Klotz sein, wenn ihn seine gegenwärtige Situation nicht ängstigte. Ich wünschte ihm, dass alles gut ging.

Während ich zu lesen versuchte, schweiften meine Gedanken immer wieder ab. Sie wanderten von Robert zu den Kindern, die ich im Krankenhaus betreut hatte. Es war mir nicht immer gelungen, die berufliche Distanz zu wahren und in den kleinen Wesen nur Patienten zu sehen, die es durchzubringen galt. Manchen Tod war ich ein kleines Stück mitgegangen, und manchen Weg zurück ins Leben

hatte ich überglücklich begleitet. Es war mir nie egal gewesen, nie zu viel. Ich hatte nichts übersehen!
Mitten in meine Gedanken hinein hörte ich das Telefon klingeln. Als es nach dem fünften Mal nicht abgenommen wurde, spurtete ich genervt hinunter in die Küche. Paul hatte sich jedoch gerade einen Stuhl an die Wand geschoben, kletterte hinauf und langte nach dem Hörer, bevor ich danach greifen konnte.
»Hallo?«, fragte er hoffnungsvoll. Seinem enttäuschten Gebrummel nach zu urteilen war es nicht seine Mutter, die mit ihm sprach.
»Es ist Robert.« Er reichte mir den Hörer, sprang vom Stuhl und verzog sich in seine Spielecke.
»Robert?«
»Hallo, Katja.« Auch wenn er noch so sehr versuchte, sachlich zu klingen, über das Zittern in seiner Stimme konnte er mich nicht hinwegtäuschen. »Ich habe vorhin das Ergebnis bekommen. Ein Lymphknoten ist befallen. Sie haben heute schon mit der Chemotherapie angefangen. Zum Wochenende werde ich entlassen.« Seine kurzen, abgehackten Sätze trafen mich stärker als ein direkter Hilferuf.
»Kann ich etwas für Sie tun?«, fragte ich vorsichtig.
»Gott spielen und das Damoklesschwert, das über mir hängt, verschwinden lassen. Solange, bis ich alt genug dafür bin.«
»Wann wird das etwa sein?«
»So in fünfzig Jahren, schätze ich.« Er lachte traurig.
»Mal sehen, was sich da machen lässt«, sagte ich betont locker. »Das mit Gott ist allerdings eine Nummer zu groß für mich. Daran bin ich schon früher gescheitert.«

»Schade.« Ich war froh, dass er auf meinen leichten Ton einging.

»Wie wär's, wenn wir uns stattdessen den Faden, an dem das Damoklesschwert hängt, einmal genauer ansehen? Vielleicht ist er dick und stark und besonders langlebig. Einverstanden?« Ich würde ihm sämtliche Literatur besorgen, die sich verständlich mit seiner Krankheit auseinander setzte.

»Abgemacht«, sagte er leise und legte auf.

»Was ist ein Damoklesschwert?« Paul hatte das Spiel mit seinem Gameboy unterbrochen und sah mich neugierig an. Ich war froh, dass er mich nicht gefragt hatte, wer Gott ist. Ein wenig Grundlagenarbeit hatte seine Mutter also doch geleistet.

»Das ist ein Schwert«, erklärte ich ihm, »das einmal vor langer, langer Zeit über dem Kopf eines Mannes hing, der gerade ein herrliches Essen genoss. Das Schwert war nur mit einem Pferdehaar an der Decke befestigt.«

»Wieso?«

»Der Mann sollte dadurch lernen, dass Lachen und Weinen sehr nah beieinander liegen.«

»Was heißt das?«

Oh, Gott, dachte ich, diese W-Fragen würden uns noch ins Unendliche führen.

»Das heißt, dass es keine Garantie dafür gibt, dass man immer glücklich bleibt.« Seit Damokles waren mehr als zweitausend Jahre ins Land gegangen, und es hatte sich nichts an dieser Wahrheit geändert. Trotzdem wünschte ich mir nach wie vor nichts sehnlicher, als wieder unbeschwert leben zu können und mir keine Sorgen über die Zukunft machen zu müssen.

»Man kann zum Beispiel auch einmal krank werden, so wie dein Vater.«

»Mhm.« Mit diesem Laut, der so ziemlich alles heißen konnte, war für Paul die Unterhaltung beendet.

Ich wollte gerade wieder hinaufgehen, als das Telefon erneut klingelte.

»Winter.«

»Guten Tag, hier spricht Natalie Gassner.« Sie hauchte ihren Namen so leise ins Telefon, dass ich Mühe hatte, ihn zu verstehen.

»Guten Tag.« Blitzschnell ließ ich alle beruflichen Kontakte der vergangenen Tage vor meinem inneren Auge Revue passieren. Ich hatte den Namen schon einmal gehört, konnte ihn aber nicht zuordnen.

»Ich rufe wegen Paul an, ich bin seine Mutter.«

»Aha«, sagte ich böse. Sie kam mir gerade recht. Während ich noch meine Worte sondierte, um ihr unmissverständlich meine Meinung zu ihrem Abgang zu sagen, redete sie aufgeregt weiter.

»Geht es ihm gut?«

»Ja, aber …«

»Isst er auch ordentlich?« Sie hatte den leise gehetzten Ton von Frauen, die ständig überfordert waren und versuchten, es allen Recht zu machen.

»Ja, wobei *ordentlich* nicht der richtige Ausdruck dafür ist«, antwortete ich trocken.

»Er isst leider nicht alles«, sagte sie entschuldigend. Offenbar hatte sie nicht verstanden, was ich meinte. »Ich vermisse ihn so sehr.«

In diesen fünf Worten schwang eine Liebe mit, die mein

Bild von einer Rabenmutter beträchtlich ins Schwanken brachte und unliebsame Erinnerungen auftauchen ließ. Gerade hatte ich ihr noch vorhalten wollen, dass sie selbst schuld daran sei, doch dann lähmte diese Stimme meinen aufgestauten Groll. Ich kannte diese Frauen nur zu gut: Sie sehnten sich nach einer starken Schulter und waren nur allzu schnell bereit, sich selbst dafür aufzugeben – nur um sich einen Feigling einzuhandeln, der all das nicht wert war. Anstatt ihre eigenen Schultern zu stärken, setzten sie sich lieber zwischen die Stühle – auf der einen Seite der Mann, nach dem sie sich sehnten, auf der anderen Seite ihre Kinder. Nein, Rabenmütter waren sie nicht, aber sie waren auch keine Löwenmütter.

»Er vermisst Sie auch.« Ich machte Paul ein Zeichen, ans Telefon zu kommen. »Das will er Ihnen aber sicherlich selbst sagen.«

»Hallo Mami ... Mhm ... ja ...« Er hielt den Hörer mit beiden Händen fest und sprach mit großem Ernst hinein. »Ich habe jetzt ein Pony, das heißt Johnny ... braun-weiß ... mhm ... Spaghetti ... einen ganzen Teller ... ganz okay, sie hat nur so komische Haare ... irgendwie orange ...«

Bei diesem Stichwort wusste ich wieder, warum ich es am liebsten mit schlafenden Kindern zu tun hatte. »Irgendwie blond!«, rief ich laut dazwischen, fand jedoch offensichtlich kein Gehör.

»Ja ... kommst du bald wieder? ... mhm ... der ist krank ... weiß ich nicht ... mhm ... Mami will dich noch einmal sprechen, Katja.«

»Was ist denn mit Robert?«, fragte sie mich aufgeregt, nachdem Paul mir den Hörer gegeben hatte.

»Er hatte eine kleine Operation, ist aber in ein paar Tagen wieder hier. Frau zur Linden und ich kümmern uns solange um Paul, sie brauchen sich also keine Sorgen zu machen.« Was nützte es schließlich, wenn sie sich am anderen Ende des großen Teiches verrückt machte. Ich hatte das Gefühl, dass sie auch so schon genug durchmachte.

»Danke«, sagte sie erleichtert und versprach, so bald wie möglich wieder anzurufen. Vom Abholen sagte sie nichts. Als ich aufgelegt hatte, lohnte es nicht mehr, nach oben zu gehen. Margarethe war in die Küche gekommen, um sich zu verabschieden. Sie warf mir einen aufmunternden Blick zu und verschwand zu ihrem Damenkränzchen, nicht ohne vorher noch schnell Vorschläge für unser Nachmittagsprogramm zu machen.

Während bei mir die Stichworte Hausaufgaben und Video hängen geblieben waren, bestand Paul darauf, ausschließlich Letzteres gehört zu haben. Einen Hinweis auf seine durchaus verständliche, aber wenig nützliche selektive Wahrnehmung ersparte ich mir, er hätte nur zu weiteren W-Fragen geführt. Da ich auch keine große Lust auf längere Vorträge über den Sinn des Lernens verspürte, ließ ich ihm die Wahl: Alles oder nichts. So kam ich in den zweifelhaften Genuss, Rechenaufgaben nachzuprüfen, die ich beim besten Willen nicht verstand, die er jedoch in Windeseile gelöst hatte. Das federleichte Jonglieren mit Zahlen musste er von seinem Vater haben. Mit dem Vorlesen haperte es allerdings erheblich, die lang gezogenen, falsch betonten Worte erinnerten unzweifelhaft an buddhistische Meditationsgesänge. Bevor ich ihm jedoch Unrecht tat, weil dies vielleicht der Lesestoff der Gegenwart war, warf ich vorsichtshalber selbst einen Blick in sein Buch, lehnte mich dann aber erleichtert zurück.

»Noch einmal«, befahl ich ihm, als er mit dem letzten Absatz fertig war. Wenn alle Zweitklässler so lasen, musste seiner Lehrerin eigentlich eine Härtezulage zustehen.

»Wir müssen es aber nur einmal lesen.« Er schlug das Buch zu und sah mich trotzig an.

»*Wir* bezieht sich auf die, die es können. Also los!«

»Wieso?«

Ich hatte das *Weil ich es sage* meiner Kindheit auf der Zunge, konnte mich aber gerade noch rechtzeitig bremsen. Dieses Zeugnis der Hilflosigkeit hatte mich zu viele Tränen gekostet. Und ich war nicht hilflos, ich war nur bequem.

»Weil ich kaum ein Wort von dem verstanden habe, was du vorgelesen hast.«

»Dann musst du eben besser zuhören.« Er stand entschlossen auf, um mir zu zeigen, dass die Hausaufgaben für diesen Tag beendet waren.

»Daran liegt es nicht«, lachte ich. »Erzähl mir doch einmal, wovon die Geschichte handelt.«

Er zuckte mit den Schultern. »Wir sollen sie doch nur *lesen*.«

»Lesen heißt auch verstehen, Paul. Die Geschichte ist bestimmt ganz spannend, und du weißt noch nicht einmal, worum es geht. Wir können uns auch gerne abwechseln, erst du und dann ich.«

»Du zuerst!« Er reichte mir mürrisch das Buch und sah mich auffordernd an.

Ich schlug es auf, begann zu lesen und beschritt damit den Weg, den Esel zu *locken*, wie Margarethe es so plastisch ausgedrückt hatte. Nachdem jeder von uns die Geschichte drei Mal gelesen hatte, ließ ich ihn endlich sein Video holen und freute mich auf ruhige zwei Stunden, in denen er beschäftigt sein würde.

In Margarethes Wohnzimmer öffnete ich ihren Multimedia-Schrank und sah im Hellen, was im Dämmerlicht nur zu erahnen gewesen war. Mit dem Fernseher kannte ich mich noch aus, bei dem Videogerät musste ich passen. Ich hielt die Kassette in der Hand, die Paul mir gegeben hatte, und stand ratlos vor dem schwarzen Kasten. Irgendwo gab es bestimmt eine Gebrauchsanleitung. Ich durchsuchte das obere Fach des Schranks und fand dank Margarethes Ordnungssinn ziemlich schnell, wonach ich suchte. Als ich mich auf den Boden setzte und zu lesen begann, nahm Paul mir die Kassette aus der Hand, legte sie ein, drückte einen Knopf auf der Fernbedienung und setzte sich neben mich.

Ich sah erstaunt auf den Bildschirm. »Woher weißt du, wie das geht?«

»Das weiß doch jeder.« Er sagte es nicht altklug, sondern mit voller Überzeugung.

»Ich weiß es zum Beispiel nicht.«

»Du bist ja auch eine Frau. Frauen verstehen nichts von Technik.« Auch dieser Satz klang, als gründe er auf jahrelanger Erfahrung.

Während über das Video noch die Vorschau für andere Filme lief, taten sich neben mir Abgründe auf, die ich in Pauls Generation längst überwunden geglaubt hatte.

»Wer sagt das? Ich meine das mit der Technik.«

Paul saß mit großen Augen vor dem Fernseher, saugte jede

einzelne Szene des beginnenden Zeichentrickfilms begierig auf und hatte mich und meine Frage vergessen.

»Paul!«, insistierte ich.

»Mhm?«

»Wer sagt, dass Frauen nichts von Technik verstehen?« Ich verstand zwar offensichtlich auch nicht viel davon, aber ich wusste, dass es Frauen gab, die mich in dieser Hinsicht locker in die Tasche steckten.

»Meine Mami.«

Darauf hätte ich auch gleich kommen können. Hoffentlich hatte sie ihm wenigstens den Unsinn mit den Männern und den Tränen erspart. Als ich kopfschüttelnd Richtung Küche ging, rief Paul mir hinterher, dass ich dableiben müsse.

»Wie bitte?« Ich drehte mich verwundert zu ihm um.

»Du musst hier bleiben, ich darf nicht alleine fernsehen.«

»Lass mich raten: Das sagt deine Mami, oder?«

Er nickte und war schon wieder mitten im Film.

»Das glaube ich einfach nicht«, brummelte ich entnervt vor mich hin, nahm mir eine Zeitschrift von Margarethes Tisch und ließ mich aufs Sofa fallen.

»So ist es nicht gemütlich«, beharrte Paul auf einem Anspruch, den ich alles andere als gerechtfertigt fand. »Du musst dich neben mich setzen und den Film mitsehen.«

»Ich bin fünfunddreißig!«

»Er ist so spannend«, flehte er, »auch wenn man schon alt ist.«

Ich würde mein Alter ihm gegenüber nie wieder erwähnen.

»Also gut, aber nur zehn Minuten.« Warum ließ ich mich nur immer wieder breitschlagen? Ich musste endlich das mit dem Nein üben. Während ich noch darüber nachdachte, biss ich in den sauren Apfel und ließ mich neben Paul nieder, wo aus den geplanten zehn Minuten zwei Stunden wurden, in denen ich die Trickfilmversion von *Die Schöne und das Biest* kennen lernte. Wenn die Spannung für Paul zu groß wurde, hielt er das Video kurzerhand an und tat so, als müsse er mir eine Szene genauer erklären. Zwischendrin machte ich uns in der Küche heiße Schokolade und zauberte mit Margarethes Kuchen ein Fernsehpicknick. Ich weiß nicht, wer von uns beiden mehr dem Happy End entgegenfieberte, ich weiß nur, dass dieser Film uns beide mit einer Fröhlichkeit aus seinem Bann entließ, die noch bis in den Abend hinein anhielt.

Als Margarethe zurückkam, überließ ich ihr die Aufsicht über die untere Etage und verzog mich in mein Zimmer, um zu tun, wozu ich am Nachmittag nicht gekommen war. Ich schrieb meine Erlebnisse in der Klinik auf. Aus Margarethes klarem Ratschlag hatte ich unbewusst den Schluss gezogen, ich käme dabei auch zu einem klaren Ergebnis, aber sosehr ich mich auch anstrengte, es wollte mir nicht gelingen. Der Einzige, der jedes Mal, wenn ein Fehler passiert war, mit mir zusammen Dienst gehabt hatte, war Sven Kuhlmann. Er war mir nicht unbedingt sympathisch, dazu war er zu rechthaberisch und selbstgerecht. Außerdem hatte er sich hin und wieder sehr angestellt, wenn es darum ging, meine Anweisungen zu befolgen. Aber gegenüber den Kindern war er immer überaus engagiert und liebevoll gewesen. Ja, fast aufopferungsvoll. Er hatte mich wie alle anderen nach jedem Vorfall vorwurfsvoll angesehen. Er schied als möglicher Täter aus, da war ich mir sicher.

Margarethes Idee war gut gemeint, aber sie half mir nicht weiter. Als ich wieder an dem Punkt ankam, an dem der einzig mögliche Erklärungsansatz auf mich selbst deutete, brach ich mein Gedankenkarussell verzweifelt ab und flüchtete mich hinunter in die Küche, wo das Essen schon auf dem Tisch stand.

»Rotkohlrisotto mit Rucolasalat. Macht garantiert gute Laune«, sagte Margarethe mit einem liebevollen Blick in meine Richtung. »Jedenfalls, so weit es den Magen betrifft.«

Paul hatte es wie immer nicht abwarten können und schon mehrere übergroße Löffelladungen in seinem Mund verschwinden lassen. Dank der klebrigen Konsistenz des Essens fiel jedoch nicht gleich die Hälfte wieder hinaus.

Ich selbst probierte erst einmal ganz vorsichtig einen kleinen Löffel voll, da mir diese Kombination doch etwas verwegen erschien, war dann aber überrascht, wie gut es schmeckte.

Margarethe war an diesem Abend in sich gekehrt und sprach nicht viel. Mir ging es ähnlich, so dass wir beide Paul das Feld überließen, bis es Zeit für ihn war, schlafen zu gehen. Wie versprochen, stellte Margarethe sich dieser Herausforderung, und ich machte den Abwasch, bevor ich hinaufging und mich erschöpft in meinen Sessel fallen ließ.

Zum ersten Mal seit Wochen hatte ich wieder das Gefühl, nicht vollkommen wehrlos zu sein. Durch mein Nein in der Klinik für Schönheitschirurgie fühlte ich mich gestärkt und war versucht zu glauben, dass mein Weg durch dieses Jammertal vielleicht doch einmal ein Ende haben würde.

10 *Von diesem Gefühl beseelt, wachte ich am nächs-*
ten Tag entspannt auf und streckte und reckte
mich genüsslich in meinem Bett. Ich würde diesen Tag, an dem weder ein Bewerbungsgespräch noch Paul auf dem Programm standen, in vollen Zügen genießen. Zuerst würde ich einen herrlichen Spaziergang machen und danach die Sauna in Königstein ausprobieren. Wenn ich schon zwangsweise frei hatte, dann konnte ich auch endlich anfangen, es zu genießen.

Nachdem ich geduscht und angezogen war, lief ich beschwingt die Treppe hinunter, um mir Frühstück zu machen. Ich hörte Pauls Stimme aus der Küche, er musste also schon aus der Schule zurück sein. Wider Erwarten freute ich mich sogar auf ihn. Unser einträchtiges Miteinander vom gestrigen Nachmittag hatte meinen Widerstand ihm gegenüber beträchtlich schrumpfen lassen. Ich sah sogar über die nassen Spuren auf den Flurfliesen lächelnd hinweg, und das obwohl sie an diesem Tag beachtlich waren. Es würde wahrscheinlich noch einige Zeit dauern, bis er sich daran gewöhnt hatte, seine Stiefel vor der Tür auszuziehen.

Als ich um die Ecke bog, blieb ich im Rahmen der Küchentür wie angewurzelt stehen. Paul unterhielt sich nicht etwa mit Margarethe, wie ich angenommen hatte, sondern mit Johnny, dem er seine einzelnen Spielzeuge vorführte. Das Pony stand neben ihm und schnupperte gerade an der Raumstation.

»Paul!« Meine Lautstärke ließ selbst mich zusammenfahren. »Raus mit dem Pony, und zwar sofort!«

»Aber ich will ihm doch das Haus zeigen.« Er sah mich unglücklich an.

»Dafür, dass du einen Blick in seinen Stall geworfen hast, musstest du dich nicht gleich mit einer Gegeneinladung revanchieren. Eine Mohrrübe hätte es auch getan.« Ich versuchte, meiner überschäumenden Wut Herr zu werden, indem ich betont langsam sprach.
»Aber Johnny ist mein Freund, er muss doch mein Spielzeug sehen.« Pauls Stimme wurde immer kleinlauter. Er sah mich betreten an und streichelte ununterbrochen den Hals seines Ponys.
»Okay«, presste ich heraus, »wenn das so ist, hättest du es problemlos zu ihm hinaustragen können. Ponys gehören nicht in ein Haus.«
»Aber bei Pippi Langstrumpf…«
»Dies ist Haus Lieblich und nicht die Villa Kunterbunt«, schimpfte ich ungehalten. »Und nur weil ich rote Haare habe, dulde ich noch lange nicht dieses Vieh in meinem Haus.«
»Johnny ist kein Vieh.« Paul wischte sich die Tränen von den Wangen und sah mich verzweifelt an. Und als melde auch Johnny gegen meinen ungebührlichen Ausspruch Protest an, schüttelte er sich einmal kräftig und begrub die gesamte Küche unter einem feinen Schlammregen.
Ich sah fassungslos dabei zu, wie sich im Zeitlupentempo graue Tropfen aus seinem schmuddeligen, nassen Fell lösten und die bisherigen Hygieneverhältnisse in der Küche innerhalb weniger Sekunden ins Gegenteil verkehrten. Bis auf die Decke blieb kein einziges Teil von diesem Sprühregen verschont.
»Nein«, schrie ich entsetzt und erstarrte in meiner Bewegung. »Lass das bitte nur einen schlechten Traum sein.«

Ich schloss die Augen, nur um mit demselben Bild belohnt zu werden, als ich sie wieder öffnete.

»Ich glaube, Johnny muss jetzt wieder hinaus.« Paul nahm das Pony am Halfter, manövrierte es vorsichtig um den Küchentisch herum und führte es mit gesenkten Augen an mir vorbei.

»Wo ist Margarethe?«, fragte ich ihn am Rande eines Nervenzusammenbruchs.

»Sie wollte noch schnell etwas besorgen.«

Ich hörte die Ponyhufe durch den Flur trotten und ließ mich auf den nächstbesten Stuhl fallen, bis ich spürte, wie die Feuchtigkeit durch meine Hose drang und ich wieder aufsprang. Wo ich hinsah, waren Spritzer. Es würde Stunden dauern, die Küche wieder sauber zu machen.

»Womit habe ich das verdient?« Ich stampfte mit dem Fuß auf den Boden und schrie so laut, dass selbst der letzte Winkel von Haus Lieblich erzitterte.

»Das ist kein Verdienst, das ist eine Heimsuchung«, sagte Margarethe, die plötzlich neben mir stand und ungläubig den Kopf schüttelte. »Paul hat mir draußen schon erzählt, was passiert ist.«

»Gerade dachte ich, meine Unglückssträhne wäre abgerissen, da stampfen vier Hufe und zwei Kinderfüße hier herein und zerstören diesen winzigen Keim von Zuversicht, den ich mir so mühsam angezüchtet habe.« Mir liefen die Tränen übers Gesicht und vermischten sich auf dem Fußboden mit den Schlammspritzern. »Ich will endlich wissen, was ich getan habe, dass ich so gestraft werde. Dann könnte ich wenigstens drei Vaterunser und drei Ave-Maria beten und Abbitte leisten.«

Margarethe wischte die Sitzfläche eines Stuhls trocken und ließ sich mitten in diesem Chaos nieder, das ich am liebsten für immer hinter mir gelassen hätte.

»Katja, es wird langsam Zeit, dass du aufhörst, in diesen Kategorien zu denken. Sünde und Strafe«, sagte sie, als seien es zwei merkwürdige Käuze, »sind Erfindungen der Kirche. Das hat mit Gott oder mit deinem Schicksal – nenn es, wie du willst – nichts zu tun. Da oben sitzt keiner, der mit einer großen Lupe jede deiner Bewegungen verfolgt und zuschlägt, falls du in einem vermeintlich unbeobachteten Moment doch einmal Weichspüler benutzt.«

»Und wenn doch?«, fragte ich sie aufgebracht.

»Dann würde er wenigstens die Verhältnismäßigkeit der Mittel wahren. Aber Scherz beiseite, es ist nicht so, glaub mir.«

»Da bist du aber schlauer als viele andere.«

»Das steht außer Frage«, sagte sie schmunzelnd und schien den Dreck um sich herum vollkommen vergessen zu haben. Sie zog ihre Schuhe aus und massierte in aller Seelenruhe ihre Füße.

»Wenn du so schlau bist, dann kannst du mir doch sicher auch sagen, wer da oben sitzt.« Ich sah Margarethe herausfordernd an.

»Nun«, begann sie nachdenklich, »auf keinen Fall ist es ein Richter, der die Erde als Straflager sieht. Es ist eher ein Wesen, das die Dinge geschehen lässt.«

»Wunderbar!«, keifte ich giftig. »Das weiß ich spätestens, seitdem sich dieses Pony ungehindert in meiner Küche ausgelebt hat.«

»Genauso kannst du dich auch ausleben, Katja. Du hast sogar das Bewusstsein, um dich entscheiden zu können, das Pony folgt allein seiner Natur.«

Ihre hintergründigen Spitzfindigkeiten gingen mir gewaltig auf die Nerven.

»Weißt du, Margarethe, was ich tun würde, wenn es nach *meiner* Natur ginge?«

»Uns alle im hohen Bogen rauswerfen, ich weiß. Aber ich kann dich beruhigen, das ist nicht deine Natur, das ist lediglich ein Traum, der dir momentan sehr verführerisch erscheint. Ich bin sicher, du würdest uns spätestens nach zwei Tagen vermissen.« Sie sah mich tatsächlich freudestrahlend an.

»Bist du eigentlich schon imprägniert auf die Welt gekommen?« Woher nahm sie dieses Selbstbewusstsein, das alle Angriffe an ihr abprallen ließ?

»Schöne Vorstellung«, grinste sie, »aber ganz so einfach war es nicht. Ich habe viel einstecken müssen, bis ich gelernt habe, genau hinzuschauen.«

»Und was siehst du? Ein einmetersiebzig großes, verbiestertes Nervenbündel«, gab ich gleich selbst die Antwort.

»Und dieses Wesen da oben hat es geschehen lassen, dass mein Haupt von einer Farbe gekrönt wird, die zum Himmel schreit.« Ich streckte meinen Zeigefinger anklagend gen selbigen.

Da dies offenbar eine längere Diskussion werden sollte, wischte ich ebenfalls einen Stuhl trocken und setzte mich Margarethe gegenüber an den Tisch. Dabei versuchte ich, nichts um mich herum zu berühren, um nicht auch noch meinen Pullover zu beschmutzen.

»Ich sehe eine sehr hübsche junge Frau«, widersprach sie

mir sanft, »die verletzt ist und derzeit ein wenig im Wald herumirrt. Anstatt vor lauter Angst zu singen, schimpft sie lauthals. Das ist in Ordnung, denn ich finde, jeder muss seinen eigenen Weg finden, wie er sich selbst Mut macht.«
Ich sah sie sprachlos an.
»Und was diese Haarfarbe betrifft, solltest du dem Himmel danken. Andere Frauen geben für einen Rotton sehr viel Geld aus.«
»Aber nicht für die Version *Karotte*«, widersprach ich schwach, »das wäre mir neu.«
»Du wirst dich irgendwann damit aussöhnen«, prophezeite sie mir, »spätestens wenn du akzeptierst, dass dieses *normale* Leben ohne Höhen und Tiefen, das du dir immer noch wünschst, nicht erstrebenswert ist.«
»Aber sehr angenehm«, seufzte ich in Erinnerung an vergange Zeiten.
»Das meinst du nur. Ich habe langsam das Gefühl, dass du bisher immer versucht hast, dich möglichst unauffällig durchzumogeln. Nach dem Motto: Nur nicht zu weit hinauswagen, dann bleibt dir dein unbeschwertes Leben bis zur Einäscherung erhalten.«
»Bis vor kurzem ist mir das auch ganz gut gelungen«, sagte ich widerspenstig. »Und ich sehe nicht, was es daran auszusetzen gibt.«
»Auf den ersten Blick nichts«, entgegnete Margarethe, »aber wenn man genauer hinsieht, hast du dich wahrscheinlich erfolgreich um die Höhen herumgeschifft, konntest den Tiefen aber nicht ausweichen. Wenn bis vor kurzem in deinem Leben alles glatt gegangen ist, dann ist das reiner Zufall und nicht dein Verdienst.«

»Sag mal, wie kommst du eigentlich darauf, dass es in meinem Leben keine Höhen gibt?«, fragte ich sie in vorwurfsvollem Ton.

»Wenn eine Frau fünf Jahre mit einem Mann zusammengelebt hat, der sie schließlich verlässt, und sie nicht wie ein Hund darunter leidet, dann hat sie ihn nicht geliebt. So einfach ist das.«

»Woher willst du wissen, dass ich nicht leide?«

»Oh, du leidest, ganz sicher, ohne Frage. Dabei geht es um deine verletzte Berufsehre, um eine unerträgliche Erniedrigung, es geht um Existenzangst und sicher auch um die unvorhergesehene Bevölkerung von Haus Lieblich. Aber es geht ganz sicher nicht um diesen Julius. Ich denke, dass deine Gefühle ihm gegenüber eher mit einem Schongang ohne Schleuderprogramm zu vergleichen sind – weit entfernt von einem Fünfundneunzig-Grad-Programm.«

»Das ist mir auch tausend Mal lieber.«

»Du weißt nicht, wovon du redest«, gab Margarethe zurück, und ich erlebte sie zum ersten Mal ungehalten. »Du verzichtest freiwillig auf das Schöne im Leben, weil du denkst, dass du dich damit von der Kehrseite freikaufen kannst. Aber so funktioniert das nicht. Die Kehrseite bekommst du nämlich so oder so.«

»Warum?« Pauls Methode mit den W-Fragen war vielleicht doch nicht die schlechteste.

»Darüber haben wir schon einmal gesprochen, und ich kann mich nur wiederholen: Damit du etwas lernst, aus den Höhen lernst du nichts, sie sind nur schön und zum Luftholen.«

»Kannst du mir dann auch noch sagen, was ich aus dieser

schlammverseuchten Küche lernen soll?« Ich breitete meine Arme aus und sah mich verzweifelt um.

»Dass Kinder nichts für unmöglich halten – bis man es ihnen sagt.«

»Worauf gründet eigentlich dieser Erfahrungsschatz einer kinder- und enkellosen Frau?«

»Auf langjähriger Arbeit in der Kinderarztpraxis ihres Mannes.«

Plötzlich stellte ich fest, dass ich bis auf die Tatsache, dass sie ihr Haus verkauft hatte, überhaupt nichts über Margarethe wusste.

»Du warst verheiratet und hast gearbeitet?«, fragte ich erstaunt.

Sie sah mich mit blitzenden Augen an. »Was überrascht dich daran?«

»Eigentlich nichts, ich dachte nur, du bist so eine richtige Dame und ...«

»Und als solche heiratet man nicht? Das ist nun wiederum mir neu.«

»Nein«, sagte ich verlegen, »ich habe nur nicht angenommen, dass du gearbeitet hast.«

»Das habe ich auch anfangs nicht, aber als mein Mann sich hier in Kronberg niedergelassen hat, habe ich eine Ausbildung gemacht und in seiner Praxis als Sprechstundenhilfe gearbeitet.«

»Daher die guten Beziehungen hier im Ort, die Grundschulrektorin, die Ponybesitzerin ...«

»Ja«, lachte sie und klatschte in die Hände. »Und jetzt ziehen wir uns warm an, schnappen uns Paul, der sich alleine wahrscheinlich nicht mehr in deine Nähe traut, und gehen

Pizza essen. Ich lade euch ein. Das Chaos hier vergessen wir einfach für die nächsten zwei Stunden.«

Paul stand zitternd vor Kälte bei seinem Pony auf der Weide und redete unablässig auf es ein. Wir konnten nicht verstehen, was er sagte, aber an seiner Miene ließ sich unschwer erkennen, wie verunsichert er war. Ich rief ihn vom Zaun aus, aber er tat, als würde er mich nicht hören. Also kletterte ich über das Gatter und ging zu ihm, wobei ich versuchte, einen Sicherheitsabstand zu Johnny zu wahren.

»Es tut mir Leid, dass ich so geschrien und geschimpft habe, Paul. Und ich wäre froh, wenn du meine Entschuldigung annähmst.«

Er studierte mein Gesicht, ob ich es auch wirklich ernst meinte, und wägte seine Antwort eine Minute lang ab.

»Okay«, sagte er leise, »aber nur, wenn du dich auch bei Johnny entschuldigst. Er hat sich so erschreckt und hatte richtig Angst vor dir.«

Also entschuldigte ich mich auch bei dem Pony und streichelte ihm auf Pauls Geheiß widerstrebend über den Hals. Was ist nur aus mir geworden? fragte ich mich erschöpft: Ich stand mitten im Schnee auf einer Weide und entschuldigte mich bei einem Vierbeiner, der mich bereits ungeahnte Nerven gekostet und kurzerhand mein Nachmittagsprogramm umgestaltet hatte. Anstatt zum Entspannen in die Sauna zu gehen, würde ich putzen. Ich schüttelte innerlich den Kopf und versank in Selbstmitleid. So schnell ließ sich ein freier Tag in eine Albtraumveranstaltung wandeln.

Das Essen in der Pizzeria nahm ich kaum wahr, da ich die ganze Zeit darüber nachdachte, wie ich die Sauerei in der Küche taktisch am besten in den Griff bekommen konnte.

»Katja!« Margarethe und Paul zerrten mich gemeinsam aus meinen Gedanken.

»Ja?«

»Margarethe hat heute Nachmittag noch eine Überraschung für dich.« Paul sah aufgeregt zu mir herüber.

»Ich glaube, für diesen Tag ist mein Bedarf an Überraschungen gedeckt«, sagte ich niedergeschlagen. »Außer Margarethe ist auch eine Lokalgröße im Reich der Heinzelmännchen und hat ein Putzkommando geordert.«

»So weit reicht mein Arm leider nicht«, sagte sie mit einem bedauernden Lächeln. »Das Putzen wird uns wohl nicht erspart bleiben, aber dafür kommt am späten Nachmittag Besani vorbei.« Der Name, den sie auf der zweiten Silbe betonte, klang fernöstlich.

Wahrscheinlich war er Margarethes Yogalehrer, den sie eingeladen hatte, um mein durcheinander geratenes Seelenheil wieder in eine natürliche Balance zu bringen. Ihr traute ich alles zu. Mein Fehler war nur gewesen, Paul von dieser Einschätzung auszunehmen. Dabei hieß es doch immer: alte Leute und kleine Kinder ... Ich würde diesen Besuch genauso über mich ergehen lassen wie die gesamte Belagerung von Haus Lieblich – als eine vorübergehende Erscheinung. Wenn ich mich weiter dagegen auflehnte, würde ich nur verrückt werden, und damit war schließlich keinem gedient, mir am allerwenigsten. Obwohl, überlegte ich, eine zeitweilige, betäubende Flucht in die seelische Verwirrung vielleicht auch nicht der schlechteste Ausweg war.

Als ich noch darüber nachdachte, wie sich das am überzeugendsten bewerkstelligen ließ, zahlte Margarethe die Rechnung, und wir brachen auf, um in das Schlammtropfenchaos zurückzukehren. Während des Putzens hätte ich Paul am liebsten vors Videogerät verbannt, aber Margarethe beauftragte ihn – pädagogisch wertvoll – damit, sein gesamtes Spielzeug abzuwaschen. Er tat es mit einer unerwarteten Akribie und Ernsthaftigkeit, was ihn jedoch nicht daran hinderte, immer wieder selbstvergessene Spielpausen einzulegen. So brauchte er für seine paar Quadratmeter *Spielwiese* genauso lange wie Margarethe und ich für den ganzen Rest.

Um Viertel vor sieben waren wir endlich fertig, und das im wahrsten Sinne des Wortes. Bis auf Paul natürlich, dessen Energie ungebrochen war. Aber so hatten wir wenigstens kein Mitleid mit ihm, als er sich so spät noch an seine Hausaufgaben setzen musste. Margarethe und ich machten uns einen Tee und beschlossen, dass es an diesem Abend nur noch Brote geben würde. Sie bestand allerdings vehement darauf, sie selbst zuzubereiten, mir traute sie in dieser Hinsicht immer noch nicht über den Weg.

Als Paul gerade seine Leseübungen beendet hatte und wir dankbar die darauf folgende Stille genossen, klingelte es an der Haustür.

»Das ist Besani«, rief Paul begeistert.

Da ich keine Anstalten machte, zur Tür zu gehen, forderte Margarethe mich auf, zu öffnen. »Der Besuch ist für dich, Katja.«

Also ging ich hin, öffnete die Haustür und stand einem Mann gegenüber, der nur mit sehr viel Phantasie als Yogalehrer durchgegangen wäre. Er trug einen blauen Arbeitsanzug und hatte mehrere große Pakete neben sich stehen.

Das größte hielt er zwischen den Armen und stützte es auf seinem angewinkelten Knie ab.

»Es ist leider etwas später geworden«, entschuldigte er sich, »aber im Laden war so viel los. Wo soll er hin?« Er sah mich fragend an.

»Am besten in die Küche«, sagte Margarethe hinter mir und bat ihn, ihr zu folgen.

Im Licht der Laterne las ich auf dem Lieferwagen die Aufschrift *Tierhandlung*, und eine ungute Vorahnung beschlich mich. Die Pakete, die vor der Tür auf dem Boden standen, enthielten Heu, Kleintierstreu und Trockenfutter. Während ich noch unschlüssig dastand, griff der Mann im blauen Overall nach den Paketen, trug sie in die Küche und verabschiedete sich freundlich von mir.

»Viel Spaß«, rief er mir vom Gartentor zu. »Wenn Sie Fragen haben, rufen Sie mich an.«

Ich hatte im Moment nur eine einzige Frage im Kopf, und die würde Margarethe mir beantworten müssen, und zwar sofort.

»Wer ist Besani?«, fragte ich leise drohend, als ich in die Küche kam. Pauls freudige Spannung ignorierte ich und baute mich hinter Margarethe auf, die hingebungsvoll Brote für unser Abendbrot schmierte.

»Besani ist ein Geschenk für dich.« Sie dekorierte in aller Seelenruhe ein Quarkbrot mit Kresse und besah sich ihr Werk von allen Seiten, bevor sie sich den Karotten widmete. »Mach es auf.«

»Du rätst nie, was da drin ist«, mischte Paul sich aufgeregt ein.

»Ich fürchte doch, und deshalb werde ich dieses Paket auch

nicht auspacken. Margarethe, ruf dort bitte an und sage, dass du es dir anders überlegt hast.«

»Das werde ich ganz bestimmt nicht tun«, antwortete Margarethe gelassen und sah mich fest an. »Jedenfalls nicht vor Ablauf von drei Tagen. Wenn du Besani dann immer noch zurückgeben möchtest, werde ich mich fügen.«

Das wäre das erste Mal, dachte ich schicksalergeben und fragte mich, ob Margarethe überhaupt wusste, was dieses Wort bedeutete.

»Soll ich dir helfen?« Paul stand startbereit neben dem Packpapierungetüm und wartete nur auf ein Zeichen von mir.

»Okay.« Er würde sowieso keine Ruhe geben, also konnten wir es auch gleich hinter uns bringen. Wir lösten das Klebeband an den Seiten und befreiten einen riesigen Käfig von seiner Umhüllung. Als mein Blick nun ungehindert durch die Gitterstäbe fiel, sah ich einen Futternapf und ein buntes Holzhaus. Durch die Öffnung schob sich ein kleiner braun-weißer Kopf mit weißen Schnurrbarthaaren. Diese Farbkombination schien zur Haustierfarbe von Haus Lieblich zu avancieren.

»Ein Meerschweinchen mit indischem Namen«, sprach ich laut aus, was ich gottergeben dachte.

»Eigentlich nicht indisch«, sagte Margarethe. »Besani ist eher eine Abkürzung.«

Ich sah sie fragend an.

»Besser spät als nie«, klärte sie mich kreuzfidel auf. »Wir haben doch über die unerfüllten Wünsche gesprochen.«

»Das ist nicht dein Ernst, Margarethe!« Ich versuchte, meine Stimme in der Gewalt zu behalten, solange Paul in der

Küche war. »Ich bin fünfunddreißig, diesen Wunsch hatte ich mit sechs Jahren.«
»Aber er zehrt ganz offensichtlich immer noch an dir.«
»Ich habe als Kind auch keine Barbie bekommen. Willst du jetzt etwa loslaufen und mir eine kaufen?«
»Barbies sind bescheuert«, stöhnte Paul aus tiefstem Herzen, stibitzte von Margarethes Brettchen ein Stück Mohrrübe und ließ es dem Meerschweinchen in den Käfig fallen. »Wenn ich das Gefühl hätte, dass es deinem Seelenheil nützt, warum nicht?«
»Weißt du, was meinem Seelenheil nützen würde? Ruhe! Berechenbare Mitmenschen! Seniorinnen, die sich so benehmen, wie man es mit Fug und Recht von ihnen erwarten kann! Und Kinder, die mein Haus nicht mit einem Stall verwechseln!« Ich würde im Heim anrufen und fragen, ob Margarethes Platz noch frei war. Dann würde ich Robert bitten, sich nach einer anderen Bleibe umzusehen. Mitleid hin oder her, irgendwie musste ich diesem Wahnsinn in Haus Lieblich ein Ende setzen, bevor er zur Gewohnheit wurde.
»Was sind Seniorinnen?«, fragte Paul interessiert. Er hatte sich im Schneidersitz vor dem Käfig niedergelassen, sein Kinn in die Hand gestützt und beobachtete Besani, der das Stück Mohrrübe mit seinen messerscharfen Zähnen systematisch zerkleinerte.
»Alte Frauen«, gab ich ihm genüsslich zur Antwort und sah Margarethe dabei triumphierend an. Sie machte jedoch nicht den Eindruck, als habe ich sie damit verletzt, sondern lachte fröhlich und deckte den Tisch.
Während des Abendessens zappelte Paul unablässig auf sei-

nem Stuhl herum, da er es nicht abwarten konnte, wieder vor dem Käfig Stellung zu beziehen und jede Regung des Meerschweinchens zu beobachten. Margarethe nutzte die Gelegenheit und trug ihm auf, erst seinen Schlafanzug anzuziehen und die Zähne zu putzen.
»Robert hat gestern angerufen«, erzählte ich ihr, nachdem Paul nach oben gegangen war. »Ein Lymphknoten ist befallen, sie haben direkt mit der Chemo angefangen.«
»Denkst du immer noch daran, ihn vor die Tür zu setzen?«
»Ja.« Was sollte ich drumherum reden und so tun, als hätte ich ausschließlich edle Gedanken? In der Hinsicht konnte ich Margarethe längst nichts mehr vormachen. »Aber etwas wünschen und es dann auch wirklich tun sind zwei verschiedene Paar Schuhe. Es ist schon so, wie du gesagt hast, man muss auch am nächsten Morgen noch in den Spiegel sehen können. Nur glücklich bin ich darüber nicht«, lamentierte ich. »Während ich einem blödsinnigen moralischen Anspruch genüge, vernachlässige ich sämtliche meiner Bedürfnisse.«
»Katja, du bist so fixiert auf deine fest gefügte Vorstellung von Ruhe und Unbeschwertheit, dass du es gar nicht merken würdest, wenn sich dir das Ersehnte in einer anderen Form präsentierte.«
An diesem Tag hatte ich mehr als genug ertragen müssen und recht wenig Lust, mir mein Weltbild von Margarethe wieder einmal in einzelne Puzzlesteine zerlegen zu lassen. Wenn sie die Einzelteile wieder zusammenfügte, entstanden regelmäßig Bilder, die zu ungewohnt waren, als dass sie meinen Augen hätten schmeicheln können. Trotzdem konnte ich meinen Mund nicht halten.

»Du willst mir doch nicht allen Ernstes weismachen, dass ein schwer kranker Mann Ruhe und Unbeschwertheit in dieses Haus bringt. Ganz zu schweigen von seinem Sohn.«
»Ich weiß nicht, was Robert hier hereinbringen wird. Und genau das ist der Punkt. Du meinst, es genau zu wissen.«
Im Gegensatz zu mir sprach sie völlig ruhig.
»Ja, das meine ich, und ich kann es dir auch gerne verraten. Er wird sich miserabel fühlen, er wird sich nach jeder Chemo tagelang übergeben, vielleicht wird sein Blutbild so schlecht, dass er in die Isolation muss, und er wird sich ganz bestimmt nicht um Paul kümmern können. Willst du noch mehr hören?«
»Nein«, sagte sie, nachdem sie einen Moment nachgedacht hatte, »aber ich würde dir gerne eine Geschichte erzählen.« Sie beugte sich vor und stützte ihre Unterarme auf dem Tisch ab. »Es ist schon ein paar Jahre her, da unterhielten sich zwei meiner Freundinnen über einen Park. Sie schwärmten mir davon vor und sagten, ich müsse ihn mir unbedingt ansehen, er sei ganz außergewöhnlich schön. In meinem Kopf war augenblicklich ein Bild von einem ganz besonderen Ort entstanden, und es dauerte nicht lange, da folgte ich den Gefühlen, die diese Bilder auslösten, und fuhr hin. Ich zahlte meinen Eintritt und stand nach ein paar Metern mitten in einem *Wald*. Ich lief kopfschüttelnd ungepflegte Wege entlang und suchte nach den Bildern, die mich hierhergeführt hatten. Als ich sie nicht fand, schloss ich enttäuscht mit diesem Ausflug ab und machte mich auf den Rückweg. Und genau in diesem Moment war mein Kopf frei von Erwartungen, und der Park fing an, auf mich zu wirken. Plötzlich entdeckte ich Bäume, die ich noch nie

zuvor gesehen hatte, die ungepflegten Wege wurden zu purer Natur, in die offenbar keine Menschenhand kultivierend eingriff. Ich verließ diesen Park in einer ungewöhnlichen inneren Ruhe.« Margarethe schwieg einen Moment und lehnte sich auf ihrem Stuhl zurück. »Was ich dir damit sagen will, ist, dass uns die Erwartungen und die fest gefügten Bilder in unseren Köpfen böse Streiche spielen und nur zu Enttäuschungen führen. Wenn du dagegen etwas ganz unvoreingenommen betrachtest, ergibt sich ein anderes, möglicherweise sogar ein viel positiveres Bild.« Sie sah mich ruhig an. »Im Moment gehst du durch dein Leben wie ich damals durch diesen Park. Du hast eine bestimmte Erwartung und bist niedergeschlagen, weil alles ein wenig anders kommt.«

Mir würde es selbst unter größter Kraftanstrengung nicht gelingen, in meiner gegenwärtigen Situation etwas anderes als einen Horror-Trip zu sehen. Immer wenn ich gerade bereit gewesen war zu glauben, das Elend habe nun ein Ende, hatten Zufall und Schicksal noch eins draufgesetzt. Das Positive daran war mir bisher erfolgreich verborgen geblieben, und ich konnte mir nicht vorstellen, dass sich daran so bald etwas ändern würde.

»Es fällt mir tatsächlich schwer, meine Arbeitslosigkeit als bloße Bagatelle abzutun und frohgemut zur Tagesordnung überzugehen.« Ich spürte, dass mich ihre Art, die Dinge zu sehen, langsam aggressiv machte.

»Ich weiß, dass du das nicht gerne hören wirst, aber in deinem Fall kann ich darin nichts wirklich Besorgniserregendes entdecken. Du hast weder eine Familie zu versorgen, noch bist du in einem schwierigen Alter, und du hast einen

Beruf, in dem Arbeitskräfte sicherlich gut zu vermitteln sind. Schwierig wird das Ganze nur durch die unbekannte Hand, die mit im Spiel ist. Und du hast noch nicht einmal versucht, ihr eins auf die Finger zu geben.« Mit siebzig dachten andere daran, ihren Kopf langsam aufs verdiente Altenteil zu schicken, Margarethe machte jedoch nicht den Eindruck, als wolle sie diesem Trend folgen, sondern nahm mich mit Präzision auseinander.

»Ich kann *die Hand* nicht finden.« Die Verzweiflung, die mich bei Durchsicht des Tagebuchs gepackt hatte, nahm erneut von mir Besitz. »Es kommt niemand in Frage.«

Ich sah Margarethe unglücklich an und begann, den Tisch abzuräumen, als Paul um die Ecke schoss und vor Besanis Käfig abrupt stehen blieb. Das Geräusch, das sein Mund dazu machte, entsprach unverwechselbar dem von laut quietschenden Bremsen.

»Margarethe, hast du noch etwas zu fressen für ihn?« Er drehte sich fragend zu ihr um.

Sie reichte Paul eine Hand voll Petersilie und blieb neben ihm vor dem Käfig stehen. Als ich mit dem Abwasch schon fast fertig war, verließen die beiden endlich ihren Beobachtungsposten und gingen nach oben, wobei Pauls Bewegungsart eher der eines Hüpfballs entsprach. Als er Margarethe die Treppe hinauf folgte, hörte ich ihn unentwegt über die Aufregungen des Tages plappern und stellte fest, dass sie aus seiner Sicht wie der Besuch eines Erlebnisparks klangen. Vielleicht sollte ich Haus Lieblich in diesem Sinne umbenennen und Eintritt nehmen.

Es war bereits kurz vor neun, als ich die Spüle trockenwischte und zum Abschluss dieses Tages Besani noch einen

Blick zuwarf. Er hatte sich an sein Häuschen gekuschelt und den Kopf auf den Boden gelegt.
»Mach es dir nur nicht allzu gemütlich hier, drei Tage sind schnell vorbei. Und dann heißt es Abmarsch!« Er war eindeutig das schwächste Glied in der Kette, und ich würde ihn ohne Gewissensbisse dahin zurückschicken, woher er gekommen war. Ihm konnte es schließlich egal sein, von wem er gefüttert wurde. Mit diesem Gedanken löschte ich das Licht in der Küche und machte noch einen kleinen Abendspaziergang, bevor ich mich total erschöpft in mein Bett sinken ließ. An diesem Abend war ich selbst zum Lesen zu müde und fiel in einen traumlosen Schlaf.
Mitten in der Nacht wachte ich auf, als plötzlich das Licht anging und Paul vor meinem Bett stand »Ich hab schlecht geträumt.« Er sah mich angsterfüllt an.
»Was denn?«, fragte ich vollkommen verschlafen.
»Ich habe geträumt, dass Besani verschwunden ist.«
»Das ist doch kein Albtraum«, beruhigte ich ihn, drehte mich auf die andere Seite und bat ihn, das Licht wieder auszumachen.
Paul zerrte jedoch am Ärmel meines Schlafanzuges und versuchte, mich am Einschlafen zu hindern. »Wir müssen nachsehen!«, insistierte er.
»Wenn es dich beruhigt, dann geh hinunter, aber lass mich *bitte* schlafen.« Ich hatte meine Augen geschlossen, da das Licht mich blendete.
»Alleine hab' ich aber Angst.«
»Wovor?«, fragte ich gereizt.
»Vor Gespenstern.«
»Das einzige Gespenst, das dir dort unten begegnen könn-

te, heißt Margarethe, und die kennst du ja. Also geh schon.«

»Katjaaa!« Seine verzweifelte Stimme raubte mir den letzten Nerv.

Ich blitzte ihn wütend an, zog mir ein paar Wollsocken über und stapfte entnervt hinter ihm her die Treppe hinunter. Besani hing, wie nicht anders zu erwarten, mit der Nase in seinem Futternapf und sah uns erschreckt an, als wir die Küche in Licht tauchten.

»So«, sagte ich bemüht ruhig, »er ist nicht verschwunden, und wir können wieder schlafen gehen.«

»Ist er nicht süß?«

»Paul, ich habe im Augenblick wirklich andere Sorgen. Mir steht der Sinn ganz bestimmt nicht nach tiefsinnigen Betrachtungen über ein Meerschweinchen.«

»Margarethe sagt, sie sind nachtaktiv.« Er hatte mir offensichtlich gar nicht zugehört. »Und sie müssen immerzu fressen, sonst haben sie keine Verdauung.«

Während diese Tatsache Paul mit Begeisterung erfüllte, konnte ich nur daran denken, dass mir ohne Besanis Verdauung auch das Käfigsaubermachen erspart bliebe.

»Paul«, merkte ich schwach an, »hat Margarethe dir auch gesagt, dass ich nicht nachtaktiv bin, sondern nachts schlafen muss?«

»Wieso?«

»Weil ich sonst die Tage in diesem Haus nicht durchstehe.«

»Ach so«, sagte er kleinlaut und tappte verdrossen hinter mir her. Ich war mir jedoch sicher, dass er nicht verstand, was ich meinte.

Als ich vor seiner Zimmertür stehenblieb, sah er verschämt

auf seine Füße und meinte, dass er doch lieber bei mir schlafen würde. »Manchmal habe ich einen Traum zweimal, weißt du?«
Ich wusste. Schließlich verfolgte mich der Traum, Haus Lieblich wieder ganz für mich zu haben, nicht nur durch meine Nächte.
»Ausnahmsweise«, sagte ich fest, holte seine Decke und löschte das Licht.

11

Es war Freitag, der Tag, an dem Robert aus dem Krankenhaus entlassen werden sollte. Mit ihm würde das Rettungsboot, zu dem Haus Lieblich sich entwickelt hatte, wieder komplett sein. Langsam kam es mir so vor, als habe sich das Haus über die Jahre hinweg so sehr an Enge gewöhnt, dass es jeden Versuch, Platz zu schaffen, erfolgreich unterlief. Aber irgendwann würde es sich daran gewöhnen müssen, spätestens in einem halben Jahr, wenn Roberts Wohnung renoviert war. Wahrscheinlich wohnte Margarethe zu diesem Zeitpunkt längst in der Seniorenresidenz Taunushöhe. Sobald Paul im Flugzeug nach Amerika saß, würde ich im Heim anrufen und Margarethes Ausflug über die Weltmeere ein Ende setzen. Vorfreude konnte etwas so Wundervolles sein.
Nur wurde sie leider viel zu oft von der Realität überholt. So auch an diesem Morgen, den ich im Tiefschlaf hatte an mir vorüberziehen lassen wollen. Hätte ich Paul in meine Pläne eingeweiht, dann hätte er sich Margarethes Versuch, ihn leise aus meinem Bett zu locken, vielleicht nicht ganz

so standhaft widersetzt und einen Moment gewartet, bis er ihr lautstark von unserer nächtlichen Exkursion in die Küche berichtete. Ich gab vor zu schlafen und wartete, bis Margarethe ihn endlich aus meinem Zimmer gelotst hatte. Als die Luft rein war, holte ich mein Buch und kuschelte mich wieder unter meine Decke.

Draußen war es stockdunkel, und ich bewunderte Margarethe für ihre Disziplin, so früh aufzustehen und Paul zur Schule zu bringen. Ich hatte noch kein einziges Mal dieser Prozedur beigewohnt, war mir aber sicher, dass er das Haus nicht ohne Nährstoffe in Magen und Schulranzen verlassen würde. Seine Mutter konnte froh sein, dass Margarethe da war und sein leibliches Wohl nicht von mir abhing. Unter meinen Fittichen hätte er es allenfalls zum Fast Food-Spezialisten gebracht.

Als ich die Haustür zuschlagen hörte, wagte ich mich hinunter und genoss ungestört mein Frühstück. Besani lag faul in seinem Haus und erholte sich von den Aktivitäten der Nacht. Ich nahm mir vor, ihn zu ignorieren, damit ich mich gar nicht erst an seinen Anblick gewöhnte und auf diese Weise anfällig für rührselige Anwandlungen wurde. Es war kaum eine halbe Stunde vergangen, als Margarethe von ihrer großmütterlichen Mission zurückkehrte und zumindest an diesem Morgen einen sechsten Sinn für meine Bedürfnisse bewies. Sie sagte nur kurz *Hallo* und zog sich gleich in ihr Zimmer zurück.

Ich genoss die Ruhe, las Margarethes Zeitung und sogar noch ein ganzes Kapitel in meinem Buch. Eine Stunde später machte ich mich mit meinem Stadtplan bewaffnet auf den Weg nach Frankfurt in die Bibliothek der Universitätsklinik. Bis ich mich dort endlich zurechtgefunden hatte, war eine weitere Stunde vergangen. Schließlich saß ich an einem kleinen Tisch und grub mich wie ein Maulwurf durch unzählige Bücher und Zeitschriften, die sich mit dem Thema Hodenkrebs befassten. Manches war so hochwissenschaftlich, dass es keinen Sinn machte, es Robert zum Lesen zu geben. Aber es gab auch Publikationen, die ein Laie mit etwas gutem Willen durchaus verstehen konnte.

Nachdem ich alles kopiert hatte, schlenderte ich auf Umwegen zu meinem Auto zurück. Ich warf einen wehmütigen Blick in die Kinderklinik und spürte, wie sehr es mich dorthin zog. Hier hatte ich vor etlichen Jahren meine zweite Stelle angetreten, bevor ich später nach Wiesbaden wechselte. Auf der Tafel mit den Namen der leitenden Ärzte konnte ich jedoch niemanden entdecken, der mir aus dieser Zeit noch vertraut war. Ein einziger Name hätte mir gereicht, um einen mutigen Anlauf zu nehmen und nach einer offenen Stelle zu fragen, aber es sollte nicht sein. Entweder hatte ich mich inzwischen an Enttäuschungen gewöhnt oder mein Pessimismus war so allumfassend, dass ich auf nichts Gutes mehr hoffte; auf jeden Fall verließ ich die Klinik ohne größere Gemütsregung und machte mich auf den Rückweg.

Als ich mich Kronberg näherte, hielt ich am Straßenrand an und ließ diesen wundervollen Anblick eine Weile auf mich wirken. Der Ort schmiegte sich wie ein Sahnehäubchen an den Hügel, während die Burg majestätisch daraus emporragte. Wiesbaden war schon sehr schön und hatte mir gut gefallen, aber dieser Ort hatte es mir angetan. Wenn ich

doch nur bleiben könnte, dachte ich voller Sehnsucht. Ich legte den Gang ein und fädelte mich langsam wieder in den fließenden Verkehr ein. Mit einem Job würde auch mein Leben wieder in geordneten Bahnen verlaufen.
In Haus Lieblich empfing mich ungewohnte Stille. Paul hatte ich gegenüber auf der Ponyweide entdeckt, und Margarethe machte um diese Zeit ihren Mittagsschlaf, genauso wie Besani, der faul in einer Ecke seines Käfigs lag. Was konnte einladender sein als diese menschenleere Küche, in der noch ein Teller mit lauwarmem Auflauf für mich bereitstand? Dieser Tag meinte es wirklich gut mit mir. Ich legte die Füße auf den Tisch und verschlang hungrig Margarethes Komposition aus Kartoffeln, Steckrüben und Speck.
Da das Wetter sich an diesem Tag so herrlich entwickelt hatte, beschloss ich, einen langen Spaziergang zu machen. Es gab einen Waldweg von Kronberg nach Falkenstein, den ich endlich erkunden wollte. Beim Hinausgehen prallte ich jedoch erst einmal mit Paul zusammen.
»Wohin gehst du?«, fragte er neugierig und stellte sich mir mitten in den Weg.
»An die frische Luft«, entgegnete ich vage, da seine Frage nichts Gutes verhieß.
»Kann ich mitkommen?«
»Nein.« Ich drängelte mich an ihm vorbei Richtung Gartentor, aber er blieb mir dicht auf den Fersen.
»Wieso nicht?«
»Ich möchte lieber alleine gehen.«
»Aber das ist doch ganz langweilig. Ich könnte mitkommen. Der Opel-Zoo soll ganz toll sein, weißt du.«
»Und du bist eine Nervensäge.«

»Das sagt meine Mami auch immer.« Diese Tatsache machte ihm jedoch keineswegs zu schaffen, im Gegenteil, wahrscheinlich wusste er aus Erfahrung, dass Nervensägen irgendwann ihr Ziel erreichten.
»Paul, ich weiß nicht, wo der Opel-Zoo ist. Dein Vater kommt heute zurück, dann kannst du sicher einmal mit ihm hingehen.«
»Aber du hast doch eine Landkarte.« Er fixierte mit seinen Augen das rechteckige Faltblatt in meiner Hand. »Ich kann dir suchen helfen.«
»Und was ist, wenn ich den Zoo gar nicht finden will?«
»Ich dachte ja nur«, sagte er unsicher, trat von einem Fuß auf den anderen und sah mich betreten an.
Ich kannte seine Stimme inzwischen gut genug, um zu wissen, wann er mit den Tränen kämpfte. Und ich kannte mich gut genug, um zu wissen, wann das Mitleid mich überschwemmte.
»Also gut«, meinte ich barsch und schlug die Karte auf. Ich folgte mit meinem Finger dem Weg, den wir einschlagen mussten, und schätzte, dass wir gut eine Dreiviertelstunde unterwegs sein würden. »Ich will kein Wehklagen über Blasen an den Füßen hören, ich werde dich nicht tragen, und ich werde ganz bestimmt nicht zehntausend Fragen beantworten.« Ich schlug die Karte wieder zu und sah ihn fest an. »Und jetzt geh hinein und schreib Margarethe einen Zettel.«
Er sah unschlüssig zu mir hoch und bewegte sich nicht von der Stelle.
»Ich warte hier, versprochen.«
Nach diesem erlösenden Satz schlug er freudestrahlend in

meine Hand ein und rannte nach drinnen. Es dauerte fünf Minuten, bis er endlich wieder auftauchte. Die Kälte war in der Zwischenzeit langsam meine Beine hochgekrochen, und ich marschierte kräftig los, um mich wieder aufzuwärmen. Paul musste sich anstrengen, um mit mir Schritt zu halten, aber er beschwerte sich mit keiner Silbe. Als wir schweigend nebeneinander herliefen, konnte ich spüren, welch große Anstrengung es ihn kostete, nicht loszuplappern und mich mit seinen Eindrücken zu überschwemmen. Ein kurzer Seitenblick zeigte mir, dass er seine Lippen fest aufeinander presste. Ich gab mich geschlagen und erlöste ihn. »Okay, raus damit!«
»Es soll dort Wollschweine geben«, begann er aufgeregt seine Aufzählung, »und Giraffen und einen riesigen Spielplatz.« Er war stehen geblieben und hatte seine Arme ausgebreitet, um mir die Dimension seines Paradieses näher zu bringen. »Und ein Trampolin.« Die Begeisterung, die in diesen drei Worten steckte, wirkte fast ansteckend.
Wir bogen mit unvermindertem Tempo in den Philosophenweg ein, der uns laut Karte auf direktem Weg zum Zoo führen sollte. Als wir nach knapp einem Kilometer die Häuser hinter uns gelassen hatten, eröffnete sich ein Blick auf Frankfurt, den jedoch allein ich atemberaubend fand. Paul zog mich an meiner Jacke hinter sich her, da er es kaum noch abwarten konnte, sein Ziel zu erreichen.
»Was gibt's denn da zu sehen?«, fragte er ungeduldig.
»Frankfurt«, antwortete ich schlicht und wanderte mit meinen Augen die Skyline entlang.
»Das sind doch nur langweilige Häuser, komm jetzt!«
»Lass das nicht die Architekten hören.« Ich musste lachen

bei der Vorstellung, dass ihm ein simples Trampolin weit mehr Respekt einflößte als diese in den Himmel ragenden Spitzen moderner Baukunst.

Inzwischen hüpfte er vor mir her, und ich musste mir Mühe geben, hinter ihm herzukommen. Die klirrend kalte Luft tat mir in der Lunge weh, doch Paul schien sie nichts anhaben zu können. Nach ein paar hundert Metern war es endlich so weit, links und rechts lagen die eingezäunten Areale, auf denen Pauls Träume Wirklichkeit wurden. Es gab tatsächlich eine Giraffenfamilie und Wollschweine, die ich zum ersten Mal in meinem Leben sah. Ich hatte angenommen, sie seien Pauls Phantasiewelt entsprungen. Er bestaunte jedes einzelne Tier, während ich ihm die Tafeln vorlesen musste. Nach zweihundert Metern, die wir im Schneckentempo zurückgelegt hatten, kamen wir zu einem Kassenhäuschen. Dahinter lagen der Hauptteil des Opel-Zoos und der Spielplatz.

»Paul, reicht es nicht, was wir hier draußen gesehen haben? Ich habe im Moment nicht so viel Geld.«

»Wieso nicht?«

»Weil ich arbeitslos bin«, flüsterte ich, damit die umstehenden Zoobesucher mich nicht gleich als Randgruppenmitglied abstempelten.

»Ist das sehr schlimm?«

Seine ernsthafte Frage rührte mich seltsam an. »Wie man's nimmt.«

»Und wenn ich alleine hineingehe?«, schlug er vor. »Meine Mami gibt dir das Geld ganz bestimmt zurück, wenn sie mich holen kommt.« Er sah mich so flehend an, dass ich weich wurde.

»Also gut, Paul, das muss aber eine Ausnahme bleiben.«
Er jubelte laut los und brachte etliche Köpfe dazu, sich nach uns umzudrehen.
»Ich muss aber mitkommen, ich kann dich nicht alleine gehen lassen.«
»Okay.« Sein kleiner Körper hatte sich sichtlich entspannt und sprang nun wieder aufgeregt vor mir her.
Gleich hinter der Kasse ging es rechts zu dem Spielplatz, der nicht von ungefähr eine Attraktion für die Kinder war. Es gab alles, was man sich nur vorstellen konnte, und eine ganze Menge mehr. Der Lärmpegel konnte es mit dem Strahlen der Kinderaugen ohne weiteres aufnehmen. Ich setzte mich auf eine Bank in der Nähe des Trampolins und sah Paul zu, der laut juchzend in die Luft sprang und mir hin und wieder zuwinkte.
Neben mir saß eine Großmutter, die ich gerne bei Margarethe in die Lehre geschickt hätte, um ihr etwas über direkte Kommunikation beizubringen. Allem Anschein nach ärgerte es sie, dass Paul das Trampolin nun schon seit zehn Minuten mit Beschlag belegte. Anstatt ihn jedoch darauf anzusprechen, versuchte sie es indirekt über mich. Sie erzählte ihren drei Enkeln laut und deutlich, wie unhöflich und asozial es sei, ein Gerät so lange zu benutzen. Als ich nach ihrem dritten Anlauf jedoch immer noch nicht reagierte, sprach sie mich von der Seite an.
»Sind Sie die Mutter?« Ihr indignierter Ton ließ auf sehr viel Übung schließen.
Ich drehte mich zu ihr um und lächelte sie unbedarft an.
»Nein«, sagte ich ehrlich, »ich bin nur der Parkplatz.«
»Kommt, Kinder, wir gehen erst mal da drüben hin.« Sie

stand energisch von der Bank auf und zog ihre Enkel hinter sich her, nicht ohne mir vorher noch einen missbilligenden Blick zuzuwerfen und meinen Geisteszustand in Frage zu stellen. »Die spinnt ja«, hörte ich sie sagen und grinste fröhlich in mich hinein. Die Menschen konnten die Wahrheit einfach nicht vertragen.

Paul blieb so lange auf dem Trampolin, bis ihm die Puste ausging und er sich etwas weniger anstrengende Geräte aussuchte. Da es mir zu kalt war, um ihm noch länger bewegungslos dabei zuzusehen, wählte auch ich mir ein geeignetes Betätigungsfeld. Die Schaukeln hatten es mir angetan, und ich ging schnurstracks darauf zu. Mit ein paar kräftigen Schwüngen sauste ich mit den Füßen voran in den Himmel.

»Erwachsene haben auf den Schaukeln nichts zu suchen«, wies mich hinter mir eine Stimme zurecht, die unzweifelhaft der humorlosen Großmutter gehörte.

»Aber eine Menge zu finden«, konterte ich ungerührt. Sie konnte mir meinen Spaß nicht verderben. »Zum Beispiel eine ganz entspannte Perspektive. Probieren Sie es doch auch einmal.« Ich zeigte einladend auf die freie Schaukel neben mir, erntete jedoch nur einen undefinierbaren Laut, den ich als Empörung deutete.

»Ich werde mich bei der Zoodirektion beschweren!« Sie hatte sich in ausreichendem Abstand vor mich hingestellt und stemmte ihre Fäuste in die Hüften.

»Man wird sich dort sicher ganz professionell um Sie kümmern«, sagte ich gutmütig. »Der Streichelzoo ist schließlich voll von meckernden Ziegen.«

Als sie den Sinn dessen, was ich gerade gesagt hatte, endlich

begriff, lief ihr Kopf vor unbändiger Wut puterrot an. Paul hatte sich in der Zwischenzeit auf die freie Schaukel neben mir gesetzt und schwang kraftvoll hin und her.
»Pack!«, schnaubte sie und ließ ihre Augen böse zwischen und hin- uns herjagen.
»Ist das ein Schimpfwort?«, fragte Paul in der Hoffnung, am nächsten Tag in der Schule damit brillieren zu können.
»Eher eine Art Selbsterkenntnis«, gab ich ihm ganz ernst zur Antwort.
Aus Pauls *Aha* konnte ich heraushören, dass er damit nichts anzufangen wusste, es ihn aber auch nicht weiter interessierte. Im Gegensatz zur Großmutter, die zu Hochtouren auflief und anfing, lauthals zu schimpfen. Temperament hatte sie ohne Zweifel, dachte ich, nur hatte sie es in die falschen Bahnen gelenkt. Als ich auf ihre Tiraden nicht reagierte, sondern weiterschaukelte, stapfte sie um mich herum, griff in die Kette meiner Schaukel und brachte mich erheblich ins Schlingern.
»Lass sofort Katja in Ruhe, sonst kriegst du es mit mir zu tun!« Paul hatte sich in Sekundenschnelle vor ihr in Position gestellt und stemmte, wie vorher sie, seine Fäuste in die Seiten. Er schoss so entschlossene Blicke zu ihr in die Höhe, dass ich befürchtete, er würde gleich seine kleinen Füße gegen ihre Schienbeine donnern lassen.
»Wage du es nicht noch einmal, so mit mir zu sprechen. Dir muss erst mal jemand Respekt beibringen«, schnauzte sie ihn an und ließ ihren Zeigefinger pfeilschnell in seine Richtung niederfahren.
Obwohl sie ihn sichtlich ängstigte, wich Paul keinen Zentimeter von der Stelle. Er stemmte seine dünnen Beine in

den Boden, drückte seine Brust raus und presste die Arme vor lauter Anspannung gegen seinen Körper. Ich kniete neben ihm nieder und nahm ihn schützend in den Arm.

»Hör nicht auf sie, Paul.« Ich streichelte ihm beruhigend über den Rücken. »Es ist ganz toll, was du da eben gemacht hast«, sagte ich sanft, »das nennt man Zivilcourage. Und das ist etwas sehr Wertvolles, was man pflegen und hüten muss.«

Ich nahm seine Hand fest in meine, stand auf und bohrte meine Augen in ihre. »Und Sie darf ich daran erinnern, dass man sich Respekt *verdienen* muss. Man erntet ihn nicht, nur weil man alt ist. Alter ist kein Verdienst, sondern reine Glücksache.« Ich zog Paul hinter mir her, der es sich nicht nehmen ließ, ihr zum Abschied noch kurz die Zunge herauszustrecken.

»Ich werde Sie anzeigen«, schrie sie uns wutentbrannt hinterher.

»Versuchen Sie's!« Ich drehte mich lächelnd um und winkte ihr zu. »Die Polizei hat so wenig zu lachen, da wird man für Ihren Besuch ganz dankbar sein.«

Paul und ich zwängten uns an den Sensationslüsternen vorbei, die von dem Geschrei angelockt worden waren, und traten den Heimweg an. Die Sonne war bereits hinter den Hügeln verschwunden, so dass wir nun im Dämmerlicht zurücklaufen mussten. Die friedliche Stimmung der Schneelandschaft ließ uns nicht unberührt. Wir gingen einträchtig nebeneinander her und sprachen kaum ein Wort, bis wir vor Haus Lieblich schnell unsere Stiefel auszogen und vor der Kälte in die wohlige Wärme flüchteten.

Wir folgten den Stimmen von Robert und Margarethe, die

sich in der Küche leise unterhielten. Paul rang sich ein knappes *Hallo* ab, bevor der Kuchen, der auf dem Tisch stand, seine volle Aufmerksamkeit forderte. Margarethe konnte ihm gar nicht so schnell einen Teller reichen, wie die Brocken in seinem Mund verschwanden. Nach der Diskussion über das Eintrittsgeld hatte er es offenbar nicht gewagt, mich auch noch zu einer Einkehr am Kiosk zu überreden, und seinen Hunger lieber tapfer ertragen. Paul war an diesem Nachmittag eindeutig ein paar Stufen auf meiner Hochachtungsleiter hinaufgeklettert.
Ich setzte mich mit an den Tisch und begrüßte Robert, der sehr mitgenommen aussah. Alles Dynamische war von ihm abgefallen und hatte kaum Spuren hinterlassen. Sein Gesicht war furchtbar blass, und bildete einen starken Kontrast zu Pauls geröteten Wangen.
»Hallo, Robert«, sagte ich behutsam. Es war überflüssig, ihn zu fragen, wie es ihm ging.
Er machte den schwachen Versuch zu lächeln, gab dann jedoch auf und sah mich offen an. »Danke für all die Hilfe«, sagte er mit einem viel sagenden Blick in Pauls Richtung.
»Ich habe kaum etwas gemacht«, gab ich ehrlich zu, »bedanken Sie sich lieber bei Margarethe. Sie hat sich die Lorbeeren verdient.«
»Robert und ich sind inzwischen auch zum familiären Du übergegangen«, meldete sich Margarethe endlich zu Wort. »Ich denke, ihr solltet euch anschließen, sonst wird es zu kompliziert.«
Ich konnte zwar nichts Kompliziertes daran erkennen, ließ ihr aber ihren Willen, damit sie ihre Vision von einer Fami-

lie wenigstens noch für kurze Zeit leben konnte. Robert und ich nickten uns in stillem Einverständnis zu.
»Katja und ich waren heute im Opel-Zoo, Robert, wenn du willst, zeige ich ihn dir morgen. Ich kann den Weg jetzt schon alleine finden.« Paul war um den Tisch herumgelaufen und hatte sich neben Roberts Stuhl gestellt.
Sein Vater lächelte ihn erschöpft und traurig an und strich ihm zaghaft über den Kopf. »Damit werden wir noch ein bisschen warten müssen, bis ich wieder kräftiger bin.«
»Ach so.« Pauls Enttäuschung war weder zu überhören noch zu übersehen. Als Margarethe ihn jedoch fragte, ob er auch mit ihr vorlieb nehmen würde, war seine Welt wieder in Ordnung.
»Danke«, sagte Robert.
»Ich werde den Dank an meine *Nichte* weiterleiten, sie hat für mich nämlich einen kleinen Aufschub im Heim erwirkt, so dass ich euch noch eine Weile erhalten bleibe.« Margarethe sah vollkommen arglos in die Runde, während ich mich fast an meinem Stück Kuchen verschluckte. Wie hatte sie das nur herausgefunden?
»Das ist gut zu wissen.« Während Robert diese Nachricht verständlicherweise erleichterte, wusste ich nicht, wohin ich schauen sollte. »Ich muss mich einen Moment hinlegen«, entschuldigte sich Robert und stand vom Tisch auf. Er bewegte sich so mühsam, dass kaum etwas an den Mann erinnerte, der mir noch vor kurzem nach dem Joggen auf der Treppe begegnet war. Paul sprang hinter ihm her und versuchte, ihn aufzuheitern, indem er vorschlug, ihm oben etwas vorzulesen. Dann würde er sich bestimmt besser fühlen.

Ich hoffte, Robert war belastbar genug, um sich von den »tibetanischen Mönchsgesängen« seines Sohnes einlullen zu lassen und dabei einzuschlafen. In einem ersten Impuls hatte ich Paul davon abhalten wollen. Mir lagen schon die Worte auf der Zunge, sein Vater sei zu erschöpft, er solle ihn erst einmal in Ruhe lassen. Doch dann ging mir zum Glück rechtzeitig auf, dass Robert krank, aber nicht hilflos war. Und schon gar kein Kind, das sich nicht zu wehren wusste. Die beiden würden allein einen Weg finden müssen, miteinander umzugehen.

»Paul«, rief Margarethe ihm hinterher, »deine Mutter hat übrigens angerufen und schickt dir liebe Grüße und lauter Küsse.«

Sein *Okay* konnten wir gerade noch hören, bevor es von den Geräuschen auf der Treppe verschluckt wurde.

»Hat sie irgendetwas von Abholen gesagt?« Ich war froh über diesen Themenwechsel und sah Margarethe vorsichtig an.

»Nicht freiwillig, ich musste ihr jedes Wort aus der Nase ziehen.«

»Und?« Ich war gespannt.

»Es sieht so aus, als bliebe auch Paul uns noch eine Weile erhalten. Frau Gassner und ihr Freund wollen in drei Wochen heiraten, und vorher dürfen die Eltern angeblich keinesfalls etwas von Pauls Existenz erfahren. Ich glaube, der junge Mann fürchtet, enterbt zu werden.«

»Was soll sich denn durch eine Heirat ändern?«

»Das frage ich mich auch«, seufzte Margarethe kopfschüttelnd. »Ich glaube, Pauls Mutter macht sich da etwas vor.«

Ich erinnerte mich an das Telefongespräch mit Natalie

Gassner und spürte, wie sich unangenehme Assoziationen in meinem Kopf breit machten.
»Diese Frauen werden nie klug. Sie vertäuen ihr Lebensglück fest an der Schulter eines Mannes und stürzen damit die Menschen um sie herum ins Unglück. Und selbst wenn sie es merken, können sie nicht davon ablassen.« Der Groll, den ich glaubte, lange überwunden zu haben, ergriff wieder Besitz von mir.
»Deine Mutter also auch«, stellte Margarethe trocken fest und traf die Sache auf den Punkt.
»Ja.« Mein Lachen klang so bitter, wie ich mich fühlte.
»Meine Mutter auch. Sie ist eine von diesen Frauen, die immer überfordert sind, immer klagen, dass ihnen alles zu viel sei. Aber wenn ein Mann in ihre Nähe kommt, dann fangen ihre Augen an zu strahlen, und sie opfern sich mit einer Hingabe, die absolut erschreckend, ja, sogar abstoßend ist.« Ich schwieg einen Moment und dachte nach. »Vielleicht wäre es im Nachhinein sogar besser gewesen, wenn ich auch irgendwo abgegeben worden wäre, dann wäre mir wenigstens das Elend erspart geblieben, mit ansehen zu müssen, wie sie sich immer wieder erniedrigte und selbst verleugnete, nur um geliebt zu werden. Und das von Männern, die es wirklich nicht wert waren. Sie hat immer wieder solche Macho-Typen mit nach Hause gebracht, die das Wort Partnerschaft noch nicht einmal buchstabieren konnten. Und ich war schon froh, wenn sie sie einfach in Ruhe ließen. Einer war dabei, der hat sie krankenhausreif geschlagen, aber das hat sie nicht etwa zur Besinnung gebracht. Sie hat sich nur noch mehr Mühe mit ihm gegeben.« Ich bekam regelmäßig eine Gänsehaut, wenn ich dar-

an zurückdachte. »Sie hat es nie gefunden, dieses Glück, nach dem sie suchte. Inzwischen ist sie fast sechzig und sucht immer noch.«
»Was ist mit deinem Vater?«
»Den habe ich nie kennen gelernt. Meine Mutter hat mir in dieser Hinsicht allerdings nicht viel voraus, lediglich eine halbe Stunde auf einer Party und eine weitere halbe Stunde in seinem Auto. Danach hatte er noch eine wichtige Verabredung. Sie hat ihn nie wieder gesehen, sie weiß nur, dass er Henning hieß und rote Haare hatte.« Ich fragte mich, wann ich ihr das endlich würde verzeihen können. Lange Jahre hatte ich sie dafür gehasst, dass sie sich nicht einmal die Zeit genommen hatte, ihn nach seinem Nachnamen zu fragen. In meinen Tagträumen hatte ich mir immer und immer wieder vorgestellt, wie glücklich er sein würde, von meiner Existenz zu erfahren, dass ich bei ihm die Ruhe finden könnte, nach der ich mich so sehnte. In meiner Phantasie hatte ich ihm die Rolle meines Retters übertragen, nur war er nie gekommen. Da hatte Paul es schon besser. Zwar war Robert nicht in Begeisterungsstürme ausgebrochen, aber Natalie Gassner hatte ihn immerhin auftreiben können.
»Von ihm hast du also die roten Haare«, sagte Margarethe nachdenklich, als sei es etwas, wofür ich durchaus dankbar sein könnte.
»Ja«, sagte ich erbost, »und er war nicht da, um mich zu verteidigen, wenn ich die Hänseleien der anderen Kinder ertragen musste. Du kannst dir nicht vorstellen, was ich mir alles anhören musste. Eine Zeit lang war ich sogar selbst überzeugt, eine Hexe zu sein.« Bei der Erinnerung daran

musste ich allerdings lachen. »Als ich jedoch feststellte, dass es mit meinen übersinnlichen Kräften nicht sehr weit her war, habe ich den Gedanken aufgegeben und versucht, mich mit der Rolle der Außenseiterin abzufinden.«
»Und?« Margarethe sah mich gespannt an. »Ist es dir gelungen?«
»Nein, nicht wirklich. Ich habe lediglich mein Konzept geändert und mir ein so unnahbares Gehabe angeeignet, dass kaum ein Mensch es wagte, meinen Kopfschmuck anzusprechen. Bis auf Kinder und Freigeister.« Ich lächelte sie viel sagend an und erntete einen amüsierten Blick.
»Und dieser Julius?«
»Er hat meine Haarfarbe nie erwähnt«, überlegte ich laut und war selbst erstaunt, dass mir das bisher noch nie aufgefallen war.
»Schwächling!« Margarethe nannte die Dinge wie immer beim Namen. »Und was lernen wir daraus?«
Ich zog meine Augenbrauen hoch und sah sie irritiert an, da ich nicht wusste, worauf sie hinauswollte.
»Lass dich nur noch mit Männern ein, die deine Haarfarbe schön finden oder zumindest den Mumm haben, ehrlich Stellung zu beziehen. Und vergiss den Rest.«
Ich freute mich über Margarethes vehemente Parteinahme und lächelte sie dankbar an. »Sollte ich in die Verlegenheit kommen, werde ich darüber nachdenken«, sagte ich, »aber im Augenblick steht mir der Sinn nach allem anderen, nur nicht nach einem Mann.«
»Lass mich raten: Für tagsüber hättest du gerne schnellstmöglich einen Job und für die Abende ausschließlich Ruhe.«

»Das wäre zu schön, um wahr zu sein«, seufzte ich aus tiefster Seele.

»Katja, hast du dir schon einmal überlegt, dass auch ein Leben zwischen den Extremen möglich ist?«

»Mehr als einmal«, gab ich unumwunden zu. »Das ist doch genau, was ich suche: die Ruhe zwischen den Stürmen.«

»Was du suchst«, wies sie mich zurecht, »führt dich haarscharf am Leben vorbei.« Margarethe war wieder einmal von diesem gefährlichen missionarischen Eifer erfasst, der mein bisheriges Denken und Handeln regelmäßig in Frage stellte.

»Gerade segeln wir wieder mitten in eine dieser Diskussionen hinein, aber dieses Mal lasse ich mich nicht von dir provozieren.« Ich lehnte mich betont gelassen in meinem Stuhl zurück und ging nicht weiter auf ihre Worte ein.

Das war jedoch auch keine Lösung, da Margarethe ungebremst weiterredete. »Nimm doch nur diesen Julius. Den hast du dir unter Garantie nur ausgesucht, da er nicht bedrohlich war.«

»Was meinst du denn damit?«, fragte ich sie hitzig und strafte meine eigene Prophezeiung Lügen.

»Ich weiß nicht, was dich mit ihm verbunden hat, aber ich tippe mal darauf, dass es weder Leidenschaft noch Liebe war.«

»Die Segnungen der *Liebe* habe ich bei meiner Mutter zur Genüge kennen gelernt. Da kann ich auf eigene Erfahrungen gut und gerne verzichten.«

»Kannst du eben nicht, Katja. So wie du deine Mutter beschreibst, ist sie alles andere als liebesfähig, sondern eher ein Kind, das nur eine Hand sucht, die sie hinter sich her

durchs Leben zieht. Das hat jedoch mit einer erwachsenen Beziehung nichts zu tun.« Margarethe ließ einfach nicht locker, wenn sie sich in eines ihrer Lieblingsthemen verbissen hatte. »Du lässt dir so vieles entgehen, wenn du weiter versuchst, dein Leben im Schongang zuzubringen.«
»Und was raten Sie mir, Frau Margarethe?« Mein ironischer Unterton war schärfer ausgefallen als beabsichtigt.
»Nimm es mit den Steinen, die dir im Weg liegen, auf, und freue dich an den Blumen, die dazwischen emporsprießen.« Ihr Gesicht hatte wieder den sanften Ausdruck angenommen, den ich inzwischen so sehr an ihr mochte.
»Sei mir nicht böse, Margarethe«, sagte ich deshalb vorsichtig, »aber ich denke, dass ich mit deinen Kochrezepten mehr anfangen kann.«
»Darf ich dich daran erinnern, dass du dich anfangs auch dagegen vehement gesträubt hast?«
Ich sah sie sprachlos an. Musste sie denn immer das letzte Wort haben? »Du bist unverbesserlich.«
»Das werte ich als Kompliment«, sagte sie augenzwinkernd, stand auf und räumte das Geschirr auf dem Tisch zusammen. »Zeit fürs Abendessen.«
Bevor die beiden anderen herunterkamen, wollte ich jedoch unbedingt noch eine Sache klären, die mir auf dem Herzen lag.
»Margarethe?«, setzte ich vorsichtig an.
»Ja?« Sie war bereits wieder mitten in ihrem Element, hatte drei Töpfe auf dem Herd verteilt und schnippelte Gemüse, als gelte es, einen Rekord zu brechen.
»Ich wollte mich noch für die Sache mit der Nichte entschuldigen.«

»Ist schon in Ordnung«, erwiderte sie leichthin, »ich war schon immer für kreative Lösungen zu haben. Außerdem bin ich selbst eine Meisterin der Notlüge.«
»Ich dachte, bei dir habe nur die Wahrheit eine Chance.«
Margarethe hatte die seltene Gabe, mich immer wieder in Erstaunen zu versetzen.
»Stimmt«, gab sie mir unumwunden Recht, »aber wenn die Wahrheit einen anderen Menschen sehr verletzt, dann ist es manchmal besser, sich für ein Ausweichmanöver zu entscheiden.«
»Das kann man sich bei dir kaum vorstellen«, stellte ich verwundert fest. Mit mir war sie jedenfalls bisher nicht sehr zimperlich umgesprungen.
»Mag sein«, sagte sie gedankenverloren, »aber es gab eine Zeit in meinem Leben, da ging es nicht anders.« Sie nahm einen Strunk glatter Petersilie und steckte ihn Besani durch die Gitterstäbe.
»Er ist so ein niedlicher kleiner Kerl«, schwärmte sie und legte damit einen beachtlichen Themenwechsel hin.
»Ich weiß, er ist nachtaktiv und verfressen. Und er wird ganz bestimmt die kürzeste Verweildauer von allen in Haus Lieblich haben.«
»Habt ihr euch eigentlich schon angefreundet?« Sie hatte genau gehört, was ich gesagt hatte, es aber einfach ignoriert.
»Das wirst du nicht erleben, Margarethe!«
»Wer weiß.«
Die Siegessicherheit in ihrer Stimme würde ich auch noch ins Wanken bringen.

12 *Zunächst brachte ich jedoch gar nicht ins Wanken*, sondern half mit, Robert in unseren Alltag zu integrieren. Während Margarethe mit Breis und Suppen seine durch die Chemo angegriffene Mundschleimhaut und Speiseröhre schonte, versuchte ich mit Hilfe meines ausgeprägten Hygienebewusstseins, so viele Keime wie möglich von ihm fern zu halten, da es mit seiner Abwehr nicht zum Besten stand. Paul hatte sich entschieden, für seinen Vater den Unterhalter zu spielen, und übte ständig neue Kunststücke mit dem bedauernswerten Besani ein. Die Krönung dieser animalischen Artistik bestand in einer Fahrt auf einem von Paul ferngesteuerten Jeep. Die ausbleibende Rache des laut quietschenden Meerschweinchens konnte ich mir nur mit einer ausgeprägten Beißhemmung gegenüber Kindern erklären.

Was ich bisher mit mal offener, mal verborgener Rebellion zu verhindern versucht hatte, schliff sich plötzlich mit ungeheurer Leichtigkeit ein: das ganz normale Leben in Haus Lieblich. Insgeheim bezeichnete ich es allerdings immer noch als den ganz normalen Wahnsinn, war es doch das genaue Gegenteil von dem, was ich mir ersehnt hatte. Abgesehen von drei festen Mahlzeiten am Tag und Margarethe, die durch ihre unveränderliche Gelassenheit der ruhende Pol im Haus war, gab es nämlich weder ein Gleichmaß noch Ferien von Sorgen und Problemen.

Paul sah nicht ein, dass er während seines kurzen Gastspiels in der Kronberger Schule zu Höchstleistungen auflaufen sollte, und übte sich stattdessen im Zweikampf. Durch meine lobenden Worte über seine Zivilcourage fühlte er sich zum Rächer der Schwachen auf dem Schulhof berufen.

Was bedeutete, dass er es mit jenen zu tun bekam, die sich nicht wie die Großmutter im Zoo mit Worten und halbherzigen Angriffen aufhielten, sondern zuschlugen, bevor er überhaupt Luft holen konnte. Aus seinen aufgeregten Erzählungen in Lieblichs Küche konnten wir jedoch schließen, dass nicht nur er mit blauen Augen und Schrammen an sämtlichen Gliedmaßen nach Hause ging. Während ich ihn abwechselnd mit Jod, Pflaster und kalten Kompressen versorgte, versuchte Margarethe, den Schaden in der Schule zu begrenzen. Es war einzig ihrem guten Kontakt zur Schulleiterin zu verdanken, dass diese Paul nicht in hohem Bogen hinauswarf. Er empfand es als zutiefst ungerecht, dass seine Widersacher von diesen Drohungen ausgespart blieben, bis Margarethe ihm klar machte, dass diese ihre schulischen Leistungen in die Waagschale werfen konnten, während es bei ihm leider nichts zum Hineinwerfen gebe. Das ließ sich unser kleiner Hitzkopf nicht zweimal sagen und wurde von Stund an das, was man einen guten Schüler nennt. Er *erlernte* sich den Freibrief, weiterhin an den Schulhofraufereien teilnehmen zu dürfen. Bis ich einschritt, ihm pragmatisch die Kosten für das ganze Verbandsmaterial vorrechnete und beschloss, dass es von nun an von seinem Taschengeld abgezogen werden würde. Robert war jedoch zu angeschlagen, um den flehenden Augen seines Sohnes zu widerstehen, und ersetzte ihm hier und da die Verluste. Als also auch dieser Ansatz nichts fruchtete, ging Margarethe zu Schritt drei über, wartete, bis er satt war, damit sie seiner ungeteilten Aufmerksamkeit sicher sein konnte, und vermittelte ihm ein paar Lektionen über das Leben.

Sie beschrieb ihm ausführlich, was passieren würde, wenn Aggression und Gewalt ungebremst eskalierten. Deshalb müsse jeder einen praktikableren Weg finden, um mit seinen Mitmenschen zu kommunizieren. Am besten geschehe dies mit Worten. Dabei sah sie ihn eindringlich an und hoffte, dass er seine neue Lernbereitschaft auch auf dieses Gebiet ausweiten möge. Was er eindeutig tat, jedoch nicht in der Weise, wie wir es uns erhofft hatten. Wie sich herausstellte, wurde er ein Meister im Erfinden von wahrhaft abstrusen Schimpfworten. Damit war die physische Eskalation von seiner Seite aus auf sehr zweifelhafte Weise eingedämmt. Diejenigen, die seine Schimpfworte bis ins Mark trafen, versuchten weiterhin, ihre Fäuste auf ihn niedersausen zu lassen. Er trainierte jedoch nicht nur sein Vokabular, sondern auch seine dünnen, ungeheuer zähen Beine und lernte zu rennen, was das Zeug hielt. Mit Erfolg, wie sich zeigte, denn das Blau verschwand nachhaltig aus einer Augenpartie, und die Schrammen verheilten. Nun war keiner von uns so naiv, sich damit zufrieden zu geben, Margarethe wertete es jedoch als den Anfang einer sich ändernden Kommunikation und ließ keine Gelegenheit aus, ihm die schönen Seiten der Sprache näher zu bringen.

Insgesamt waren wir ein eher ungewöhnliches und vollkommen ungeübtes Trio, das sich der Kindererziehung widmete. Am besten gewappnet war immer noch Margarethe mit ihren Erfahrungen aus der Praxis ihres Mannes, dann folgte ich mit meinen Einblicken, die in Pauls Fall jedoch schwerlich zu verwerten waren, und schließlich Robert, der, was Kinder anging, vollkommen unbelastet wirkte. Paul erwies sich in dieser Situation als sehr widerstandsfähig und entzog sich uns kein einziges Mal mit der Feststellung, dass wir ihm gar nichts zu sagen hätten. Im Gegenteil, er hörte sich alles an und wählte dann à la carte. Das Ergebnis war nicht selten eine Mixtur aus unseren recht unterschiedlichen Ansätzen. Nur wenn er gar nicht weiter wusste, hielt er sich die Ohren zu und ließ seinen Blick in unerreichbare Fernen schweifen. Ansonsten sorgte er dafür, dass es im Haus nicht allzu ruhig wurde, und nahm auch schon mal seine Inline-Skates zu Hilfe, um mit ihnen eine Viertelstunde lang den Küchentisch zu umrunden und der Formel 1 Konkurrenz zu machen. In solchen Momenten floh ich nach draußen in die Kälte und suchte die Stille.

Im Nachhinein glaube ich, dass Pauls unbekümmerter Umgang mit der Krankheit seines Vaters und meinem Ruhebedürfnis eine ebenso unschätzbare Leichtigkeit in unser Leben brachte wie Margarethes Unvoreingenommenheit. Ihr war nichts fremd, und sie hatte sich ihren wachen Geist bis ins hohe Alter bewahrt. Wie jedoch nicht anders zu erwarten, drehte ihre Version der Dinge meine Sichtweise wieder einmal um. Sie habe sich nichts bewahrt, sondern alles erst mit den Jahren erworben und verfeinert oder aber fallen gelassen. Sollte sie jemals nennenswerte Berührungsängste oder gar Hemmungen gehabt haben, so zähle beides ohne Zweifel zu den Dingen, deren sie sich entledigt hatte. Während ich Robert die Kopien aus der Uniklinik wortlos auf den Nachttisch gelegt hatte und im Stillen hoffte, er werde sich damit beschäftigen, ging Margarethe zum Frontalangriff über.

»Bist du mit deiner Lektüre weitergekommen?«

Wir hatten gerade ein Abendessen beendet, das mir die Rückkehr zu meiner bewährten Singlekost nur noch schwerer machen würde. Paul war an diesem Abend ohne größere Diskussionen zum Zähneputzen nach oben gegangen, und wir drei konnten ungestört reden.
»Ich habe noch gar nicht damit angefangen.« Robert saß zusammengesunken auf seinem Stuhl und starrte vor sich hin.
»Wie willst du dann ein aufgeklärter Patient werden? Soweit ich weiß, hat heute kaum noch ein Arzt Zeit, dir deine Krankheit von allen Seiten zu beleuchten.« Margarethe ließ sich von Roberts abwehrendem Gesicht nicht irritieren, sondern sah ihn erwartungsvoll an.
»Man hat mich aufgeklärt«, hielt er ihr sarkastisch entgegen. »Willst du Details?«
»Wenn es welche gibt, nur heraus damit.«
»T eins, N eins.« Aus diesen Kürzeln klang seine geballte Wut.
»Also war der Tumor nicht größer als zwei Zentimeter, und du hattest nur einen befallenen Lymphknoten«, sagte Margarethe ungerührt. »Da sind deine Aussichten doch gar nicht schlecht.«
»Wenn man sich mit achtzig Prozent zufrieden gibt, magst du Recht haben.« In seinen Worten lag eine Bitterkeit, die ich sehr gut nachempfinden konnte.
Margarethe wäre jedoch sich selbst untreu geworden, hätte sie jetzt lockergelassen. »Du hättest gerne die zwanzig Prozent Restrisiko ausgeschaltet, stimmt's?« Sie brauchte ihn nur anzusehen, um zu wissen, dass sie den Nagel auf den Kopf getroffen hatte. »Du bist doch ein Zahlenmensch,

Robert, dann solltest du eigentlich wissen, dass das Leben an sich schon ein höheres Restrisiko birgt und dass andererseits keine Statistik jemals die Vielfalt des Lebens abdecken wird. Keiner von uns weiß, wann er gehen muss, auch du nicht. Und jeder von uns hat seine ganz persönliche Prognose, und die richtet sich bei weitem nicht immer nach den Statistiken.«

Wer glaubte, dass im Alter von siebzig Jahren langsam die Kraft zur Neige ging, wurde von Margarethe eines Besseren belehrt. Sie sprach mit einem Engagement auf Robert ein, dass ich befürchtete, er werde sich bald ganz in sich zurückziehen. Aber was bei mir so blendend funktionierte, gelang ihr auch bei ihm: Er ließ sich provozieren.

»Hier geht es nicht um Zahlen«, brauste er auf, »sondern um mich! Um mein Leben, das vor kurzem noch ganz in Ordnung war. Bis sich plötzlich so ein Knoten in mein Bewusstsein gräbt und alles von heute auf morgen durcheinander gerät. Und dann kommst du daher und erzählst mir etwas von *individuellen Prognosen*. Kannst du dir überhaupt vorstellen, was in mir vorgeht?«

»Ich denke, das kann ich«, sagte sie ruhig und sah ihn offen an.

»Und ich denke, das kannst du nicht. Du bist siebzig und ich zweiunddreißig. Wenn ich so alt wäre wie du und alles hinter mir läge, dann könnte ich auch kluge Reden schwingen. Aber wenn ich Pech habe, entscheidet sich meine *Prognose* für die zwanzig Prozent.« Er hatte seine Hände zu Fäusten geballt und begegnete ihrem Blick mit unverhohlener Abwehr.

Margarethe ließ sich jedoch nicht einschüchtern, im Ge-

genteil, sie sprühte amüsierte Funken in seine Richtung.
»Wer sagt, dass ich alles hinter mir habe?«
»Wie bitte?« Sie hatte ihn vollkommen aus dem Konzept gebracht, doch dann begriff er, worauf sie anspielte. »Was liegt denn noch groß vor dir außer einem Altenheim? Wenn du Glück hast, fällst du irgendwann gleich tot um und ersparst dir dadurch das Pflegeheim.«
Auch bei Robert hatte sie die niedersten Instinkte berührt und bekam ihre Offenheit mit gleicher Münze heimgezahlt. Aber das schien ihr nichts auszumachen.
»Du bist wie Katja«, sagte sie kopfschüttelnd. »Ihr beide glaubt, ganz genau zu wissen, was vor euch liegt. Und nicht nur das.« Sie sah uns der Reihe nach lächelnd an. »Auch meine Zukunft könnt ihr offenbar zweifelsfrei vorhersagen. Dabei solltet ihr doch beide inzwischen gelernt haben, dass das Leben immer für Überraschungen gut ist.«
»Schöne Überraschung, wenn du erfährst, dass du Krebs hast und das nächste halbe Jahr mit einer Chemotherapie zubringen kannst.«
Ich verstand seinen Zynismus nur zu gut.
»Und als wäre das Maß noch nicht voll«, fuhr er ungehalten fort, »bekomme ich einen Sohn in Pflege, von dessen Existenz ich keine Ahnung hatte. Ich möchte nur wissen, was ich verbrochen habe.« Seine Kiefermuskeln bewegten sich unruhig und unterstrichen seinen bitterbösen Gesichtsausdruck.
»Um dann ein paar Vaterunser zu beten?«, fragte Margarethe sanft aus dem Hinterhalt.
Er sah sie an, als verliere sie den Verstand, und überging ihren Einwurf. »Ich habe regelmäßig Sport gemacht, viel Ge-

müse und wenig Fleisch gegessen und ausreichend geschlafen. Und mein Körper hat nichts Besseres zu tun, als sich dafür mit Krebs zu revanchieren.« Die Blässe in seinem Gesicht war inzwischen einer lebhaften Röte gewichen. »Außerdem wollte ich keine Kinder, jedenfalls nicht so früh, und was bekomme ich?« Er sah uns beide so anklagend an, als seien wir wenigstens an einem seiner unglücklichen Zustände nicht ganz unschuldig.
»Paul«, gab Margarethe ihm die offensichtliche Antwort. »Da mir eine unbefleckte Empfängnis jedoch ebenso unwahrscheinlich erscheint wie der erfolgreiche Versuch einer Natalie Gassner, dich zu vergewaltigen, tippe ich in diesem Fall auf eine gewisse männliche Ignoranz, wenn nicht gar Arroganz in Sachen Verhütung.«
Wenn Blicke töten könnten, dann wäre Margarethe das Altenheim auf ewig erspart geblieben.
»Worüber ich in diesem speziellen Fall sehr froh bin«, fuhr sie mutig fort, »sonst hätte ich nämlich Paul nie kennen gelernt. Was nun aber deine Ernährungs- und Ertüchtigungstheorie betrifft, so ist sie wie Katjas Mülltrennungsprogramm sehr löblich und sicher auch hilfreich, garantiert aber nicht in jedem Fall den gewünschten Erfolg.«
Ich sah Robert genau an, was er dachte. Bevor er jedoch Margarethe gänzlich der Heilanstalt verschrieb, brachte ich ihm meine Denkweise näher, die Margarethe so respektlos als *Mülltrennungsprogramm* bezeichnet hatte. Kaum hatte ich geendet, hakte Margarethe auch schon wieder nach.
»Was ist los mit euch? Ich habe den Eindruck, dass ihr den ganzen Tag darüber nachdenkt, wie ihr euer Leben möglichst keimfrei gestalten könnt. Das funktioniert aber

nicht!« Sie sah uns missbilligend an. »Es gibt im Leben nicht dieses Rabattsystem, das ihr euch so schön zurechtgelegt habt. Und es gibt auch keine lebenslang garantierte Immunität gegen Krebs oder jegliche andere Unbill. Das Leben verleiht euch nun mal keinen Diplomatenstatus, da könnt ihr lange auf Weichspüler oder tägliche Fleischrationen verzichten.«
»Margarethe ...« Mein schwacher Versuch, ihr Einhalt zu gebieten, verlief im Sande. Sie war noch nicht fertig.
»Was soll denn eines Tages hinter *euch* liegen, wenn ihr siebzig seid? Eine einzige Kasteiung, um möglichst ohne Blessuren unter der Erde zu landen? Ich bin zwar lange nicht auf alles stolz, was ich in meinem Leben gemacht habe, aber wenigstens habe ich mich immer mitten hineingestürzt. Ich habe gelebt und ich tue es immer noch. Jeden Tag.«
»Und ich möchte nichts anderes als überleben.« Roberts Ton war zwar keine Spur freundlicher geworden, aber er hatte sich immerhin auf seinem Stuhl aufgerichtet und bot einen sehr viel stabileren Anblick als noch vor wenigen Minuten.
»Um dann deine Vermeidungsstrategien zu verfeinern, damit dir Ähnliches nicht noch einmal widerfährt?« Wenn Robert bei Margarethe auf ein Nachgeben oder Nachlassen ihrer Energie gehofft hatte, dann hatte er sich getäuscht. Sie würde sich erst dann zufrieden geben, wenn die Sache bis ins Detail geklärt war.
»Das wäre zumindest eine sehr *vernünftige* Vorgehensweise«, antwortete er bissig. Mit seiner Anspielung auf ihren Geisteszustand brachte er sie jedoch nur zum Grinsen.

»*Vernünftig* wäre ein gewisses Maß an Bewegung und guter Ernährung, um deinen Körper fit zu halten«, zählte sie auf. »Sicher kannst du dadurch auch einige Krankheiten vermeiden. Genauso sicher ist es jedoch auch, dass du nicht dein Leben lang von Bergspitze zu Bergspitze wirst hüpfen können, ohne jemals wieder ein Jammertal zu durchschreiten. Wenn du das einmal eingesehen hast, kannst du dich auch entscheiden, die ungetrübten Minuten zu genießen. Und die gibt es immer, ob du nun mitten in einer Chemotherapie steckst oder in einem materiell existenzbedrohenden Loch.« Ihrem eindringlichen Blick konnte ich mich nur schwer entziehen.
»Würde mich nur noch interessieren, welches die ungetrübten Minuten während einer Chemotherapie sein sollen.« Roberts Stimme wurde zunehmend lauter. »Wenn mein Magen für einen Moment Ruhe gibt und ich nicht würgen muss? Oder wenn ich ganz hinten in meinem Kopf die blasse Erinnerung daran ausfindig machen kann, wie es war, als ich mich noch körperlich wohl gefühlt habe? Kann auch sein, du meinst die Gespräche mit Freunden und Kollegen, die immer mit diesem lapidaren *Wird schon wieder* enden. Wenn du das als unbeschwert einordnest, dann frage ich mich, was für ein Leben du bisher geführt hast.«
»Das würde mich, ehrlich gesagt, auch interessieren«, meldete ich mich zu Wort.
»Eines, von dem ich keinen Moment missen möchte«, sagte Margarethe leise. »Es hat mich zu einem sehr frohen und sehr dankbaren Menschen gemacht.« Sie sprach mit einer Intensität, die sie vollkommen alterslos erscheinen ließ und die Falten in ihrem Gesicht vergessen machte. »Und natür-

lich meine ich mit ungetrübten Minuten nicht das, was du da gerade aufgezählt hast Robert. Das sind die Steine, die dir im Weg liegen. Ich meine die Blüten, die dazwischen hervorkommen, und für die du wahrscheinlich im Augenblick gar kein Auge hast. Genauso wenig wie du, Katja.«
Es hätte mich gewundert, wenn sie die Gelegenheit ungenutzt hätte verstreichen lassen, mir auch gleich mein Fett zu verabreichen.
»Aber diese Blüten sind da, und wenn die Steine noch so gewaltig sind«, fuhr sie mit unvermindertem Eifer fort. »Manchmal wachsen sie einfach nur im Schatten, oder sie sind in einer Ritze verborgen. Selbst in endlosen Mauern findet sich immer wieder ein Spalt, in dem sich die Natur durchsetzt und etwas zum Blühen bringt.«
»Was?«, fragte Robert in einer Mischung aus Unglauben und Sarkasmus.
»Deinen Sohn zum Beispiel.«
»O Gott, Paul!« Ich sah auf die Uhr und stellte erschreckt fest, dass wir hier über eine Stunde in aller Seelenruhe gestritten hatten. Wenn ich drei Minuten fürs Zähneputzen abzog, dann waren ihm immerhin siebenundfünfzig weitere Minuten geblieben, um den schönsten Unsinn anzustellen. Es war viel zu ruhig da oben, als dass meine Alarmglocken von alleine wieder verstummten. Ich lief die Treppe hinauf, stürmte in Roberts Zimmer und blieb wie angewurzelt vor dem Bett stehen, in dem Paul im Tiefschlaf lag und auf dem Besani eine Vorstellung von Nachtaktivität lieferte. Er hatte nicht nur auf den Bettbezug gepinkelt, sondern auch begonnen, diesen mit seinen messerscharfen Zähnen zu zerkleinern.

»Nein«, schrie ich in einer ähnlichen Lautstärke wie bei Johnnys Besuch in der Küche, erschreckte damit jedoch ausschließlich das Meerschweinchen, das zusammenzuckte. Ich griff nach ihm und brachte es laut schimpfend hinunter in seinen Käfig. »Wie hat er es verdammt noch mal aus der Küche geschmuggelt?«, fragte ich wütend in die Runde.

»Er hat gewartet, bis Margarethe und du abgelenkt waren, und dann ging alles ganz schnell.« Robert sah mich an, als sei ich eine hysterische Furie inmitten ihrer überspannten fünf Minuten.

»Wie wär's, wenn du ihn einfach davon abgehalten hättest?«, keifte ich. »Es gibt da dieses wunderbare Wort, und das heißt *Nein*!«

»Nun übertreibe mal nicht«, flüchtete Robert sich in unverkennbar männliche Überheblichkeit, die ihn selbst als souverän und großzügig und mich als kleinlich dastehen ließ. »Was ist denn schon dabei, wenn er noch ein bisschen mit dem Tier spielt?«

»Im Prinzip nichts, wenn Paul nicht eingeschlafen und dieses Tier zu nächtlichen Hochtouren aufgelaufen wäre. Ganz davon abgesehen, dass es auch ausgelaufen ist. Und das Ganze auf einer Bettdecke, unter der du mit Sicherheit nicht sterben willst!« Meine Stimme hatte sich inzwischen in beachtliche Höhen geschwungen. »Bei einer Infektion helfen dir nämlich weder Gemüse noch Sport, sondern ausschließlich deine weißen Blutkörperchen. Und es gibt kaum eine Chemo, unter der die nicht schlapp machen. Willst du noch mehr hören?«

»Ich habe es nicht so gemeint«, entschuldigte sich Robert,

während Margarethe geschäftig das Geschirr vom Tisch räumte. »Ich werde es gleich frisch beziehen.« Er war aufgestanden und auf dem Weg zur Tür, als ich ihn gerade noch zurückhalten konnte.
»Das wirst du nicht, ich mache das.«
»Falls du jemanden zum Bemuttern brauchst, bin ich sicherlich der Falsche«, wehrte er entschieden ab. »Mein Bett beziehe ich immer noch selbst.«
»Das wirst du nicht! Katja hat Recht, die Gefahr, dass du dir irgendetwas einfängst, ist viel zu groß.« Margarethes natürliche Autorität war wie immer das Zünglein an der Waage.
Robert lenkte widerwillig ein und setzte sich murrend wieder an den Tisch. »Wahrscheinlich habt ihr beide ein ausgeprägtes Helfersyndrom, und mir fehlt die Kraft, mich zu wehren.« Er hatte es sehr leise gemurmelt, trotzdem hatte ich ihn genau verstanden.
»Robert, so wird das nichts!«, schimpfte ich, in meiner Ehre gekränkt, los. »Auf die Gefahr hin, dass ich mich mit Margarethe solidarisch erkläre …«
»Was nicht das Schlimmste wäre«, tönte es fröhlich von der Spüle.
»… lies die Sachen, die ich dir oben auf deinen Nachttisch gelegt habe. Du kannst nicht alles der Chemo überlassen, ein bisschen musst du auch selbst zu deinem Überleben beitragen.« Damit kehrte ich ihm den Rücken und verschwand nach oben, wo ich Paul in mein Zimmer umbettete und mir dann Roberts Bett vornahm. Nach einer halben Stunde entsprach es endlich meinen Vorstellungen von Hygiene.
Als ich gerade fertig war, entdeckte ich Robert, der im Tür-

rahmen lehnte und mich kritisch beäugte. »Und das hätte ich nicht selbst tun können?« Die Ironie in seiner Stimme brachte mich auf die Palme.
»Nein«, sagte ich betont ruhig. »Was du jedoch selbst tun kannst, ist Lesen. Dann weißt du wenigstens, worüber du sprichst. Gute Nacht.« Mit diesen zuckersüßen Worten ließ ich ihn stehen und ging zurück in die Küche.
Margarethe hatte alles aufgeräumt und abgewaschen, was eigentlich meine Aufgabe gewesen wäre. Ich war ihr dankbar, da ich nach der Putzarie in Roberts Zimmer für diesen Tag genug davon hatte. Ich ließ mich müde am Tisch nieder und massierte vorsichtig meine Schläfen. Besani raste aufgeregt in seinem Käfig umher und zwitscherte auf Meerschweinchenart. Als ich ihm eine Weile zugesehen hatte, ging ich zum Kühlschrank und holte eine Möhre für ihn. Ich ließ mich im Schneidersitz vor dem Käfig nieder und steckte ihm nach und nach kleine Stückchen durch die Stäbe. Das gleichmäßig nagende Geräusch beruhigte mich auf seltsame Weise, und ich sah ihm fast wohlwollend zu.
»Freunde?«, hörte ich hinter mir Margarethe fragen.
»Kaum«, sagte ich forsch und stand auf.
»Magst du noch ein Glas Rotwein?«
»Bei Kerzenschein und Musik?«
»Was sonst?«
»Worauf warten wir dann noch«, erwiderte ich voller Vorfreude und folgte Margarethe in ihr Wohnzimmer. Von dem Chaos, das alle Beteiligten regelmäßig in die Küche trugen, war hier nichts zu spüren. Ich kuschelte mich in meine inzwischen schon angestammte Ecke und fing an, mich zu entspannen.

»Morgen Nachmittag bist du wieder mit der Kinderbetreuung dran, Katja.«
»Deine Mittwochsverabredung?«, fragte ich neugierig.
»Ja. Kurz vor drei gehe ich.« Man konnte Margarethe fragen, was man wollte, sie antwortete stets ausführlich, aber wenn es um ihr Privatleben ging, entschlüpfte ihr kein Wort zu viel.
»Warum eigentlich immer Mittwochs um drei? Sitzt sie im Gefängnis, wo nur einmal in der Woche Besuchszeit ist?« Die Vorstellung von Margarethe in einem kargen Besucherzimmer mit einer Wärterin im Nacken amüsierte mich zunehmend.
»Nein«, entgegnete sie ernst, ohne mir meinen kleinen Scherz zu verübeln. »Sie *sitzt* zu Hause und schätzt kaum etwas mehr als die Regelmäßigkeit. Darauf habe ich mich eingestellt. Es würde sie zutiefst verwirren, wenn ich an einem anderen Tag oder zu einer anderen Uhrzeit käme.«
»Warum?«
»Rosa ist seelisch krank.«
»Rosa? Wie Rosa Luxemburg?«
»Nein, wie die Farbe.«
»Wer ist denn auf die Idee gekommen?«, fragte ich grinsend.
»Jemand, den die Hoffnung auf Besserung zu verlassen drohte«, sagte sie nachdenklich.
»Margarethe, du redest in Rätseln, und du weißt es auch! Wenn du mich schon neugierig machst, dann spanne mich jetzt bitte nicht so auf die Folter.«
»Rosa hat sich diesen Namen selbst gegeben, als sie merkte, dass ihre Depression und was immer sonst noch ihre Seele

beschwert, eher schlimmer als besser wurde.« Margarethe begann stockend zu erzählen, als müsse sie alle Einzelheiten aus einer weit zurückliegenden Vergangenheit hervorkramen. »Sie war damals erst Mitte zwanzig. Man hatte bei ihr eine Melancholie, wie das früher hieß, diagnostiziert. Es gab, glaube ich, nichts, was sie sich sehnlicher wünschte, als das Leben wieder in helleren, in freundlicheren Farben zu sehen. Und da sie an das berühmte *nomen est omen* glaubte, taufte sie sich kurzerhand um. Sie hat nie sehr viel Kraft besessen, aber diesen Namen verteidigte sie mit einer Vehemenz, die jeden in ihrer Umgebung überraschte. Ich glaube, es weiß heute kaum noch jemand ihren wirklichen Namen.«

»Und hat der Name ihr genützt?«

»Nein.«

»Wie lange kennt ihr euch schon?«

»Seit der Schulzeit, wir sind hier in Kronberg zusammen zur Schule gegangen.«

»Du stammst aus Kronberg?«, fragte ich überrascht. »Bist du nie von hier fortgegangen?« Margarethe wirkte so weltgewandt.

»Nein, zum Glück musste ich es auch nicht. Es wäre mir sehr schwer gefallen.« Ihr offenes Lächeln drückte die Gefühle aus, die sie diesem Ort entgegenbrachte.

»Es muss eine ganz besondere Freundschaft sein, die ein ganzes Leben lang hält«, überlegte ich laut und musste dabei an die Freundschaften denken, die ich hinter mir gelassen hatte.

»Ja«, sinnierte Margarethe, »besonders ist unsere Freundschaft wirklich.«

Ich sollte erst später begreifen, dass wir in diesem Augenblick von grundverschiedenen Dingen sprachen.
»Lebt sie alleine?«
»Nein, seit dem Tod ihres Mannes ist eine Pflegerin rund um die Uhr bei ihr. Alleine würde sie sich im Leben nicht zurechtfinden.« Margarethe nippte an ihrem Rotweinglas und stellte es gedankenversunken auf den Tisch zurück.
»Wie hat ihr Mann das ausgehalten?«
»Er hat sie geliebt.« Sie sah mich undurchdringlich an.
Ich hatte das merkwürdige Gefühl, mich auf verbotenem Terrain zu bewegen.
»Das stelle ich mir schwer vor«, gab ich ehrlich zu und forschte in Margarethes Gesicht nach offensichtlichen Anzeichen von Abwehr, konnte jedoch nichts entdecken. Wahrscheinlich hatte ich mich geirrt.
»Oh, sie war nicht immer so wie heute. In den ersten Jahren überfiel die Depression sie nur anfallsweise. Sie war und ist eine unglaublich attraktive Person, sehr zart, sehr feminin, sehr verletzlich. Und sehr kreativ, sie hat wundervolle Gedichte geschrieben.« Margarethes Augen hatten einen traurigen Ausdruck angenommen. »Um so schlimmer waren die Abstürze, die in immer kürzeren Abständen folgten. Seit dem Tod ihres Mannes hat ihre Seele sich vollends verdüstert.«
»Und wenn du bei ihr bist?«
»Dann halte ich ihre Hand und erzähle ihr von Albert.«
»Albert?«
»Ihr Mann.«
»Wann ist er gestorben?« Eigentlich hätte mir die Lebensgeschichte von Rosa und ihrem Mann gleichgültig sein

können, doch Margarethe war seltsam zurückhaltend, wenn sie über die beiden sprach. Und das machte mich neugierig.

»Vor einem Jahr.« Ihrem unglücklichen Gesichtsausdruck nach zu urteilen, hatte sie nicht nur mit Rosa eine besondere Freundschaft verbunden, sondern auch mit deren Mann. »Und jetzt, Katja«, sagte sie unvermittelt, »beschließen wir diesen Tag, ich bin entsetzlich müde.«

Ich spürte intuitiv, dass Margarethe lange nicht alles über Rosa und Albert erzählt hatte, aber ich kannte sie gut genug, um zu wissen, dass ich jetzt kein weiteres Wort aus ihr herausbekommen würde. Also nahm ich die beiden Rotweingläser, wünschte ihr eine gute Nacht und drückte ihr einen leichten Kuss auf die Wange.

»Womit habe ich den verdient?«, fragte sie überrascht, während ein kleiner Freudenschimmer über ihr Gesicht huschte.

»Mit deinen traurigen Augen.« Ich kannte diesen Blick, ich hatte ihn oft genug im Krankenhaus gesehen.

»Danke«, sagte sie leise und ging in ihr Schlafzimmer.

Ich stellte die Gläser in der Küche ab und stattete Besani noch einen kleinen Besuch ab. Er begrüßte mich in der Hoffnung auf einen Leckerbissen mit seinem unüberhörbaren Quietschen. Warum nicht? dachte ich und holte ihm ein paar Blättchen Petersilie aus dem Kühlschrank.

Als ich ins Bett ging, stellte ich fest, dass ich vergessen hatte, Paul wieder zu Robert hinüberzuschaffen. Jetzt ist es zu spät, dachte ich fatalistisch und löschte das Licht. In dieser Nacht schlief Paul sehr unruhig und suchte nicht nur einmal mit seinen Füßen den Kontakt zu meinen Beinen. Ir-

gendwann wimmerte er so laut, dass er mich aus dem Tiefschlaf riss und ich ihn weckte.
»Das war nur ein Traum Paul, wach auf.« Ich strich ihm über die tränennassen Wangen.
»Ich hab' geträumt, dass meine Mami mich nicht mehr lieb hat«, schluchzte er.
»Das ist nur deine Angst, weil sie so weit weg ist, aber deine Mami hat dich ganz bestimmt sehr lieb. Sie ruft dich doch auch jeden Tag an, hast du das vergessen?«
»Warum kommt sie dann nicht endlich her und holt mich nach Amerika?«
Es hieß immer, man solle Kindern die Wahrheit sagen, aber was, wenn die Wahrheit so schwer zu erklären war? Wie sollte ich ihm beibringen, dass seine Mutter ihn durchaus liebte, aber zu schwach war, um zu dieser Liebe zu stehen?
»Ich denke, dass sie bald kommen wird, sie muss nur erst so viele Dinge regeln, die für dich total langweilig wären. Hier kannst du doch wenigstens in den Zoo gehen, du hast Johnny und Besani, und du hast deinen Vater hier. Hast du dir nie gewünscht, ihn kennen zu lernen?«
»Hm«, sagte er in einer Weise, die sich so oder so deuten ließ. »Aber er ist krank.« Er schwieg eine Weile, so dass ich schon dachte, er sei wieder eingeschlafen. »Und vielleicht muss er sterben, so wie meine Oma, die wohnt jetzt auf einer Wolke, man kann sie nur nicht sehen.«
»Dein Vater wird wieder gesund, Paul, er fühlt sich nur im Moment durch seine Medizin etwas schwach.«
»Bestimmt?«
»Bestimmt.« Es war noch nicht einmal eine Lüge, ich war wirklich überzeugt davon und wünschte mir nur ein einzi-

ges Mal eine ähnliche Zuversicht, wenn es um mein eigenes Leben ging.
Paul hatte meine Antwort so weit beruhigt, dass er wieder eingeschlafen war und gleichmäßig neben mir atmete. Bei mir dauerte es noch einen Moment länger, bis ich die nagenden Gedanken verscheucht hatte und in meinen Träumen versank.

13

In den vergangenen Tagen hatte es wieder kräftig geschneit. Paul nutzte die Gelegenheit, den Vorgarten mit skurrilen Schneefiguren zu bevölkern, die verdächtig an die Bewohner von Haus Lieblich erinnerten. Der Riese mit dem freundlichen Gesicht war Margarethe, der gebrechliche Mann am Stock unzweifelhaft Robert, und bei dem Wesen mit der roten Pappe auf dem Kopf konnte es sich eigentlich nur um mich handeln. Sich selbst hatte er bei weitem größer geformt, als es der Realität entsprach, angesichts seiner gegenwärtigen Situation war ich jedoch froh, dass er sich offensichtlich nicht als armen kleinen Wicht sah. Für Pauls tierische Schneeskulpturen brauchten wir allerdings eine Menge Phantasie. Es wäre mir nicht im Traum eingefallen, in den beiden Gebilden, die uns Vieren zu Füßen lagen, Besani und Johnny zu erkennen. Zum Glück stellte er uns jede einzelne Figur wortreich vor, so dass es gar nicht erst zu Missverständnissen kam, jedenfalls nicht in der menschlichen Kommunikation. Als er dagegen Johnny von der Weide holte und ihm seine Schneefamilie präsentierte, machte der sich unverzüglich über die Gemüse- und Apfelstücke her, die aus Pauls Sicht ausschließlich der Dekoration dienten. Ich war weit davon entfernt, das als gerechte Revanche für den unvergesslichen Besuch in der Küche anzusehen, und litt mit Paul, der wie ein kleiner, wildgewordener Kesselflicker schimpfte, seinen Freund wieder auf die Weide verbannte und die Blessuren notdürftig ausbesserte. Immerhin hatte er inzwischen einen Ruf zu verlieren. Nicht nur die Nachbarn waren Bewunderer seiner *Schneekunst*, sondern auch sämtliche Besucher von Robert, und das waren nicht wenige.

Außer seiner Sekretärin, die jeden Tag kam, statteten ihm auch seine Freunde regelmäßige Besuche ab. Neben dem Zahlenmenschen Robert musste es also auch einen ausgeprägten Privatmenschen gegeben haben und geben. Er war immer noch sehr wortkarg und tief in seinem Elend gefangen. Sowohl Margarethe als auch ich sahen ein, dass er Zeit brauchte, um sich an all die widerstreitenden Gefühle und Gedanken rund um seine Krankheit zu gewöhnen. Wir unterschätzten auch den Einfluss der Chemotherapie nicht, die ihn sehr schwächte. Der Einzige, der keinerlei Rücksicht nahm, war Paul. Es war, als wolle er testen, wie stark er seinen Vater belasten konnte. Umgekehrt war Paul der Einzige, gegenüber dem Robert eine Engelsgeduld bewies. Die Hälfte von Pauls Spielzeug war inzwischen wieder im ersten Stock verteilt, und es verging kaum ein Nachmittag, an dem die beiden nicht irgendetwas zusammenbauten.

Wir anderen mussten uns dagegen ein dickes Fell anschaffen, da Robert während seiner unleidlichen fünf Minuten nicht gerade zimperlich mit uns umging und das eine oder

andere ruppige Wort fallen ließ. Wenn es mir zu bunt wurde, hatte ich jedoch auch keine Hemmungen, entsprechend zu kontern. Leider besaß ich nicht Margarethes Talent, die Dinge freundlich, aber bestimmt beim Namen zu nennen. Meine Widerworte fielen eher unter die Rubrik verletzend und aggressiv. Vor mir selbst entschuldigte ich das mit der Überzeugung, dass Robert krank, aber noch lange kein unantastbares Heiligtum sei.
Ähnlich empfindlich reagierte auch seine Sekretärin, Lisa Franz. Sie war diejenige, die mich auf meine Anzeige hin angerufen und sich mir mit *Merten* vorgestellt hatte. Ihrem Gesichtsausdruck nach zu urteilen, musste sie von ihrem Chef eine Menge mehr einstecken, als sie ertragen konnte. Ich sah sie mehr als einmal mit Tränen in den Augen die Treppe herunterkommen und lud sie zu einer Tasse Tee in die Küche ein. Es dauerte nicht lange, bis mir klar wurde, dass sie zu allem Überfluss auch noch in Robert verliebt war. Um Missverständnissen vorzubeugen: Etwas Besseres hätte Robert gar nicht widerfahren können, sie war mit ihren sechsundzwanzig Jahren nicht nur eine dieser fast übernatürlichen Schönheiten mit naturblonden langen Haaren und ebenmäßigen Zügen, sie hatte auch eine gehörige Portion Herz, gepaart mit einem umwerfenden Charme. Wenn sie in der Nähe war, vermied ich einmal mehr jeden Blick in den Spiegel. Ich hätte ihr jedoch gewünscht, dass sie ihr Herz nicht an diesen momentan so schwierigen Griesgram hängte, der jede ihrer Gefühlsregungen ignorierte. Und das war nicht nur mir aufgefallen.
»Geht die Chemo bei dir eigentlich auch auf die Augen, Robert?« Margarethe sah ihn sanft forschend an.

»Bisher nicht«, antwortete er ernsthaft, ohne zu merken, dass er dabei war, ihr auf den Leim zu gehen.

»Warum behandelst du Frau Franz dann so abweisend und unhöflich? Siehst du denn nicht, wie sehr du sie damit verletzt?«

»Ich behandle sie neutral«, sagte er in dem drohenden Tonfall, den wir jetzt schon zur Genüge kannten und der signalisierte, dass er nicht beabsichtigte, die Diskussion fortzusetzen.

»Wenn die Schweiz sich international so verhalten würde wie du in deinen vier Wänden, dann könnte sie ihren neutralen Status an den Nagel hängen.«

»Was interessiert mich die Schweiz?«, brummelte er mürrisch.

»Viel interessanter wäre es zu erfahren, was dich an Lisa Franz interessiert.« Margarethe arbeitete, bildlich gesprochen, mit einem sehr feinen, aber ungemein effektiven Bohrer.

»Kann ich dir sagen« verriet er ihr kühl, »ihre Anschläge pro Minute, ihr Überblick, ihre Bereitschaft zu Überstunden.«

»So viel zu ihr als Sekretärin, aber wie ist es mit ihr als Frau?«

»Ich habe wirklich andere Sorgen, als mich mit der weiblichen Ausstrahlung einer Mitarbeiterin zu beschäftigen.«

»Und ich glaube, das ist momentan eine deiner größten Sorgen.«

»Wie darf ich das verstehen?«, fragte er mit einer Kälte, die mich augenblicklich hätte verstummen lassen.

»Vielleicht sollten wir das doch besser unter vier Augen be-

sprechen«, machte Margarethe einen ganz ungewohnten Rückzieher.
»Es gibt nichts über meine Sekretärin zu sagen, was Katja nicht auch hören könnte. Außer der Höhe ihres Gehalts, und die bespreche ich ausschließlich mit der Personalabteilung meiner Firma!«
»Ich würde es in diesem Fall zwar eher als Schmerzensgeld bezeichnen, aber gut.« Sie zögerte einen Moment, bevor sie um einige Nuancen vorsichtiger fortfuhr. »Wenn ich mir Lisa Franz so ansehe, dann bin ich mir ganz sicher, dass sie in dir eine Menge Gedanken auslöst, und ich glaube, das sind bei weitem nicht nur geschäftliche. Zumal sie auch von dir ganz angetan zu sein scheint.«
»Margarethe, es reicht«, herrschte er sie an. »Du mischst dich da in Dinge, die dich absolut nichts angehen.« Er stand vom Tisch auf und räumte sein Kaffeegeschirr zusammen.
»Darin bin ich geübt«, sagte sie in bewundernswerter Selbsterkenntnis und vollkommen unbeeindruckt von seinem Ausbruch. »Hast du Katjas Unterlagen inzwischen gelesen?«
»Was soll das?«
»Ich könnte wetten, dass es darin auch ein Kapitel über die *Wahrung der Männlichkeit* gibt. Schließlich ist das doch sicher der Punkt, der dich nach der Überlebensstatistik am meisten interessiert, verständlicherweise.«
Er sah sie sprachlos an und konnte es nicht fassen, dass da eine Siebzigjährige seelenruhig am Tisch saß und versuchte, über ein Thema mit ihm zu reden, das er allerhöchstens mit seinem Arzt besprechen würde.

»Stimmt«, sagte er provozierend, »und was interessiert dich an dem Thema so sehr, dass du nicht locker lässt, obwohl ich dich mehrfach darum gebeten habe? Schiebst du Lisa nur vor und hast es gar selbst auf mich abgesehen? Da muss ich dich leider enttäuschen, ich habe nämlich keinen Mutterkomplex!«

»Wie beruhigend«, feixte Margarethe, »dann hat die junge Dame ja durchaus Chancen. Immer vorausgesetzt, du überwindest den Komplex, den der Krebs dir zugefügt hat. Diese Probleme existieren nämlich nur in deinem Kopf, dein Körper ist voll funktionstüchtig. Gut, wenn du sehr viel Pech hast, was ich jedoch nicht glaube, ist durch die Chemo deine Zeugungskraft dauerhaft eingeschränkt, aber das muss gar nicht so sein. Auf alles andere kannst du dich voll verlassen. Und falls du ein ästhetisches Problem mit der Entfernung des einen Hodens hast, kann ich dir nur sagen, dass Frauen nicht das Monopol auf Silikon besitzen.«

»Margarethe, ich gehe jetzt nach oben«, sagte er in einem sehr beherrschten und geschäftsmäßigen Ton, »und so weit es mich betrifft, hat dieses Gespräch nie stattgefunden.« Er sah sie an, als habe er gerade den unsittlichen Antrag einer Mitarbeiterin erfolgreich abgewehrt und plane nun deren unverzügliche Freisetzung. Dann drehte er sich um und verließ schnurstracks die Küche.

»Er hat dich nicht um deine Meinung gebeten«, schlug ich mich mit Nachdruck auf seine Seite, als ich seine Schritte auf der Treppe hörte.

»Das würde er auch nie tun, Robert ist der Typ, der alles mit sich selbst ausmacht.«

»Du könntest versuchen, das zu akzeptieren.«

»Könnte ich«, hielt sie mir entgegen. »Aber ich sehe mir jetzt seit Tagen an, wie dieses engelsgleiche Wesen sein Zimmer mit einem waidwunden Blick verlässt und kurz davor ist, die Hoffnung aufzugeben. Er dagegen möchte nichts lieber, als dass sie unter seiner Decke landet, hält sich aber nicht mehr für männlich genug, dieses Ziel auch zu verfolgen. Was würdest du tun, wenn es ausschließlich ein paar klärender Worte bedürfte, um dem Schicksal eine andere Wendung zu geben? Schweigen?«
»Bevor ich so schamlos in die Intimsphäre eines anderen Menschen vordringe, ja, da würde ich lieber schweigen.« Ich sagte dies nicht nur für Robert, sondern auch für mich, da ich mich noch gut an Margarethes Anregungen für ein abwechslungsreiches Sexualleben erinnerte.
»Das ist doch eine verkehrte Welt«, eiferte sich Margarethe. »Wenn ich meinen Fernseher anschalte, sehe ich Filmszenen, die wahrhaft pornografisch anmuten. Und dann lebe ich hier mit zwei Vertretern einer Generation zusammen, die mit dieser Entwicklung groß geworden sind, sich aber, wenn es darauf ankommt, in einer Weise zieren, die ich nur als prüde bezeichnen kann. Ich habe Robert keinen unsittlichen Antrag gemacht, ich habe ihn ausschließlich über bestimmte Aspekte seiner Erkrankung aufgeklärt.« Margarethe war sichtlich aufgebracht.
»Und ich bleibe dabei«, hielt ich dagegen, »er hat dich nicht darum gebeten. So erreichst du gar nichts.«
»Da wäre ich mir nicht so sicher. Wenn er nämlich nur fünf Minuten darüber nachdenkt, habe ich schon viel erreicht.«
»Ich finde, du kannst ganz schön anstrengend sein, Margarethe«, stöhnte ich gottergeben. Mich hatte es noch nicht

einmal betroffen, trotzdem war ich von dieser Diskussion erschöpft. Wie musste es da erst Robert gehen?
»Ich weiß«, sagte sie leichthin. »Aber da wir gerade beim Thema sind, bekommst auch du gleich noch dein Fett ab.«
Ich sah sie stirnrunzelnd an, das verhieß nichts Gutes. »Ein anderes Mal, Margarethe«, bat ich sie. »Paul ist schon viel zu lange auf der Ponyweide, er muss inzwischen ganz durchgefroren sein. Ich gehe ihn holen.«
»Ich habe ihn die ganze Zeit in meinem Blickfeld«, hielt sie mich zurück, »und so wie er herumtobt, leidet er eher unter Überhitzung. Du hingegen leidest unter Vereinsamung.«
»Wie bitte?«, fragte ich erstaunt. »Wie soll ich in diesem Haus unter Vereinsamung leiden? Reizüberflutung trifft es wohl besser.«
»Mir ist es erst gar nicht so aufgefallen«, überging sie meinen Einwurf nachdenklich, »erst seitdem Robert aus dem Krankenhaus zurück ist und er jeden Tag Besuch bekommt. Von *Freunden*«, betonte sie.
»Ja und?«, fragte ich irritiert.
»Wo sind deine Freunde? Du hast hier noch nie Besuch bekommen.«
»Du auch nicht«, hielt ich ihr trotzig entgegen.
»Das hat einen ganz einfachen Grund. Ich respektiere deinen Wunsch nach Ruhe und *besuche* meine Freunde.«
»Wie reizend, soll ich jetzt vor lauter Dankbarkeit einen Kniefall vor dir machen?«
»Eine Antwort auf meine Frage würde mir schon reichen.«
»Wenn es dich so brennend interessiert, bitte: Auch bei mir hat es einen sehr einfachen Grund, ich habe nämlich keine

Freunde mehr. Wie es so schön heißt, trennt sich in der Not die Spreu vom Weizen, bei mir ist nur leider kein Weizen übrig geblieben.«
»Das klingt sehr verletzt«, sagte sie voller Mitgefühl.
»Das bin ich auch«, gab ich offen zu. »Keine meiner so genannten Freundinnen hat mir geglaubt, sie haben mich genauso wie die Leute in der Klinik für überlastet gehalten. Dabei hätten sie es besser wissen müssen.«
»Katja, ich hoffe, du verstehst diese Frage jetzt nicht falsch, aber hast du schon früher so intensiv nach Ruhe in deinem Leben gestrebt?«
»Ja natürlich, solange ich denken kann, wieso?« Ich verstand nicht, worauf sie hinauswollte.
»Ist es nicht möglich, dass es dadurch zu Missverständnissen gekommen ist und deine Freunde dein Ruhebedürfnis mit Überlastung gleichgesetzt haben?«
»Was sie gleichgesetzt haben, ist mir völlig egal«, brauste ich auf und spürte die Enttäuschung wieder in mir hochkriechen. »Ich habe ihnen gesagt, dass es nicht so ist, aber sie haben mir nicht *geglaubt*. Worauf soll ich denn da noch vertrauen? Du als vollkommen Fremde hast mir doch auch geglaubt.«
»Das hat ausschließlich mit meinem Alter zu tun, ich hatte einfach sehr viel mehr Zeit, Erfahrungen zu machen, vor allem die Erfahrung, dass die eigene Vorstellungskraft sehr begrenzt sein kann und dem Leben bei weitem nicht immer gerecht wird.«
Sollte das etwa ein Trost sein?
»Was nun deine Frage betrifft, worauf du noch vertrauen sollst, ganz einfach: auf die Lernfähigkeit deiner Freunde.«

»Wie bitte?«

»Sie können genauso wie ich lernen, dass es zwischen Himmel und Erde eine ganze Menge mehr gibt als nur das vermeintlich Offensichtliche.« Ihr Blick hatte etwas so Bezwingendes, dass ich ihm nicht ausweichen konnte. »Aber es interessiert mich noch etwas anderes.«

»Hm?« Ich wusste inzwischen, dass bei Margarethes *Interessensfragen* Vorsicht geboten war.

»Worauf sollen deine Freunde eigentlich bei dir vertrauen?«

»Waaas?«, brüllte ich los. »Das ist doch wohl die Höhe. Wer hat denn hier wen im Stich gelassen?«

»Und wer ist vollkommen unfähig, Fehler zu verzeihen?«

»Das soll ich verzeihen?« Ich schimpfte ungehalten vor mich hin und sah Margarethe enttäuscht an.

»Irgendwann schon, denke ich. Für den Anfang würde es reichen, wenn du darüber nachdenkst.«

»Weißt du, was ich für den Anfang tue?« Ich war aufgestanden, hatte die Fäuste in die Seiten gestemmt und sah sie herausfordernd an. »Ich schließe mich Robert an und streiche dieses Gespräch aus dem Protokoll.«

»Das wird dir nicht gelingen.« Sie sah ruhig zu mir auf und hielt meinem Blick stand. »In der Regel reicht schon ein winziges Körnchen, um eine ganze Flut von Gedanken auszulösen.«

»Margarethe«, fragte ich bissig, »verwechselst du Haus Lieblich möglicherweise mit einer Art Missionsstation, in der du dein Gedankengut verbreiten musst? Wenn ja, dann sieh deinen Auftrag hiermit als storniert an.«

»Oh«, sagte sie amüsiert, »ich bin nur ein sehr großzügiger

Mensch und teile gern mit anderen. Und warum soll ich das, was ich in meinem Kopf habe, davon ausnehmen? Das ist schließlich nicht wenig.« Sie lächelte mich an, als hätten wir in den vergangenen zehn Minuten ausschließlich freundliche Worte ausgetauscht.
»Darf ich dich daran erinnern, dass Eigenlob sich für eine Dame nicht ziemt?«
»Erinnern darfst du mich an alles, Katja, solange du mir kein Korsett überstülpst, das zu eng für mich ist. Ich habe mich nämlich nicht erfolgreich davon befreit, um mich nun im Alter wieder hineinzwängen zu lassen.«
»Margarethe, du bist unverbesserlich.« Ich gab mich geschlagen.
»Und anstrengend, ich weiß.« Sie lachte herzhaft und zwinkerte mir zu. »Aber glaube mir, das ist besser so.«
»Fragt sich nur, für wen.« Bevor sie mir das letzte Wort streitig machen konnte, lief ich aus der Küche, zog mir eine Jacke über und machte mich daran, Paul von der Weide zu locken. Wider Erwarten war es nicht so schwer, wie ich vermutet hatte. Wahrscheinlich hatte er sich inzwischen ausgetobt und begonnen zu frieren. Auf dem Rückweg zum Haus sprang er fröhlich neben mir her und erzählte mir von seinen Erlebnissen mit Johnny Merten. Er hatte dem Pony kurzerhand Roberts Familiennamen angehängt, vielleicht, um damit kundzutun, dass er auf dem besten Weg war, seinen Vater zu akzeptieren, vielleicht, damit Robert nach außen hin nicht so alleine dastand, sondern auch ein wenig Familie vorzeigen konnte.
An der Haustür angekommen, sah ich noch schnell in den Briefkasten, während Paul in die Küche lief, um sich von

Margarethe mit Kuchen verwöhnen zu lassen. Ich wartete nach wie vor auf Post vom Arbeitsamt, aber der einzige Brief an diesem Tag kam vom Polizeipräsidium in Wiesbaden und war an mich adressiert. Ich sah verständnislos auf den Absender, riss den Umschlag auf und las als erstes das Wort *Vorladung*.

»O Gott«, murmelte ich laut vor mich hin, »mir bleibt auch nichts erspart.« Jetzt hatte mich die streitbare Großmutter aus dem Opel-Zoo doch tatsächlich angezeigt. Ich schloss die Tür hinter mir und ging in die Küche, um Margarethe den Brief zu zeigen. »Hast du so etwas schon einmal gesehen?«, fragte ich sie und berichtete ihr von unseren Erlebnissen auf dem Spielplatz. »Dieser Frau ist doch nicht zu helfen.«

»Hast du versucht, sie umzubringen?« Margarethe studierte das Blatt durch ihre Lesebrille und sah mich dann skeptisch an.

»Behauptet sie das etwa? Das ist doch wohl die Höhe! Umgekehrt wird eher ein Schuh daraus, sie hat schließlich meine Schaukel ins Wanken gebracht.«

»Was für eine Schaukel nicht unbedingt etwas Ungewöhnliches ist«, sagte Margarethe grinsend, wurde jedoch sofort wieder ernst. »Spaß beiseite, hier steht, dass du im Kommissariat K11 zu einem Todesfall vernommen werden sollst. Das ist das Kommissariat für *Kapitalverbrechen*«, las Margarethe langsam vor. Ihr fragender Blick sprach Bände.

Sämtliche Schreckensszenarien liefen plötzlich vor meinem inneren Auge ab. Ich sah die wütende Großmutter vor mir, wie sie sich nach einem Herzinfarkt auf dem Boden

krümmte. »Das kann nicht sein«, beteuerte ich vehement und verscheuchte diese Bilder. Ich riss Margarethe den Brief aus der Hand, starrte auf die bürokratischen Zeilen und wurde nicht schlau daraus, bis sich der Name meines bisherigen Arbeitgebers in mein Bewusstsein drängte. In der Klinik hatte es einen Todesfall gegeben, und da es eine Kinderklinik war, konnte es sich keinesfalls um die Großmutter handeln. Meine Schreckensvisionen wurden immer schlimmer. War doch eines der Kinder infolge der unerklärlichen Fehler gestorben, und wollten sie mir das nun auch noch anhängen? Ich ließ mich entsetzt auf den nächsten Stuhl sinken und sah Margarethe hilflos an.
»Das halte ich nicht aus«, stöhnte ich und war den Tränen nahe. »Ich werde ganz bestimmt nicht dort hingehen. Irgendwann reicht es, die sollen mich alle in Ruhe lassen.«
»Jetzt beruhige dich erst einmal«, sagte Margarethe gelassen und nahm mir den Brief aus der Hand, um ihn selbst noch einmal genau zu studieren. »Kennst du einen Andreas Neske?«, fragte sie stirnrunzelnd.
»Ich habe den Namen noch nie gehört«, sagte ich schwach.
»Er ist der Tote, um den es geht.« Margarethe brachte auch gar nichts aus der Ruhe. »Und du«, betonte sie und sah mich eindringlich an, »sollst lediglich als *Zeugin* aussagen.«
»Ach, das schreiben die doch nur, um mich dahin zu locken.«
»Katja, die haben es nicht nötig, dich zu locken, die bestellen dich einfach ein, wie es so schön heißt.« Sie stand hinter mir, strich mir beruhigend über den Rücken und las Wort für Wort vor, was in der Vorladung stand.

»Cool«, durchbrach plötzlich Paul die nachfolgende Stille. Ich hatte ihn vollkommen vergessen. Er hatte die ganze Zeit ruhig am Tisch gesessen und in bewährter Manier seinen Kuchen verdrückt. »Darf ich mit?« Er sah mich flehend an.
»Ganz bestimmt nicht«, wehrte ich genervt ab. »Die veranstalten dort schließlich keinen Tag der offenen Tür.«
»Und wenn doch?«, fragte er trotzig. »Bei der Feuerwehr gibt es das auch.«
»Paul, ich habe Nein gesagt!«
»Aber ...«
In diesem Augenblick klingelte das Telefon und unterbrach seinen Einwand. Pauls Mutter war am Apparat, sie erkundigte sich mit leiser Stimme nach ihrem Sohn. Ich reichte ihm den Hörer und ließ mich kraftlos zurück auf meinen Stuhl sinken.
»Das muss doch gar nichts mit den Dingen zu tun haben, die auf deiner Station passiert sind.« Margarethe versuchte, mich zu beruhigen, doch mir kroch die Angst den Nacken hinauf. »Geh am Montag erst einmal hin und höre, was sie von dir wollen. Alle Gedanken, die du dir jetzt machst, sind sowieso reine Spekulation.«
»Katja muss zur Polizei, weil jemand tot ist«, hörten wir Paul sagen, »und ich darf nicht mit. Kannst *du* nicht ... hm ... bitte ... na gut ... meine Mami will mit dir reden, Katja.« Er hielt mir enttäuscht den Hörer hin.
»Winter«, sagte ich schroff und kein bisschen verbindlich.
»Frau Winter, was ist denn bei Ihnen los?« Diese unsichere Stimme brachte mich auf die Palme.
»Was soll hier schon los sein?«, erwiderte ich ironisch, »in

Haus Lieblich herrscht das übliche Chaos, und ich wandle am Rande eines Nervenzusammenbruchs.«
»Das ist so mit Kindern«, sagte sie mitfühlend und offensichtlich beruhigt. »Ich kann Sie gut verstehen. Manchmal möchte man am liebsten abends um acht ins Bett und zwölf Stunden lang nur schlafen.«
»Ich möchte gar nicht mehr aufwachen«, gab ich trocken zurück.
Am anderen Ende war einen Moment Stille, bis sie mich fragte, ob sie auch Margarethe noch einmal sprechen könne. Auf so etwas Profanes wie Telefonkosten musste sie allem Anschein nach nicht achten. Fehlte nur noch Robert in der Gesprächsreihe.
»Machen Sie sich keine Sorgen, Frau Gassner.« Margarethe lehnte sich entspannt gegen die Wand und sah mich über ihre Brille hinweg augenzwinkernd an. »Nein, nein«, sprach sie in den Hörer, »hier ist niemand selbstmordgefährdet ... nein, da geht es um eine ganz simple Zeugenaussage in einer beruflichen Angelegenheit ... ja, das wünsche ich Ihnen auch ... bis bald.«
Nachdem Paul die Treppe zu seinem Vater hinaufgehüpft war, ließ ich meiner Wut freien Lauf. »Was bildet die sich eigentlich ein? Macht mein Haus, ohne mich zu fragen, zum Kinderhort und stellt dann auch noch Ansprüche. Das geht die doch überhaupt nichts an, warum ich zur Polizei muss«, wetterte ich. »Und wenn ich den Verwaltungschef von meinem Krankenhaus umgebracht hätte, wäre das immer noch mein Privatvergnügen.«
»Nicht ganz, Justitia will da in der Regel auch noch ein Wörtchen mitreden.«

»Margarethe, du gehst mir mit deinen ewigen Haarspaltereien auf die Nerven, du weißt ganz genau, was ich meine.«
Ich holte tief Luft und versuchte, mich zu beruhigen. »Kannst du nicht bei der Polizei anrufen und sagen, ich läge mit einer höchst ansteckenden Viruserkrankung im Bett?«, bettelte ich.
»Du willst doch wohl nicht kneifen!«
»Natürlich nicht, nur ein bisschen lügen. Du hast selbst gesagt, dass es Situationen im Leben gibt ...«
»Diese zählt eindeutig nicht dazu!« Sie sah mich streng an, stand vom Tisch auf und begann mit den Vorbereitungen für das Abendessen. »Außerdem machst du dir mal wieder viel zu viele Gedanken. Denk an die ungelegten Eier! Du kennst doch den Namen des toten Jungen noch nicht einmal, also wird er kaum während deiner Zeit auf der Station gelegen haben.«
»Dann kann ich auch nichts dazu sagen.«
Margarethe schüttelte missbilligend den Kopf und machte sich über einen Kohlrabi her. »An deinen störrischen Anteilen musst du wirklich noch ein wenig feilen. Sie sind infantil und wenig hilfreich.« Ihr liebevoller Tonfall erstickte meine Widerworte im Keim. »Am besten machst du einen kleinen Spaziergang und lüftest deinen Kopf aus, mit dem Essen dauert es sowieso noch eine Weile.«
Ich griff wortlos nach dem Brief und ließ ihn in meiner Jeans verschwinden. Bis Montag waren es noch zwei Tage, da konnte schließlich eine Menge passieren. Vielleicht hatte Paul längst einen Grippevirus aus der Schule mitgebracht und ich konnte, vom Fieber geschüttelt, mit gutem Grund zu Hause bleiben. Allerdings, überlegte ich, wäre das eine

Katastrophe für Robert. Diese Möglichkeit schied also auch aus. Ich zog meine dicke Daunenjacke über, band einen Schal um und rief Margarethe zu, dass ich ihrem Rat folgen würde.

Eine Stunde Ferien vom Chaos, was für eine verlockende Vorstellung. Als ich das Gartentor schloss und einen Blick auf Haus Lieblich warf, fragte ich mich, ob alle Häuser, die so friedlich dalagen, den Betrachter nur täuschten. Ein zufällig vorbeikommender Passant würde hinter diesen Mauern wohl kaum eine Wohngemeinschaft von so außergewöhnlichem Charakter vermuten. Fragte sich nur, was sich in all den anderen Häusern abspielte, die so harmlos und unbeschwert wirkten. Inzwischen war ich versucht zu glauben, dass es die heile Welt nicht gab, weder hier noch sonst wo. Margarethe hatte mich infiziert.

Ich schlenderte durch die schmalen Gassen der Altstadt und warf hier und da einen neugierigen Blick in die hell erleuchteten Fenster. Die Luft war klirrend kalt, so dass mein Atem weiße Spuren hinterließ. Die Menschen rings um mich herum hatten es eilig, nach einem langen Arbeitstag nach Hause zu kommen. Arbeit, dachte ich neidisch, die hätte ich auch gerne. Alle schimpften über die Faulenzer, die so gut vom Arbeitslosengeld lebten und sich keinen Deut um einen Job scherten. Ich fragte mich, ob es davon tatsächlich so viele gab, denn bestimmt war ich keine Ausnahme. Ich wollte Arbeit, fand es überhaupt nicht komisch, mein Gehalt vom Sozialstaat einzustreichen, und war inzwischen sogar kompromissbereit, wenn es sich nicht gerade um die Versorgung von krankhaft Eitlen handelte. Für einen Moment hatte ich den Brief in meiner Hosentasche vergessen, doch die Gedanken an einen Job hatten auch ihn wieder ins Rampenlicht gerückt. Wahrscheinlich war der Verwaltungsroboter, dem ich während meiner Jobsuche begegnet war, noch Gold, verglichen mit dem Polizeimenschen, dem ich am Montag gegenübersitzen würde. Ich sah ihn genau vor mir: ein verkniffener Paragrafenreiter mit Halbglatze und eng stehenden Augen, der mir in unverständlichem Amtsdeutsch Fragen auftischte, auf die ich keine Antworten wusste. Kein Wunder, dass sich Drehbuchautoren Figuren wie Schimanski ausdachten und damit die Wirklichkeit hinter einem gnädigen Vorhang verschwinden ließen.

Diese missmutigen Gedanken begleiteten mich auf dem gesamten Nachhauseweg und verdarben mir meine »Freistunde«. Ein Gedanke zog automatisch den anderen nach sich, bis ich wieder von Grund auf mit meinem Schicksal haderte und mir mein altes Leben zurückwünschte. Selbst wenn ich inzwischen wusste, dass mich mit Julius alles Mögliche verbunden hatte, nur keine Liebe. Aber das Gefühl der Sicherheit, das er mir über Jahre hinweg vermittelt hatte, war auch nicht zu unterschätzen. Wie immer, wenn ich an diesem Punkt angekommen war, meldete sich eine vorlaute Stimme in meinem Inneren und erinnerte mich an meine ausgeprägten Rachegefühle. Ich hatte unsere gemeinsame Wohnung in dem Gefühl verlassen, dass ich es ihm schon irgendwann zeigen würde. Nur stand das Wann ebenso in den Sternen wie das Wie.

An diesem Abend verlief das Essen ausnahmsweise einmal friedlich, was Roberts ungewöhnlich ausgeglichener Laune zu verdanken war. Er starrte nicht wortlos auf seinen Tel-

ler, sondern beteiligte sich an unserer Unterhaltung und ließ sogar ein wenig von seinem Humor durchschimmern. Das Gespräch vom Nachmittag hatte er allem Anschein nach tatsächlich aus dem Protokoll gestrichen, denn er redete mit Margarethe, als sei nichts geschehen. Paul genoss die unbeschwerte Atmosphäre und plapperte ununterbrochen. Als wir ihn schließlich zum Zähneputzen hinaufschickten, achtete ich mit Argusaugen darauf, dass Besani ihn nicht »aus Versehen« begleitete.
Robert sah seinem Sohn liebevoll hinterher. »Wenn du Krebs hast«, begann er leise, »dann denkst du, dass dein Leben zu Ende ist.« Er richtete seinen Blick auf seine Hände, die er auf dem Tisch verschränkt hatte. »Du kannst keinen Augenblick weiterdenken, es ist, als wäre dein Denken in diesem einzigen Moment festzementiert. Du denkst an all die Dinge, die du verpasst haben könntest. Und wenn du dann ein solches Kind siehst, dann ist es, als würde dein Leben fortgesetzt, nur auf ganz andere Weise, als du es dir eigentlich vorgestellt hast. Manchmal frage ich mich, wie ich auf ihn reagiert hätte, wenn ich nicht krank geworden wäre.«
»Das sind Fragen, auf die es keine Antworten gibt«, sagte Margarethe einfühlsam. »Über die Wege, die wir nicht gegangen sind, können wir auch nichts erzählen. Das gilt für die Vergangenheit ebenso wie für die Zukunft.«
»Die Zukunft.« Robert hatte dieses Stichwort in einem unendlich traurigen Tonfall aufgegriffen. »Ich wünschte, es könnte mir jemand beschreiben, was nach dem Tod kommt. Vielleicht ist diese ganze verdammte Angst vollkommen überflüssig.«

»Zumindest halte ich sie für übertrieben.« Margarethe rückte mit ihrem Stuhl ein Stück vom Tisch zurück und schlug ihre Beine übereinander. »Wenn es das große Nichts ist, das folgt, dann gibt es auch keinen Grund zur Aufregung. Was meinen Glauben an ein Jenseits jedoch immer wieder am Leben erhält, ist die Tatsache, dass die Natur nichts verschwendet. Warum sollte sie es mit den Menschen tun?«
»Aber der Tod ist doch nichts anderes als das Ende eines Lebensprozesses«, hielt Robert ihr entgegen. »Von einem Baum bleibt schließlich auch nichts übrig, wenn er stirbt.«
Ich konnte die Verzweiflung in seinem Gesicht erkennen, genauso wie die Sehnsucht nach etwas, das seine Angst zu lindern vermochte.
»Es bleibt immer etwas übrig. Du musst nur mit offenen Augen durch den Wald gehen, dann siehst du unzählige Baumstümpfe, aus denen junge Triebe hervorschießen.« Margarethe strich mit ihren Fingerspitzen über die Tischplatte. »Das Holz wird zu Möbeln verarbeitet.«
»Oder verbrannt.«
»Dann bleibt Asche. Wie du es drehst und wendest, es bleibt immer etwas zurück. Nur können wir uns eine andere Existenz, als die, die wir erleben, nicht vorstellen. Alles, was sich die Menschen bisher zu diesem Thema erdacht haben, ähnelt sehr den Formen im Diesseits, nur eben unsichtbar. Nimm die Totenwelt in Sartres *Das Spiel ist aus*, da wandeln die Toten mitten unter den Lebenden. Vielleicht ist es so, vielleicht aber auch nicht. Ich denke, jeder muss sich eine eigene Vorstellung vom Jenseits machen, mit der er leben kann.«

»Wie ist deine?«, fragte Robert gespannt.
Margarethe lächelte, als habe er sie ertappt. »Die Menschen, die mir wirklich etwas bedeutet haben und die mir schon vorausgeeilt sind, spüre ich manchmal, als stünden sie neben mir. Ich lebe weiter mit ihnen; an manchen Tagen bin ich so abgelenkt, dass ich nicht an sie denke, an anderen wünsche ich mir nichts inniger, als dem einen oder anderen noch einmal leibhaftig zu begegnen.«
»Deinem Mann?«, fragte ich behutsam dazwischen.
»Darauf kannst du wetten«, schwärmte sie mit glänzenden Augen.
»Ihr müsst eine gute Ehe gehabt haben«, überlegte ich laut.
»Wir hatten eine wundervolle Beziehung.« Das Wort Ehe war dem Freigeist Margarethe wahrscheinlich zu begrenzt.
»Hast du Angst vor dem Tod?« Robert war mit dem Thema noch nicht fertig, er sah Margarethe aufmerksam an.
»Ja«, gab sie unumwunden zu. »Aber es ist weniger die Angst vor dem Danach als die Angst, dass er mich hier loseist, bevor ich so weit bin. Ich spüre immer noch so viel Kraft in mir und so viel Lebensfreude …« Den unausgesprochenen Rest überließ sie unserer Phantasie. »Ich bin einfach noch nicht bereit für einen Beobachterposten auf der Wolke.« Sie lächelte uns der Reihe nach an. »In euren beiden Köpfen gibt es noch so viel zurechtzurücken, so weit würde mein Arm doch gar nicht reichen. Also hoffe ich auf ein Einsehen von dem da oben.« Sie warf einen drohenden Blick Richtung Himmel, und ich war mir sicher, dass inzwischen nicht nur ich auf göttliche Solidarität hoffte.

14 *Wenn die übermächtige Farbe Rot in meinen Haaren auch nur einen Deut nachgiebiger gewesen wäre,* dann hätten am Ausgang dieses Wochenendes sicherlich graue Strähnen meinen Schopf geschmückt. Ich konnte an kaum etwas anderes denken als an diesen leidigen Besuch bei der Polizei. Mein Erfahrungsschatz der vergangenen Wochen und Monate hatte mich zweifellos hysterisch werden lassen. Dagegen konnten weder Margarethe noch Robert etwas ausrichten. Als ich mich schließlich auch noch Paul gegenüber absolut garstig verhielt, sah er mich anklagend an und presste die Lippen aufeinander.
»Ich bin doch dein Freund«, sagte er zutiefst verletzt.
»Wer sagt das?«
»Deine Augen.«
»Und du bist altklug«, hielt ich ihm entgegen.
»Immer noch besser als gemein.« Er verschränkte seine dünnen Arme vor der Brust und drehte mir anklagend den Rücken zu.
»Okay, okay«, lenkte ich ein. »Ich habe einfach Angst vor dem Termin bei der Polizei.«
»Dann lass mich mitkommen, ich beschütze dich.«
»Paul ...«
»Ehrlich!«
»Das geht nicht.«
»Schade.« Die Polizei war für ihn wahrscheinlich gleich bedeutend mit den freundlichen Gendarmen in seinen Fünf-Freunde-Büchern. »Aber dann lass wenigstens auch deine Angst zu Hause. Mit Angst geht nämlich alles viel schwerer.«
»Und wer sagt das?« Ich glaubte, meinen Ohren nicht zu

trauen. »Etwa deine Mutter?« Das konnte ich mir allerdings wirklich nicht vorstellen.

»Meine Lehrerin.«

»Kluge Frau. Bei der kannst du offensichtlich eine Menge lernen.«

»Sie bringt uns das Schwimmen bei«, erzählte er mit einem stolzen Glitzern in den Augen.

Und nicht nur das, dachte ich anerkennend.

»Aber sie ist nicht so hübsch wie du.« Inzwischen hatte er sich zu Besani in den Käfig gebeugt, deshalb konnte er meinen ungläubigen Blick nicht sehen.

»Was ist denn an mir hübsch?«

»Na alles«, antwortete er überzeugt, »bis auf die Haare, die sind komisch.« Dabei strich er dem Meerschweinchen so stetig übers Fell, dass es freudig quietschte.

»Vielleicht haben die bei der Polizei ja Mitleid mit mir«, sinnierte ich voller Galgenhumor.

»Mitleid verdient wohl eher Robert«, hörte ich Margarethe hinter mir sagen. Sie war unbemerkt in die Küche gekommen.

»Was ist mit ihm?«, fragte ich besorgt.

»Seine Haare fallen ihm langsam aus.«

Paul sah Margarethe erstaunt an. »Warum?«

»Das kommt durch seine Medizin.«

»Ach so.« Er überlegte einen Augenblick. »Ist das für immer?«

»Nein«, beruhigte Margarethe ihn, »nur für eine Weile, dann wachsen sie wieder.«

Damit war er zufrieden und widmete sich wieder mit Inbrunst Besani.

»Heute morgen hat er doch tatsächlich von mir verlangt, Lisa Franz anzurufen und ihr zu sagen, dass sie nicht mehr kommen soll.« Margarethe schüttelte in Erinnerung daran ungläubig ihren Kopf.
»Und?«
»Ich habe ihm stattdessen eine schicke Wollmütze gekauft.«
»Gab es dort zufällig auch eine kleidsame Tarnkappe für mich?«
»Dir habe ich einen funkelnagelneuen Schlitten gekauft.« Sie grinste mich siegessicher an. »Damit du mit Paul heute Nachmittag ins Wintervergnügen fahren und ihn ausprobieren kannst.«
»Ist das nicht eine tolle Überraschung?«, rief Paul begeistert und drückte das Meerschweinchen so fest an seine Brust, dass es erschreckt quiekte.
Ich nahm es ihm vorsichtig aus der Hand, setzte es zurück in den Käfig, griff nach einem Apfel und drückte ihn Paul in die Hand. »Bring den bitte mal hinaus zu Johnny.«
»Wieso?«
»Weil der heute noch keine Vitamine bekommen hat!« Ich drehte ihn um seine eigene Achse und bugsierte ihn Richtung Haustür. »Vergiss nicht, dir eine Jacke anzuziehen«, rief ich ihm hinterher. Ich wollte ihn zwar außer Hörweite haben, jedoch nicht mit einem Fieberanfall im Bett.
»So, und jetzt zu dir, Margarethe!« Ich brachte mich vor ihr in Position und sah zornig zu ihr auf. »Hör endlich damit auf, mich zu verplanen und mir Dinge aufs Auge zu drücken, zu denen ich keine Lust habe. Ich stehe dem Arbeitsamt zur freien Verfügung, aber nicht dir.«

»Ich bin sicher, es wird dir Spaß machen.« Sie lächelte mich zuversichtlich an.
»Wenn du dir da so sicher bist, warum tust du es nicht selbst?«
»Weil ich zu alt bin. Hast du schon jemals eine alte Frau auf einem Schlitten gesehen?«
»Hat dich dieses Argument jemals von irgendetwas abgehalten?«, hielt ich ihr entgegen. »Du würdest doch jedes Tabu brechen, wenn es Abwechslung verspricht.«
»In diesem Fall, fürchte ich, würde ich mir eher meine Knochen brechen. Stell dir nur einmal vor, ich fiele für mehrere Wochen aus.«
»Nicht auszudenken«, quetschte ich zwischen den Zähnen hervor.
»Ich habe es Paul versprochen.«
Ich versuchte, mich gegen ihren bittenden Blick zu verschließen, der ihrem Tonfall in nichts nachstand. »Das war sehr voreilig, Margarethe.« Ich ließ sie stehen und ging ohne ein weiteres Wort nach oben in mein Zimmer, wo ich mich für die nächsten zwei Stunden vergrub.
Mein Versuch, in die Welt des *Medicus* einzutauchen, misslang jedoch gründlich, ich konnte mich einfach nicht konzentrieren. Die Gedanken an den kommenden Montag schoben sich unablässig zwischen die Zeilen. Ich durchlebte wieder die letzten Wochen im Krankenhaus, die nagenden Zweifel, die mitleidigen Blicke und die unumstößliche Gewissheit in den Augen der anderen.
Mitten in dieses zermarternde Szenario platzte Paul, der plötzlich neben mir stand und mich aus meinen Gedanken aufschreckte.

»Kannst du nicht anklopfen?«, herrschte ich ihn an. »Ich habe schließlich eine Intimsphäre.«
Er sah sich verwundert im Zimmer um, konnte jedoch nichts entdecken, was auch nur annähernd danach aussah. »Wo?«
Als ich endlich begriff, war das Eis gebrochen. Ich lachte so befreit, dass ich ihn nur noch mehr verwirrte.
»Vergiss es.« Ich strich ihm liebevoll durch die Haare. »Wollen wir jetzt Schlitten fahren?«
»Ja.« Die Freude in seinen Augen sprach Bände.
»Zieh dich ganz warm an, ich bin in zwei Minuten unten.«
Ich hörte, wie er die Stufen hinuntersprang, und ging zu Robert, den ich an diesem Tag noch gar nicht zu Gesicht bekommen hatte. Auf mein Klopfen folgte ein leises *Herein*. Er lag auf seinem Bett, umgeben von Zeitungen und Büchern. Margarethes Wollmütze stand ihm gut.
»Wie geht's dir?« Ich sah ihn forschend an. Seine Haut war blass und durchscheinend, und bildete einen starken Kontrast zu den dunklen Ringen unter seinen Augen.
»Geht so.« Er verdrehte die Augen viel sagend in Richtung Mütze. »Ist nicht mehr viel übrig von der Pracht.«
»Dafür bleibt auch nichts übrig von dem Krebs.«
»Wie willst du das wissen?« Der leise Vorwurf in seiner Stimme entging mir nicht.
»Wissen ist ein sehr mächtiges Wort«, sagte ich sanft. »Damit will ich es gar nicht erst aufnehmen.« Ich höre mich schon an wie Margarethe, dachte ich entsetzt, konnte jedoch nicht mehr zurück. »Aber wir haben doch einmal über das Damoklesschwert gesprochen. Und um bei diesem Gleichnis zu bleiben: Ich denke, dass der Faden, der es

hält, eher ein kräftiges Seil ist. Das Schwert wird über deinem Kopf hängen bleiben und dort verstauben. Manchmal wird vielleicht ein Luftzug kommen, und der herabrieselnde Staub wird dich an die Existenz des Schwertes erinnern, mehr aber auch nicht.«

»Glaubst du an dieses Märchen?«, fragte er in einer Mischung aus Unsicherheit und dem Wunsch, selbst daran zu glauben.

»Ja«, antwortete ich fest. »Und jetzt muss ich gehen, sonst denkt dein Sohn, ich hätte *ihm* Märchen erzählt. Margarethe hat nämlich mein Nachmittagsprogramm mit Schlittenfahren angereichert.«

»Danke.« Er grinste zum ersten Mal seit Tagen, so dass eine Ahnung von dem alten Robert durchschimmerte.

Als ich unten ankam, stand Paul bereits ungeduldig an der Tür. Ich schnappte mir Jacke, Schal und Mütze von der Garderobe und zog mich im Hinausgehen an. Margarethe hatte mir den Weg nach Falkenstein erklärt. Dort angekommen, ließen wir das Auto auf dem Parkplatz, nahmen den Schlitten aus dem Kofferraum und folgten den Spuren der Kufen, die andere vor uns hinterlassen hatten.

Es war wie beim Kochen: Die Vorbereitungszeit stand in keinem Verhältnis zu dem eigentlichen Ereignis. Wir stapften eine geschlagene Dreiviertelstunde hügelaufwärts durch den verschneiten Wald, um dann innerhalb von zehn Minuten wieder unten anzukommen. Aber diese zehn Minuten hatten es in sich. Anfangs versuchte ich, unsere Fahrt mit meinen Fersen abzubremsen, bis Paul böse auf mich wurde und alleine weiterfahren wollte. Also fügte ich mich, stellte meine Füße auf die Kufen und ließ den Schlitten an

Geschwindigkeit gewinnen. Mit dem Ergebnis, dass wir zweimal aus der Kurve fielen, haarscharf an Bäumen vorbeirasten und im Schnee landeten. Am Ende dieser halsbrecherischen Tour hatte Paul rote Wangen und ein unvergleichliches Strahlen in den Augen. Mir klopfte das Herz bis zum Hals, ich hatte weiche Knie und war heilfroh, diese Höllenfahrt unbeschadet überstanden zu haben.
»Noch mal«, juchzte Paul. Er ergriff die Schnur von dem Schlitten und machte sich auf den Weg.
»Ganz bestimmt nicht!« Ich stemmte meine wackeligen Beine so gut es ging in den Boden.
»Dann gehe ich eben allein, du kannst ja hier auf mich warten.«
»Nein«, schrie ich ihm hinterher. »Du bleibst hier.«
Die Leute um uns herum waren stehen geblieben und warteten gespannt, wie unser Gefecht ausgehen würde. Ich kam mir vor wie eine dieser unglückseligen Mütter, die im Supermarkt versuchten, ihren laut kreischenden Sprössling am Regal mit den Süßigkeiten vorbeizuzerren, nur um schließlich den verständnislosen Blicken der Unbeteiligten nachzugeben und zähneknirschend und wider besseres Wissen für den Schokoriegel zu zahlen. Auch ich entschied mich für den weniger Aufsehen erregenden Weg des geringsten Widerstandes und folgte Paul. Als ich ihn endlich eingeholt hatte, war ich immer noch wild entschlossen, ihm in einem unbeachteten Augenblick den Hals umzudrehen.
»Wenn ich Nein sage, dann meine ich Nein, hast du mich verstanden?«
»Aber das ist unfair«, maulte er und sah mich betreten von der Seite an.

»Das ganze Leben ist unfair.« Dieser Satz war mir herausgerutscht, bevor ich überhaupt darüber nachdenken konnte, an wen ich meine Lebensweisheiten weitergab. Ich hatte genau wie Paul meinen Kopf durchsetzen wollen. Ihm jedoch seine Zukunft in düsteren Farben auszumalen war auch nicht gerade fair, also lenkte ich ein. »Einmal noch, dann ist Schluss für heute. Ist das klar?«
»Abgemacht«, jubelte er. Seine dünnen Beine in den dicken Winterstiefeln holten zu gewaltigen Schritten aus.
»Du kannst ja die Augen zumachen, wenn du Angst hast.«
»Ich bin nicht lebensmüde.«
Als wir oben ankamen, ließ ich mich mit einem mulmigen Gefühl im Bauch auf unserem Holzgefährt nieder und legte mein weiteres Schicksal in die Hände einer höheren Instanz. Wird schon irgendwie gut gehen, dachte ich gottergeben. Es ging sogar so gut, dass es anfing, mir Spaß zu machen, und ich meine Angst und auch alles andere vergaß. Minutenlang genoss ich das Vergnügen, einfach nur dahinzusausen. Diese Schlittenfahrt fiel wie ein zarter Sonnenstrahl in ein Meer von trüben Gedanken. Es stimmt tatsächlich, gab ich Margarethe im Stillen Recht, es gibt die Blumen zwischen den Steinen, manchmal entdeckt man sie allerdings erst im zweiten Anlauf.
Unten nahm ich wortlos Kurs auf die dritte Runde. Paul lief fröhlich plappernd neben mir her. Er erwähnte meinen Wortbruch mit keiner Silbe, sondern tat so, als sei er ganz selbstverständlich. Als schließlich die Dämmerung einbrach, waren wir beide hungrig und erschöpft und traten zufrieden den Heimweg an.
An diesem Abend fielen mir schon beim Essen fast die Au-

gen zu. In Haus Lieblich hatten mich zwar die Gedanken an den bevorstehenden Montag wieder eingeholt, doch ich war zu müde, um mich näher mit ihnen zu beschäftigen, und versank in einen traumlosen Schlaf. Den Sonntag überstand ich mehr schlecht als recht, so dass ich schließlich froh war, als der Montag anbrach und ich diesen leidigen Termin endlich hinter mich bringen konnte.

Seit meinem Auszug war ich nicht mehr in Wiesbaden gewesen. Es war ein merkwürdiges Gefühl, durch die vertrauten Straßen zu fahren, in die ich nicht mehr gehörte. Ich parkte mein Auto in der Nähe des Polizeipräsidiums und ging die letzten Meter zu Fuß. Vor dem riesigen Gebäude blieb ich kurz stehen, um noch einmal tief Luft zu holen und mir selbst Mut zu machen. Dann trat ich über die Schwelle dieses für mich zutiefst beängstigenden Ortes. Der Pförtner wies mir den Weg zum Kommissariat K11.
Vor der Tür von Hauptkommissar Berning stockte ich eine Sekunde, klopfte zaghaft an und folgte dem alles andere als zaghaften: »Ist offen!« Das Zimmer war so bürokratisch, wie ich es erwartet hatte, der Mann, dem ich gegenüberstand, erfüllte jedoch alle übrigen Erwartungen in keinster Weise. Ich war auf eine menschliche Ruine gefasst gewesen und stand einem hocherotischen Kraftwerk gegenüber. Während ich ihn noch sprachlos betrachtete, wechselte mein ängstliches Herzklopfen in ein elektrisiertes.
Wie in Zeitlupe tastete ich diesen Körper ab, der auf einer Länge von einmeterachtzig vor Kraft und Temperament nur so strotzte. Ohne dass er sich auch nur einen Zentimeter von der Stelle bewegt hätte, spürte ich die Unruhe eines

Tigers in ihm. Sein Gesicht war alles andere als attraktiv im klassischen Sinn, strahlte jedoch eine ungeheure Anziehungskraft aus. Er hatte dunkelbraune, fast schwarze Haare, die einen unerträglichen Kontrast zu seinen leuchtend blauen Augen bildeten.
»Fertig?«, fragte er gelassen.
»Ja, ja«, antwortete ich stotternd.
»Und?« Er sah mich mit gespieltem Ernst herausfordernd an.
Es war schwer, trotzdem gelang es mir, einen zusammenhängenden Satz herauszubringen. »Sind die blauen Augen echt?«
»Genauso echt wie Ihre Haarfarbe.«
»Woher wissen Sie, dass die echt ist? Könnte doch auch gefärbt sein.«
»Solche Farben schafft nur die Natur.« Er ging einmal um mich herum und blieb dann direkt vor meiner Nase stehen. »Ihren Friseur hätten Sie längst auf Schadenersatz verklagt.«
Wenn auch nur das kleinste Stückchen Eis seine Tiefkühltemperatur zwischen uns hätte wahren können, dann wäre es spätestens jetzt geschmolzen. Ich musste lachen, während ich an Margarethes Worte über Männer und meine Haarfarbe dachte. Dieser hier hatte eindeutig Stellung bezogen.
»Tobias Berning«, stellte er sich vor. Er streckte mir mit einem gefährlichen Funkeln in den Augen seine Hand entgegen.
Ich war mir sicher, ich würde mir einen elektrischen Schlag holen, trotzdem griff ich zu. »Katja Winter.« Konnte man

einem Händedruck erliegen? Dumme Gans, schalt ich mich und versuchte, mir die chemischen Zusammenhänge solcher Reaktionen vor Augen zu führen. Aber es half nichts.
Er ließ sich hinter seinem Schreibtisch nieder und deutete kurz auf den Büßerstuhl, der davor stand.
»Haben Sie Ihren Ausweis mitgebracht?«
Ich nickte, kramte ihn aus meiner Tasche und reichte ihn über den Tisch. In natura war ich ihm augenscheinlich lieber, denn er warf nur einen kurzen Blick darauf, bevor er ihn mir wieder zuschob.
»Okay, dann legen wir mal los.« Er zog das Gummiband von einer Akte und überflog einige Blätter darin. »Bei Ihrem früheren Arbeitgeber hat es einen Todesfall gegeben: Andreas Neske, zehn Jahre alt.«
»Ich habe mir das ganze Wochenende den Kopf zermartert«, unterbrach ich ihn aufgeregt, »aber der Name sagt mir nichts.« Die alte Angst stieg wieder in mir hoch.
»Vollkommen unnötig«, sagte er knapp. »Er ist erst nach Ihrer Zeit dort eingeliefert worden.«
»Was hat das dann …?«
»Dazu komme ich gleich«, fiel nun er mir ins Wort.
»Woher wollen Sie wissen, was ich fragen wollte?«
»Ihr Gesicht ist sehr ausdrucksstark.« Er grinste mich frech an.
O Gott, dachte ich entsetzt und wäre am liebsten im Erdboden verschwunden.
»Es gab einen Zwischenfall, der jedoch erst zu spät bemerkt wurde, da der akustische Alarm an seinem Bett ausgeschaltet war. Die Ärzte konnten nichts mehr für ihn tun.«

»Aber das …«
»Ich weiß, dazu komme ich gleich.«
»Wie wollen Sie etwas herausfinden, wenn Sie mich nicht ausreden lassen?« Ich blitzte ihn wütend an.
»Indem ich mich auf das Wesentliche konzentriere«, sagte er mit einer samtweichen Stimme und in einem so vieldeutigen Tonfall, dass ich mich erschreckt zurückzog. »Ihrer Nachfolgerin auf der Station ist Ähnliches widerfahren wie Ihnen. Es waren kleine Zwischenfälle, die zu neunundneunzig Prozent gut ausgingen, bis auf diesen einen Fall. Sie hatte zum Glück kurz vorher darauf bestanden, dass heimlich eine Videokamera installiert wurde, um der Sache auf den Grund zu gehen. Erinnern Sie sich an Sven Kuhlmann?« Er sah mich mit sachlichem Interesse an.
»Ja.« Bevor er mich wieder unterbrach, würde ich meine Antworten auf das Nötigste beschränken.
»Wie war Ihr persönlicher Eindruck von ihm?«
»Gut.«
»Okay«, lachte er, »raus damit, ich werde Sie auch nicht unterbrechen.«
»Sven Kuhlmann ist ein sehr fähiger Pfleger«, begann ich. »Er war immer sehr lieb mit den Kindern, sehr fürsorglich und gewissenhaft.«
»Mit diesem Urteil stehen Sie nicht allein da. Nur leider trifft im Fall von Herrn Kuhlmann eher das Gegenteil zu.«
»Wie meinen Sie das?«, fragte ich vorsichtig. Das musste ein Missverständnis sein. Ich sah Sven noch vor mir, wir hatten unzählige Nächte gemeinsam durchwacht. »Nur weil jemand nicht gerade vor Charme übersprüht, muss er noch lange nicht das Leben von kleinen Kindern wissent-

lich aufs Spiel setzen«, verteidigte ich ihn. »Darum geht es doch, oder?«
Er nickte und bedeutete mir weiterzureden.
»Ich halte ihn für verschlossen, Erwachsenen gegenüber kontaktarm und im gewissen Sinne für arglos.«
»Arglos sind in diesem Fall Sie.« Er drückte den Knopf einer Fernbedienung und zeigte auf den Fernsehbildschirm in der gegenüberliegenden Ecke des Raumes.
Ich erkannte Sven, der sich vorsichtig nach allen Seiten umsah und sich dann an dem Beatmungsschlauch einer Überwachungseinheit zu schaffen machte. Bildschnitt: Sven, wie er aus seiner Jackentasche eine Spritze herausholte und den Inhalt in die Infusionslösung injizierte, die über dem Bett eines Jungen hing.
»Wollen Sie noch mehr sehen?«
Ich sah Tobias Berning ungläubig an, während alle Ereignisse noch einmal wie im Zeitraffer vor meinem inneren Auge abliefen.
Er schaltete das Gerät aus. »Er hat inzwischen umfassend gestanden – übrigens auch die Zwischenfälle in Ihrer Überwachungseinheit.«
»Warum?« Ich war wie vom Donner gerührt.
»Aus sehr klassischen Motiven: Neid und Eifersucht. Er konnte es nicht verwinden, dass Sie und Ihre Nachfolgerin ihm vor die Nase gesetzt wurden.«
»So ein Quatsch«, brach es aus mir heraus, »davon hätte ich doch etwas merken müssen.«
»Sie haben doch auch sonst nichts bemerkt.« Er sagte es nicht überheblich, sondern als reine Feststellung. Dann sah er mich mit einem undurchdringlichen Blick an, bevor er

zu einer Erklärung ansetzte. »So wie ich ihn verstanden habe, wäre in seinen Augen ausschließlich er für die Stationsleitung in Frage gekommen. Er hielt sich für korrekter, belastbarer, einfach besser. Ganz davon abgesehen, dass er dienstälter war. Dann wurden Sie an ihm vorbei befördert, und so rächte er sich also auf seine ganz spezielle Weise.«

»Das ist krank«, stammelte ich erschüttert.

»Das werden die Gutachter zu klären haben. Ich für meinen Teil erkenne in ihm eine ganze Menge an krimineller Energie und Heimtücke.« Er ging mit dem Zeigefinger eine vor ihm liegende Liste Punkt für Punkt durch. »Eine Frage interessiert mich.« Er sah von dem Blatt auf. »Sie haben ihn als Kollegen sehr verteidigt, aber mochten Sie ihn auch als Mensch?«

»Nein«, sagte ich ehrlich. »Spielt das eine Rolle?«

»Für den Fall sicher nicht.«

Ich fixierte die Akte auf dem Schreibtisch, bevor ich noch tiefer in diesen blauen Augen versank. »Warum bin ich denn nun eigentlich hier?«

»Ich benötige von Ihnen eine lückenlose Aufstellung über die Zwischenfälle während Ihrer Dienste, jedes Detail ist wichtig für die Beweislage.«

»Aber er hat doch gestanden.«

»Er kann widerrufen.«

»Und das Video?«

»Das betrifft nur Ihre Nachfolgerin. Sie wollen doch sicher auch gerne rehabilitiert werden.«

»Ja«, gestand ich aus tiefster Seele. Ich zog das Protokoll aus meiner Tasche, das auf Margarethes Anraten hin entstanden war, das mir zum damaligen Zeitpunkt jedoch nicht weitergeholfen hatte. »Das müsste reichen.«

Er überflog es und bedachte es mit einem anerkennenden Nicken.

»Haben Sie eigentlich schon wieder einen neuen Job?«

»Nein, ich suche noch. Mein Zeugnis hat mir so ziemlich sämtliche Türen vor der Nase zugestoßen. Aber so wie sich der Fall jetzt darstellt, werde ich auf einem neuen Zeugnis bestehen.«

»War sicher eine schwere Zeit für Sie.« Mitfühlend konnte er also auch sein.

»Das war es.« Ich mache besser, dass ich hier wegkomme, dachte ich mit einem kribbelnden Gefühl im Bauch. »Na dann ...« Ich stand unschlüssig auf.

»Vielen Dank, dass Sie gekommen sind.« Er kam um seinen Schreibtisch herum auf mich zu und streckte mir zum zweiten Mal innerhalb dieser kurzweiligen Stunde seine Hand entgegen.

»Hatte ich denn eine Wahl?« Ich ergriff zögerlich seine Hand.

»Nein«, lachte er und dachte nicht daran, meine Hand loszulassen. »Hatten Sie nicht. Trotzdem danke, es war sehr aufschlussreich.«

»War es das dann?« Ich trat einen Schritt zurück, in der Hoffnung, dieser elektrisierenden Spannung zu entkommen.

»Ja.« Er öffnete die Tür. »Sind Sie eigentlich verheiratet? Ich konnte das aus der Akte nicht ersehen.« Sein Tonfall verriet mit keiner Nuance ein persönliches Interesse.

»Ist das für den Fall wichtig?«

»Nein.«
»Ich bin nicht verheiratet.«
»Dann würde ich Sie gerne außerhalb dieser vier Wände wieder sehen.«
»Wozu?«
»Wenn ich Ihnen darauf ehrlich antworte, kommen Sie vielleicht nicht mit. Also sage ich, um mit Ihnen essen zu gehen.«
Ich starrte ihn hypnotisiert an. »Sind Sie danach nicht zu befangen, um meinen Fall weiter zu bearbeiten?«
»Ich habe nur von Essen geredet.« Er lachte. »Aber lassen wir es auf einen Versuch ankommen.«
»In Ordnung«, stimmte ich zu, obwohl ich plötzlich fürchterliche Angst vor meiner eigenen Courage bekam. Vielleicht, versuchte ich mich zu beruhigen, meldet er sich gar nicht. Ich nickte ihm benommen zu, drehte mich um und lief vollkommen verkrampft den Flur entlang. Bis ich um die Ecke bog, spürte ich seine Blicke in meinem Rücken oder worauf auch immer er sie gerichtet hielt.
Im Auto genoss ich mindestens fünf Minuten lang die eisige Kälte, die meinen Kopf einigermaßen zur Besinnung und meine Körpertemperatur auf ein erträgliches Maß brachte. Unzählige Stunden hatte ich mit Angst vor diesem Termin zugebracht und hatte nichts Besseres zu tun, als mich Hals über Kopf in einen Hauptkommissar zu verlieben, von dem ich nichts weiter wusste, als dass er durch die unglaublichsten Augen in diese Welt sah. Und ich war mir nicht sicher, ob ich mir einen Anruf von ihm wirklich wünschen sollte.
Ich war noch viel zu aufgeregt, um auf direktem Weg nach

Hause zu fahren. Deshalb mied ich die Autobahn und wählte stattdessen die Landstraße, auf der ich meinen Gedanken freien Lauf ließ. Je länger ich darüber nachdachte, desto überraschender fand ich es, dass ein kleines Ereignis ausreichte, um die Prioritäten in einem Leben auf den Kopf zu stellen. Gestern noch hatte es für mich nichts Wichtigeres gegeben, als die Vorkommnisse im Krankenhaus aufzuklären und endlich die Geißel der Arbeitslosigkeit gegen einen neuen Job einzutauschen. Nach dem Besuch bei Tobias Berning wandelte ich in einem Luftschloss, in dem es keinen Raum für meinen Arbeitseifer gab, dafür jedoch einen riesigen Saal für das pure Vergnügen.

Als ich die Tür zu Haus Lieblich aufschloss, schwelgte ich immer noch in Gedanken, die durchaus das Prädikat *nicht jugendfrei* verdient hätten. Beinahe wäre es mir gelungen, lautlos an Margarethe vorbeizuschweben, aber sie war offenbar zu gespannt auf den Ausgang meiner Vorladung, als dass sie mich nun so ohne weiteres entkommen ließ.

»Nun?«, rief sie mir aus ihrem Wohnzimmer zu.

Ich stieß die Tür, die nur angelehnt gewesen war, auf, blieb jedoch in ausreichendem Abstand im Türrahmen stehen.

»Alles bestens. Wie es scheint, war ein Kollege von mir für die Fehler verantwortlich.« Hoffentlich gab sie sich mit dieser stark gekürzten Version meines Besuches in Wiesbaden zufrieden, denn ich wollte so schnell wie möglich nach oben in mein Zimmer und mich meinen beunruhigenden Gefühlen noch ein wenig hingeben.

»Aha.« Sie ließ dieses Wort auf der Zunge zergehen, als teste sie gerade einen ihrer besten Weine. »Und wer ist für deinen hochroten Kopf und das verdächtige Glitzern in

den Augen verantwortlich?« Ihr Lächeln wirkte vollkommen unschuldig. »Vielleicht ein gewisser Tobias Berning? Wenn ich mich recht entsinne, sagte er, er sei Hauptkommissar bei der Kripo in Wiesbaden.«
»Was?«, japste ich. »Wann ...? Ich meine, wie?« Ich landete mit wenigen Schritten auf dem Sofa ihr gegenüber und starrte sie gebannt an. »Woher weißt du ...?«
»Er hat vor fünf Minuten angerufen«, klärte sie mich bereitwillig auf. »Gefährliche Stimme, wenn du mich fragst.« Ihr Grinsen sprach Bände.
»Warte, bis du die Augen siehst.« Ich rutschte unruhig auf dem Sofa herum. »Was wollte er?«
»Ich denke, er wollte dich. Er hat diesen Wunsch jedoch ein bisschen förmlicher verpackt und gefragt, ob du gut zurückgekommen bist.«
»Und?« Musste ich ihr denn jedes Wort aus der Nase ziehen? Offensichtlich genoss sie es sehr, mich so auf die Folter zu spannen.
»Wir haben ein wenig geplaudert.« Dabei lächelte sie so hintergründig, dass alle meine Alarmlampen gleichzeitig aufleuchteten.
»Margarethe«, brauste ich auf, »du taktierst, du lenkst, du verplanst, du belehrst, du machst alles Mögliche, aber du *plauderst* nie! Also raus damit, was genau hast du ihm erzählt?«
»Ich habe ihm ausschließlich auf seine Fragen geantwortet«, stellte sie lächelnd fest. »Und das waren nicht wenige.« Ihr Mund hatte sich zu einem breiten Grinsen verzogen. »In der Anglersprache würde man sagen, der Fisch hat angebissen.«

Mein Herz klopfte bis zum Hals, es machte mich absolut sprachlos.
»Zu deiner Beruhigung: Ich habe ihm auch ein paar Fragen gestellt. Willst du die Antworten hören?«
Ich nickte.
»Er ist neununddreißig, geschieden, hat keine Kinder, ist jedoch nicht abgeneigt, irgendwann noch welche in diese Welt zu setzen, er hat nichts gegen Wohngemeinschaften, und er kommt Donnerstag zum Abendessen hierher.«
»Nein!!!«
»Wenn ich es dir sage.«
»Das hast du nicht gewagt.«
»Du hörst es doch.« Sie blieb ganz gelassen.
»Donnerstagabend?«
»Ja, Mittwoch passt es mir nicht so gut, da ich den Nachmittag bei Rosa verbringe und kaum Zeit zum Kochen habe.«
»Ach, da passt es dir nicht, verstehe.« Meine Stimme triefte vor Spott, bis ich lospolterte. »Wann hörst du endlich auf, dich in mein Leben einzumischen?« Die Funken, die ich ihr entgegensprühte, hätten den ganzen Raum in Brand setzen können.
»Wenn ich überzeugt bin, dass es auch ohne mich geht.«
»Du bist unmöglich!« Ich ließ mich matt in die Sofakissen fallen.
»Ich weiß. Und jetzt entlasse ich dich nach oben.« Sie sah mich noch einmal liebevoll über den Rand ihrer Brille an. »Um halb eins gibt es Mittagessen – natürlich nur, falls die Schmetterlinge in deinem Bauch noch ein wenig Platz gelassen haben.«

Als Antwort schmiss ich ihr einen undurchdringlichen Blick zu. Jedes weitere Wort hätte sie nur noch mehr herausgefordert. Und die Hoffnung auf das letzte Wort hatte ich bei ihr längst aufgegeben.

15 *Am Dienstag war ich unausstehlich, da mein Kleiderschrank absolut nichts hergab, was auch nur annähernd für ein »Essen im kleinen Kreis« angemessen gewesen wäre.* Hosen, nichts als Hosen und ein einziges Kostüm. Bisher war mir noch nie aufgefallen, wie winzig und unergiebig der Spiegel in meiner Schranktür war. Die alles andere als großzügig bemessenen fünfzig mal fünfzig Zentimeter gewährten mir immer nur Ausschnitte meines Spiegelbildes, je nachdem ob ich in die Knie ging oder auf einen Hocker kletterte. Nachdem ich mich eine Stunde lang an- und wieder ausgezogen hatte, stellte ich ernüchtert fest, dass selbst ein größerer Spiegel nichts am Ergebnis ändern würde: Ich hatte nichts anzuziehen.
Als ich voller Frust die Treppe herunterrauschte, kam mir Margarethe gerade recht.
»Du musst anrufen und das Essen absagen.« Ich wusste selbst nicht so genau, gegen wen sich mein Groll richtete, ich spürte nur, dass er nach einem Ventil suchte.
»Er hat keine Telefonnummer hinterlassen.«
»Dann rufst du ihn eben in seinem Büro an, die Nummer steht sicher auf der Vorladung.«
»Einen Teufel werde ich tun«, sagte sie amüsiert. »Nur weil du nicht weißt, was du anziehen sollst.«

»Woher …?«
Sie ließ ihren Blick vieldeutig meinen Körper hinunter- und wieder hinaufgleiten. Ich hatte noch das Kostüm an, das immer für meine Vorstellungsgespräche herhalten musste, und dazu dicke Wollsocken.
»O Gott«, stöhnte ich entnervt.
»Ein kleiner Rat am Rande: Zieh das an, worin du dich am wohlsten fühlst. Selbst der letzte Fetzen bekommt Chic, wenn *du* ihn trägst.«
»Woher willst *du* denn das wissen?« Ich sah ostentativ auf ihr Outfit, für dessen Chic und Qualität sie bestimmt nicht wenig hatte zahlen müssen.
»Es gab auch magere Jahre.«
»Entschuldigung.« Ihre schlichte Antwort holte mich auf den Boden zurück.
In diesem Augenblick schlurfte Robert die Treppe herunter. »Sehr chic«, zollte er meinem Anblick eine freundlich-spöttische Anerkennung, während sein Blick an meinen Füßen haftete. »Hat eigentlich schon einmal jemand die Ursache der weiblichen Vorliebe für Wollsocken ergründet?«
»Kalte Füße«, giftete ich ihn an. »Da du deine Umwelt wieder wahrnimmst, nehme ich an, dass es dir besser geht!«
»Oh, er hat nie aufgehört, seine Umwelt wahrzunehmen.« Margarethes Stimme hatte einen samtweichen Ton angeschlagen. »Ich darf nur an Lisa Franz erinnern.«
»Eines muss man dir lassen, Margarethe, in deiner Gegenwart bekommt man auch nicht die leiseste Chance, anderen etwas vorzumachen, geschweige denn sich selbst.« Robert neigte in grimmigem Respekt seinen Kopf.

»Das werte ich als Kompliment«, sagte Margarethe zufrieden.
Ich wollte mich gerade unbemerkt wieder hinaufschleichen, als das Telefon läutete. Hin- und hergerissen zwischen Neugier und dem Bedürfnis, mich umzuziehen, blieb ich unschlüssig mitten auf der Treppe stehen. Paul hatte nach dem dritten Klingeln abgenommen und rief, es sei für mich. Ich zwängte mich an Margarethe und Robert vorbei, lief in die Küche und sah Paul fragend an. Er zuckte jedoch nur die Achseln, während er mir den Hörer entgegenhielt.
»Winter.«
»Berning.«
»Oh.«
Paul hing halb im Meerschweinchenkäfig. Er war zum Glück abgelenkt und konnte nicht sehen, wie mir die Röte ins Gesicht schoss.
»Haben Sie heute Abend schon etwas vor?«
»Nein«, antwortete ich zögernd.
»Wie wäre es dann mit unserem Essen?«
»Ich dachte ...«
»Und ich dachte, dass Sie mir erst einmal ein bisschen über Ihre Wohngemeinschaft erzählen, bevor ich am Donnerstag ins kalte Wasser springe.«
»Ich habe nicht den Eindruck, dass Sie wasserscheu sind.«
Mir war ganz mulmig zu Mute.
Er lachte. »Essen Sie gerne indisch?«
Schon der Gedanke an Essen war zu viel für mich. »Das kann ich nicht sagen, ich habe es noch nie probiert.«
»Umso besser, dann lassen Sie sich überraschen. Bei mir

um die Ecke gibt es ein indisches Restaurant, das Ihnen gefallen wird.«

»Wo wohnen Sie denn?«

Er nannte mir eine Straße in Wiesbaden, die ich nicht kannte. »Schaffen Sie es gegen acht?«

Ich sah auf die Uhr, es war kurz vor fünf. »Wenn ich mir Mühe gebe.«

»Dann bis später«, hörte ich seine sonore Stimme am anderen Ende der Leitung.

Bevor ich noch etwas sagen konnte, hatte er aufgelegt. Ich starrte ratlos an mir herunter.

»Jeans und Rollkragenpullover.«

Erschreckt drehte ich mich zu Margarethe um, die auf wundersame Weise am Esstisch gelandet war. In den vergangenen Minuten hatte die Welt um mich herum stillgestanden. Ich hatte nichts wahrgenommen außer dieser Stimme.

»Wie bitte?«, fragte ich verwirrt.

»Jeans und Rollkragenpullover, darin siehst du so zerbrechlich aus. Das wird bestimmt seine sämtlichen Beschützerinstinkte wecken.« Sie lächelte mich verschwörerisch an. »Und noch eine Menge mehr.«

»Was hast du nur für eine Phantasie«, wies ich sie vorwurfsvoll zurecht.

»Ich glaube kaum, dass sie sich in dieser Hinsicht grundlegend von deiner unterscheidet. Das Alter hindert nicht daran, wie eine Frau zu denken und zu fühlen.«

Paul sah neugierig von seinem Gameboy auf, er ließ seine Blicke zwischen uns hin- und herwandern. »Phantasie ist wichtig«, verteidigte er Margarethe.

»Sagt wer?« Sein Einwurf war so entwaffnend, dass ich lachen musste.

»Meine Lehrerin.« Der ernste Blick ließ auf wirkliche Autorität dieser Dame schließen. »Deshalb sollen wir auch nicht so viel fernsehen«, schickte er betrübt hinterher.

»Wir haben ja heute noch gar nicht gelesen«, fiel mir siedend heiß ein. Pauls Lesekunst erinnerte nach wie vor mehr an Meditationsgesänge als an Geschichten aus einem mitteleuropäischen Schulbuch. Ohne tägliche Übung würde es nicht gehen. Ich sah Margarethe Hilfe suchend an.

»Nicht so schlimm«, versuchte Paul, mich zu beschwichtigen.

Margarethe war jedoch einer Meinung mit mir. »Keine Sorge, während ich koche, kann Paul mir vorlesen.«

»Och«, murrte er unwillig.

»Fein, dann habe ich ja frei für diesen Abend.« Ich lächelte freudig in die Runde, bevor ich mich an die Arbeit machte.

Es war schon ein Wunder: Während ich sonst innerhalb von einer halben Stunde startbereit war, brauchte ich an diesem Tag fast zwei Stunden. Und ich hatte nichts weiter gemacht, als zu duschen, meine Zähne zu putzen, meine Haare zu föhnen und mich in Jeans und Rollkragenpullover zu hüllen.

Zum Abschied warf ich noch einen Blick in die Küche. »Ich gehe jetzt.«

Paul sah von seinem Buch auf, das ihm augenscheinlich großes Kopfzerbrechen bereitete, seine Stirn hatte sich in angestrengte Falten gelegt. »Cool.« Sein knapper Kommentar zu meinem Erscheinungsbild tat mir gut.

»Dem schließe ich mich an.« Margarethe hatte sich von ih-

ren Töpfen losgerissen und ließ ihren Blick beifällig auf mir ruhen.
Selbst Robert, den es inzwischen in die Küche verschlagen hatte, sah von seiner Zeitung auf. »Geht doch. Weiß dein Opfer schon, was ihm blüht?«
»Jetzt reicht's aber«, setzte ich mich vehement zur Wehr.
»Mach dir lieber Gedanken über *dein* Opfer.«
»Und wer soll das sein?« Sein unschuldiger Blick hätte mich fast überzeugt.
»Das bewundernswerte Wesen, dessen weidwunde Blicke du standhaft ignorierst.«
»Er hat sich schon gebessert«, kam Margarethe ihm in gespieltem Ernst zu Hilfe.
»Habe ich da was verpasst?« Das konnte allerdings nur in den letzten Tagen der Fall gewesen sein, als ich aus dem einen oder anderen Grund nicht ganz zurechnungsfähig gewesen war.
Robert hatte sich bereits wieder seiner Zeitung zugewandt. »Nicht wirklich«, hörte ich ihn dahinter murmeln.
»Immerhin darf sie weiter jeden Tag kommen«, verriet Margarethe, »sogar an den Wochenenden.«
Stimmt, dachte ich überrascht, ich hatte sie am Samstag und am Sonntag gesehen, jedoch nicht weiter darüber nachgedacht. »Das grenzt ja an Ausbeutung«, scherzte ich.
»Hast du dir schon Gedanken über einen Bonus für sie gemacht? Ich denke, den hat sie sich redlich verdient.«
»Das lass mal meine Sorge sein.« Robert warf mir über seine Zeitung einen verschmitzten Blick zu. »Sie wird schon nicht zu kurz kommen.«
»Dann kann ich dich ja beruhigt deinem Schicksal überlas-

sen.« Ich lachte ihn fröhlich an, offensichtlich war es Lisa Franz gelungen, Roberts Barrieren zu überwinden.
»Sieh vor allem zu, dass du zu deinem nicht zu spät kommst.« Margarethe hatte sich energisch eingemischt. Sie klopfte mit ihrem Zeigefinger mahnend auf ihre Armbanduhr.
Es war Viertel nach sieben, höchste Zeit, mich auf den Weg zu machen. Ich winkte kurz in die Runde. »Bis später.«
Als ich hinausging, beschäftigten mich Gedanken, die ich vor ein paar Wochen nicht für möglich gehalten hätte. Auf sehr verschlungenen Wegen hatte sich ein Hauch von Fröhlichkeit über Haus Lieblich gelegt, ich spürte es ganz deutlich. Dieses Gefühl war jedoch nicht frei von Angst. Es war so viel geschehen in den letzten Monaten, dass ich immer wieder darauf gefasst war, erneut einen Tiefschlag einstecken zu müssen. Ich wagte es noch nicht, an die Wende, die sich am Horizont abzeichnete, zu glauben. Trotzdem genoss ich den Moment.
Was ich jedoch überhaupt nicht genoss, war der Stau, in den ich auf der Autobahn geriet. Ich hatte den Berufsverkehr vergessen, so dass ich erst um zwanzig nach acht in die Straße von Tobias Berning bog. Zum Glück hatte ich nicht lange suchen müssen. Meinem Klingeln folgte prompt der Summton des Türöffners.
Als ich die Treppe hinaufkam, fand ich seine Wohnungstür angelehnt. Ich drückte sie auf und folgte dem Lichtschein und seiner Stimme in ein kleines Zimmer, das mich in seiner Überfüllung an die Zustände bei Lieblichs erinnerte. Er stand gegen den Fensterrahmen gelehnt und versuchte, seinen Gesprächspartner am anderen Ende der Telefonlei-

tung von den Vorzügen einer mir unbekannten Dame zu überzeugen. Dabei sah er mich mit spöttisch funkelnden Augen an. Ich setzte mich in den nächstbesten Sessel, hielt seinem Blick jedoch nur mit großer Mühe stand. Er sollte bloß nicht annehmen, dass er leichtes Spiel mit mir haben würde. Ich beherrschte meinen Blick und ließ ihn bemüht gelassen durch den Raum wandern. Gleichzeitig versuchte ich, mein aufgeregt klopfendes Herz zu beruhigen. Du bist erwachsen, ermahnte ich mich, also benimm dich auch so. Dabei fühlte ich mich wie ein pubertierender Backfisch bei seinem ersten Rendezvous.

Er beendete sein Telefongespräch, kam zu mir herüber und zog mich an beiden Händen aus dem Sessel. Der halbe Meter, den er zwischen uns Platz gelassen hatte, reichte nicht aus, um das unerträgliche Knistern zu verscheuchen. Ich musste hier so schnell wie möglich raus. Doch mein Versuch, die Atmosphäre zu entladen, scheiterte an meiner Stimme, die mich unfairerweise im Stich ließ. Ich brachte keinen Ton heraus.

»Ich denke, wir müssen die Reihenfolge ändern«, sagte er im Vollbesitz seiner Stimmgewalt.

»Welche Reihenfolge?«, krächzte ich irritiert.

»Wir sollten erst miteinander schlafen und dann essen gehen.«

Wer von uns war jetzt von Sinnen – er oder ich?

»Jetzt bekäme doch keiner von uns beiden einen Bissen herunter«, setzte er pragmatisch hinzu. Er zog mit seinem Finger unerträglich langsam die Konturen meines Gesichts nach, und ich hielt still, wie ich noch nie stillgehalten hatte. Ich hatte mich nicht verhört.

Es war so viel Zärtlichkeit in seinen Bewegungen und gleichzeitig eine verhaltene Leidenschaft, die alles andere um mich herum zum Verstummen brachte und mich aus meiner Erstarrung löste. Ich konnte nur noch daran denken, diesen Mann zu küssen und von diesem Mann geküsst zu werden. Ich spürte ihn auf mir, in mir und unter mir, und ich vergaß die Zeit. Es gab nur noch seinen Körper und meinen auf diesem schmalen Stück Teppich zwischen Sessel und Stereoanlage.
Nach einer ganzen Weile betrachtete ich ihn eingehend.
»Ich habe mich immer gefragt, was das für Männer sind, die gleich am ersten Abend mit einer Frau ins Bett gehen.«
»Siehst du hier irgendwo ein Bett?« Er sah sich suchend im Zimmer um, bevor sein Blick wieder meinen fand.
Ich versank in diesen Augen und konnte mich erst losreißen, als mein Magen unüberhörbar knurrte.
»Verstehe, jetzt ist der Inder dran.« Er löste sich von mir, sammelte unsere verstreuten Sachen auf und sortierte sie auf zwei Haufen. Seinen Blicken nach zu urteilen, fiel es nicht nur mir schwer, mich wieder anzuziehen, aber für den Moment war der Hunger stärker.
Tobias hatte nicht zu viel versprochen, das indische Essen war wundervoll.
»Seit wann bist du geschieden?«, fragte ich ihn nach der Vorspeise.
»Seit drei Jahren.« Er strich zärtlich über meine Finger.
»Warum? Hat sie dein Job zu sehr belastet?«
»Das ist nur in Filmen der Grund«, klärte er mich auf, während er unter dem Tisch mit seinem Fuß mein Bein hinaufwanderte.

»Die Realität ist viel profaner«, fuhr er fort. »Wir haben uns über die Jahre auseinander gelebt.«
»Und keine Frauen seit der Zeit?«
»Die eine oder andere.« Er neigte seinen Kopf zur Seite und studierte mein Gesicht. »Was ist mit dir?«
»Ich wurde vor ein paar Monaten im Zuge der Krankenhausaffaire verabschiedet.«
»Tut es noch weh?«
»Nein«, gab ich ehrlich zu. »Es hat nie wirklich wehgetan. Eigentlich war es nur mein Stolz, meine Eitelkeit, alles Mögliche, nur nicht das, was es hätte sein sollen.«
Sein Fuß wanderte langsam mein anderes Bein hinauf. Inzwischen stand das Hauptgericht auf dem Tisch und wurde langsam kalt, während wir appetitlos darin herumstocherten. Nach ein paar Alibibissen zahlten wir eilig. Tobias zog mich an der Hand hinter sich her. Kaum war die Restauranttür hinter uns zugefallen, strich er so gekonnt über meinen Körper, dass ich nicht wusste, wie wir den Weg in seine Wohnung schaffen sollten. Irgendwie gelang es uns trotzdem, und ich entdeckte nicht nur sein Bett, sondern noch eine ganze Menge mehr.
Als ich wieder zu mir kam, sah ich ihn erstaunt an. »Bei Margarethe hättest du gerade Pluspunkte gesammelt. Sie propagiert nämlich die Abwechslung im Reich der Sinne.«
Ich stützte mich auf meinen Ellenbogen. »Wo lernt man so etwas?«
»Ich lese viel«, antwortete er grinsend.
»Im Kamasutra?« Daher kam wahrscheinlich auch seine Vorliebe für indisches Essen – als Vorspeise gewissermaßen.

»Unter anderem.«

»Was hättest du gemacht, wenn ich vollkommen ungelenkig wäre?«

»Dann hätte ich die Seiten für isometrische Übungen aufgeschlagen.« Sein Atem strich mir sanft über den Nacken.

»Es ist schon drei Uhr«, stellte ich überrascht fest, als mein Blick auf den Wecker fiel. »Ich muss langsam mal nach Hause.«

»Warum?«

»Hab' ich vergessen.«

»Dann ist es auch nicht wichtig gewesen. Schlaf einfach.« Er strich mir behutsam durch die Haare. »Mit dieser Farbe wirst du mir in der Menge nie verloren gehen.«

Ich hatte schon viel einstecken müssen wegen meiner Haarfarbe, aber so schön hatte es sich noch nie angehört. Mit diesem Gedanken schlief ich selig ein.

Als ich aufwachte, war es taghell; die Sonne schien mir ins Gesicht. Es dauerte einen endlosen Moment, bis ich wusste, wo ich war und mich umsah, aber der Platz neben mir war leer. Ich lief barfuß durch die Wohnung.

»Tobias?« Keine Antwort. Er musste schon zur Arbeit gefahren sein, immerhin war es fast zehn Uhr.

In der Küche fand ich einen kleinen Zettel von ihm. *Wenn es Dir so geht wie mir*, stand darauf, *dann müsstest Du Bäume ausreißen können. Ich freue mich auf Donnerstag! Tobias. PS: Ich bin froh, dass Du »nur« eine Zeugin bist. Die Sache mit der Befangenheit würde mich sonst in ganz beachtliche Konflikte stürzen.*

Nachdem ich geduscht und mich angezogen hatte, schob ich den Zettel vorsichtig in meine Hosentasche und schrieb einen für ihn: *Es geht mir so wie Dir, nur würde ich lieber Bäume pflanzen.* Ich legte ihn an die Stelle, wo ich meinen gefunden hatte, und machte mich auf den Weg nach Hause. Es sollte mir zur Gewohnheit werden, dass ich auf dem Hinweg zu ihm die Autobahn nahm und den Rückweg über die Dörfer genoss.

Ich kam völlig aufgekratzt in Haus Lieblich an und grüßte im Vorgarten fröhlich die Schneegestalten, die sich bei der Kälte wacker hielten. Zum ersten Mal freute ich mich bewusst, nach Hause zu kommen und dort nicht allein zu sein. Umso größer war die Enttäuschung, als ich feststellte, dass alle ausgeflogen waren, sogar Robert. Während ich in der Küche Wasser für einen Tee aufsetzte und mir ein Brot schmierte, quietschte Besani in der Hoffnung auf einen kleinen Leckerbissen laut in meine Richtung. An diesem Tag gab ich ihm jedoch keine Karotte, sondern ließ mich im Schneidersitz vor seinem Käfig nieder und holte ihn zum ersten Mal heraus, um ihn zu streicheln. Es dauerte noch nicht einmal eine Minute, bis er zufrieden zwitscherte. Ich war an diesem Morgen so glücklich, dass ich am liebsten eingestimmt hätte.

Nachdem ich dem Meerschweinchen zehn Minuten lang in den höchsten Tönen von Tobias vorgeschwärmt hatte, hörte ich den Schlüssel in der Tür und kurz darauf Margarethes Schritte.

»Katja?«, rief sie aus dem Flur.

»Bin hier in der Küche.«

Als sie hereinkam, sah sie gerade noch, wie ich Besani zurück in den Käfig setzte. »Nun hat er also die Probezeit überstanden.« Sie wirkte sehr zufrieden.

»Hattest du etwa Zweifel? Wenn ja, dann hast du sie erfolgreich verborgen.« Ich lachte sie fröhlich an.
»Ich hatte so meine Hoffnungen, aber bei deiner Widerborstigkeit weiß man ja nie. Da stoße selbst ich an meine Grenzen.«
Ich füllte Tee in die Kanne und goss das heiße Wasser darüber. »Magst du auch eine Tasse?«
»Gern.« Margarethe rieb sich kräftig die Hände. »Draußen ist es bitterkalt.«
»Aber wunderschön«, strahlte ich. »Vielleicht gehe ich heute Nachmittag mit Paul noch einmal Schlitten fahren.«
»Eine größere Freude kannst du ihm kaum machen.« Sie betrachtete mich in aller Ruhe. »Es ist schön, dich so zu erleben.«
»Wie?« Ich stellte die Teekanne zwischen uns auf den Tisch, holte zwei Becher und setzte mich zu ihr.
»So vor Freude übersprühend.« Sie goss uns beiden Tee ein. »Tobias Berning?«, fragte sie behutsam.
»Ja. Ich habe so etwas noch nie erlebt«, schwärmte ich. »Fast schäme ich mich ein bisschen.«
»Um Gottes willen!« Margarethe wollte gerade ausholen und mir gehörig den Kopf waschen, als ich sie unterbrach.
»Nicht, was du denkst.« Ich lachte. »Ich musste nur auf der Herfahrt an all die Vorhaltungen denken, die ich meiner Mutter immer gemacht habe, wenn sie sich unsterblich verliebt hatte. Dann habe ich ihr etwas vom irreführenden Strohfeuer erzählt, von ihrem mangelnden Sinn für die Realität und natürlich von dem Unglück, in das sie sich sehenden Auges stürzen würde. Naja«, fügte ich offen hinzu, »bisher war es bei ihr auch immer so.«

»Wer kann schon sagen, wie die Dinge ausgehen.« Margarethe rührte gedankenverloren in ihrer Teetasse, dann sah sie auf. »Wenn ich dich ansehe, dann weiß ich zumindest, dass ihr beide einen guten Start hattet.«
»So kann man es nennen.« Ich spürte Tobias Hände immer noch auf meiner Haut. »Warst du jemals so verliebt?«
»O ja«, antwortete Margarethe leise.
»Und dein Mann?«
»Der auch, nur nie in mich.«
»Was?«, fragte ich ungläubig.
»Hajo war homosexuell.«
»Das tut mir Leid Margarethe«, sagte ich zerknirscht. Hätte ich doch nur nicht gefragt.
»Für wen?« Der sanfte Spott hatte in ihre Augen zurückgefunden.
»Na, für dich natürlich, für wen sonst.«
»Dazu besteht kein Grund, ich wusste genau, worauf ich mich einließ, als ich Hajo heiratete. Er hat mich über seine Neigungen nie im Unklaren gelassen.«
»Aber warum hast du ihn dann geheiratet?« Ich konnte mir bei Margarethe nicht vorstellen, dass sie es des Geldes wegen getan hatte.
»Weil diese Heirat für uns beide ein Problem gelöst hat.« Sie spannte mich auf die Folter mit ihren knappen Antworten.
»Nun erzähl schon, Margarethe!«
»Dadurch, dass wir nach außen hin der gesellschaftlichen Norm entsprachen«, begann sie zögernd, »konnten wir beide sehr frei und ungestört leben. Jedenfalls in einem gewissen Rahmen.« Die Erinnerung holte sie ein. »Natürlich

mussten wir vorsichtig sein, aber wir haben auch festgestellt, dass die Menschen sehr leicht zufrieden zu stellen sind. Wenn das äußere Bild stimmt, lassen sie dich in Ruhe.« Sie tastete vorsichtig mein Gesicht nach einer Reaktion ab, aber ich sah sie nur gespannt an. »Wir lebten in einem sehr schönen, großzügigen Haus hier in Kronberg, wo jeder von uns seiner Wege gehen konnte. Hajos Freund ist wundersamerweise niemandem aufgefallen, obwohl er sehr oft bei uns ein und aus ging. So konnte Hajo sich zumindest zu Hause frei entfalten, außerhalb unserer vier Wände ging es leider nicht, da galt es, die Fassade zu wahren. Unsere Generation ist mit Homosexuellen leider noch sehr streng ins Gericht gegangen. Als Arzt hätte er einpacken können.«
»Kann ich mir vorstellen.« Was ich mir jedoch nicht vorstellen konnte, war, warum Margarethe sich auf diesen Pakt eingelassen hatte. »Wie alt warst du, als ihr geheiratet habt?«
»Ah«, lachte sie herzhaft, »ich weiß, worauf du hinauswillst, aber so war es nicht. Ich war nicht jenseit von gut und böse, als ich Ja gesagt habe. Mit Ende zwanzig zählte man selbst zu meiner Zeit noch zu den Jungen.«
»Dann hättest du doch gleich ins Kloster gehen können.«
Mein Tee war über ihren Erzählungen fast kalt geworden. Ich nahm einen großen Schluck und sah sie gebannt an.
»Gott bewahre! Ich wollte doch frei sein.«
»Schöne Freiheit«, hielt ich ihr ironisch vor.
»Du unterschätzt die Macht des schönen Scheins. Nach außen hin war ich eine glücklich verheiratete Frau, es gab keine Geschichten über mich, keine Skandale, nichts, worüber

man sich die Mäuler hätte zerreißen können. Ich war die Frau des Kinderarztes, erschien jeden Tag pünktlich in der Praxis und führte meinem Mann vorbildlich den Haushalt. Natürlich stieß man sich hier und da an meinem losen Mundwerk, aber solange alles andere stimmte, bot ich keine Angriffsfläche.«
»Und wozu das alles?«
»Um nicht auf die Gefühle verzichten zu müssen, die dich heute so strahlen lassen.« Sie war sehr leise geworden.
»Bist du etwa lesbisch?«, platzte ich heraus. Das hätte ich doch merken müssen. Aber, meldete meine innere Stimme Protest an, wie ich am Beispiel von Sven Kuhlmann gesehen hatte, war auf meine Wahrnehmung nicht immer Verlass.
»Würde dich das stören?«
»Keine Spur«, winkte ich ab, nachdem ich einen Moment darüber nachgedacht hatte. »Also bist du's?«
»Nein.« Sie lächelte übermütig.
»Mit den Fragen geht es bei dir nie so zäh, nur bei den Antworten muss man dir jedes Wort einzeln aus der Nase ziehen.« Jetzt reichte es mir langsam.
»Um deine verständliche Neugierde zu befriedigen: Die Heirat mit Hajo war für mich die beste, um nicht zu sagen, die einzige Möglichkeit, um meine Liebe zu einem anderen Mann zu leben.«
»Du hattest ein Verhältnis mit einem katholischen Priester.« Ich grinste sie herausfordernd an.
»Niemals«, entgegnete sie in gespieltem Entsetzen.
Ich war mir jedoch sicher, dass dieses Tabu für Margarethe nicht existierte.

»Es war schlimmer.« Plötzlich war sie wieder ernst. »Er war kein Mann Gottes, er war der Mann einer anderen.«
Es fiel mir wie Schuppen von den Augen: »Rosas Mann.«
»Ja, Albert«, gab sie offen zu.
»Lange?«
»Sehr lange, fast mein halbes Leben.«
»Und dann sitzt du scheinheilig jeden Mittwoch neben Rosa und hältst ihre Hand?« Das war nun wirklich zu viel des Guten.
»Ich sitze dort nicht scheinheilig«, wies Margarethe mich scharf zurecht, »sondern auf Alberts Wunsch. Ich habe ihm auf seinem Sterbebett versprochen, mich um seine Frau zu kümmern.«
»Jetzt verstehe ich gar nichts mehr.« Ich stieß einen lauten Seufzer aus.
»So schwer ist das doch gar nicht zu verstehen: Albert hat seine Frau geliebt. Ihre Zerbrechlichkeit, ihr zartes Wesen, ihre künstlerische Ader. Sie hat ihn vom ersten Moment an vergöttert. In ihrer Gegenwart fühlte er sich stark und ohne Einschränkung akzeptiert. Dafür hat er gelernt, mit ihrer Krankheit zu leben.«
»Was ist denn da noch für dich übrig geblieben?«
»Oh, eine Menge. Mich hat er auch geliebt, anders zwar, aber nicht weniger intensiv. Es ist schwer, aus sich selbst herauszutreten und sich objektiv zu betrachten, aber ich denke, an mir war es der Gegensatz zu Rosa. Ich war stark und bodenständig, habe immer vehement meine eigene Meinung vertreten, ich war bis zu einem gewissen Grad schamlos. Wir haben viel zusammen gelacht.«
»Es ist schwer nachzuvollziehen.« Ich versuchte, mir die

junge Margarethe vorzustellen. »Warst du nie eifersüchtig?«

»Am Anfang vielleicht ein bisschen, bis es sich einspielte und ich begriff, dass Rosa mir nichts nahm. Ich ihr übrigens auch nicht. Wenn du so willst, war es eine friedliche Koexistenz.«

»Sie wusste davon?«

»Das kann ich dir nicht sagen. Ich habe mich das oft selbst gefragt, bin aber zu keinem Ergebnis gekommen. Sie ist ein sehr sensibler Mensch, wer weiß ...« Margarethe dachte nach. »Albert hat es ihr jedoch ganz bestimmt nie erzählt.«

»Magst du Rosa?«

»Sehr.«

»Ich weiß nicht, ob ich auf diese Weise teilen könnte.« Ich hatte laut überlegt.

»Das kommt auf die Alternative an. Ich hätte auf Albert verzichten müssen, er hätte sich nie von Rosa getrennt. Daran hat er nie einen Zweifel gelassen.«

»Hat dir das nicht wehgetan?«

»Manchmal schon, aber dann habe ich mir wieder vor Augen geführt, dass ich auch zwei Männer liebte: meinen Liebhaber und meinen Mann.«

»Hajo?«, fragte ich überrascht.

»Ich war selbst erstaunt, als ich es feststellte, ich habe es lange Zeit nicht gewusst. Mein Mann war der beste Freund, den ich je hatte. Wir waren sehr ehrlich miteinander, wir konnten uns gegenseitig unser Herz ausschütten und wussten es in liebevollen Händen. Hajo war ein guter Zuhörer, ein sehr kluger und warmherziger Mann. In seiner einfühlsamen Art war er ein Segen für mich.«

»Ist er tot?«
»Ja, vor drei Jahren ist er eines Morgens einfach nicht mehr aufgewacht. So wie er es sich immer gewünscht hat.«
»Trotzdem ist es traurig.«
Sie nickte langsam.
»Wie war Albert?«
»Sehr männlich«, begann sie. Dann, nach einem Moment: »Unerträglich erotisch, ungeduldig, wortgewandt, schnell im Kopf, ein kleiner Macho, wie es heute so treffend heißt. Es fiel mir immer schwer, die Finger von ihm zu lassen, wenn du weißt, was ich meine.« Es war merkwürdig, diese Worte aus dem Mund einer Siebzigjährigen zu hören.
»Ich weiß, was du meinst.« Die letzte Nacht war noch sehr präsent in meinen Gedanken.
»Manchmal denke ich, dass wir beide diese sehr spezielle Konstellation geschätzt haben. Wir mussten uns nie zwischen zwei Menschen entscheiden. Wir mussten keine Kompromisse machen, weil wir alles fanden, was wir suchten, nur eben in zwei Menschen anstatt in einem. Das galt übrigens auch für Hajo.«
Die Klingel unterbrach jäh unser Gespräch.
Margarethe sah auf die Uhr. »Das muss Paul sein.« Wir hatten fast zwei Stunden geredet.
Ich lief hinaus, um die Tür zu öffnen. Paul stürmte an mir vorbei, ließ an der Garderobe mit einem lauten Plumps seinen Ranzen fallen, schmiss seine Jacke in die Ecke und verschwand in der Küche.
»Ich habe Hunger.« Er sah sich verzweifelt in der Küche um, die um diese Zeit normalerweise leckere Essensdüfte verströmte.

Die Zeit war uns davongelaufen. »Ich weiß, was wir jetzt machen.« Ich holte drei Pakete Pizza aus der Tiefkühltruhe, riss die Verpackung ab und schob sie in den Backofen. »Zehn Minuten, solange kannst du unseren Zoo noch füttern. Hier ist ein Apfel für Johnny und ein Kohlrabiblatt für Besani.« Ich wuschelte ihm fröhlich durch die Haare. »Und heute Nachmittag gehen wir Schlitten fahren.«
»Au ja!«, dröhnte es mir entgegen. »Können wir Jonas mitnehmen?«
»Wenn du mir sagst, wer das ist.«
»Jonas ist mein Freund, wir gehen in eine Klasse.«
Wird auch höchste Zeit, dachte ich erleichtert. Paul war viel zu viel mit Erwachsenen zusammen. »Klar kann er mitkommen.«
Kaum hatte ich das gesagt, stürmte Paul auch schon aus der Küche.
»Wohin willst du?«, rief ich ihm hinterher.
»Jonas Bescheid sagen, er wohnt gleich um die Ecke.«
Schon hörten wir die Tür zuschlagen.
»Wo ist eigentlich Robert?«
»Er bekommt heute wieder eine Chemo, morgen Mittag ist er zurück, rechtzeitig zu unserem Essen. Ich habe Lisa Franz auch eingeladen.«
»Gute Idee«, grinste ich. Gestern noch hatte ich Margarethe vorgehalten, sie würde sich in mein Leben einmischen, heute applaudierte ich ihr gewissermaßen, als sie dasselbe mit Robert tat. Was war nur aus mir geworden?
»Nicht wahr?« Sie zwinkerte mir zu.

16 *Ich musste fünfunddreißig Jahre alt werden,* um das Gefühl kennen zu lernen, beim Anblick eines Mannes dahinzuschmelzen. So und nicht anders erging es mir nämlich, als ich am Donnerstagabend die Tür öffnete und Tobias gegenüberstand. Meine überschäumenden Gefühle hatten in den vergangenen achtundvierzig Stunden keinen Deut von ihrer Intensität eingebüßt. Sein Anblick reichte aus, um in mir blitzschnell den Wunsch reifen zu lassen, ihn hinter mir her die Treppe hinaufzuziehen und ...

»Schön, Sie kennen zu lernen, Herr Berning.« Margarethe war hinter mir aufgetaucht.

Sein bedauerndes Lächeln in meine Richtung wurde zu einem erfreuten in ihre. »Ich freue mich auch, ich habe schon einiges von Ihnen gehört.« Er streckte ihr seine Hand entgegen.

»Kann ich mir denken«, entgegnete Margarethe mit einem vieldeutigen Blick zu mir. »Soll ich Ihnen das da mal abnehmen?« Sie wies auf ein unförmiges Paket, das er im linken Arm hielt. »Dann kommen Sie vielleicht leichter aus Ihrem Mantel.«

»Gern.« Er überreichte ihr das Teil mit der undefinierbaren Form. »Das ist ein kleines Mitbringsel für die Wohngemeinschaft. Katja sagte mir nämlich, sie würde sehr gern einen Baum pflanzen.« Sein Blick versenkte sich sekundenlang in meinen.

»Nicht gerade die ideale Pflanzzeit.« Margarethe sah uns beide zweifelnd an, während sie die Zwergbuche aus dem Papier schälte. »Aber wir werden sie schon irgendwie über den Winter bringen.«

Während ich das Bäumchen betrachtete, zog ein Strahlen über mein Gesicht.
»Katja wird Ihnen sicher erst das Haus zeigen wollen, in zehn Minuten ist das Essen fertig.«
Ich konnte mich des Eindrucks nicht erwehren, dass Margarethe sich wie die Hausherrin verhielt. An diesem Abend war ich jedoch so milde gestimmt, dass ich großzügig darüber hinwegsah und ihrem Vorschlag folgte. Allerdings kamen wir über die Garderobe nicht hinaus, da uns ein ausgedehnter Kuss dazwischenkam – bis Paul die Treppe herunterstürmte und uns störte.
»Na?« Er beäugte unseren Gast skeptisch.
»Hallo.« Tobias ging in die Knie, damit sie etwa auf gleicher Augenhöhe miteinander reden konnten. »Du musst Paul sein.«
»Hm.« Er verzog sein Gesicht nicht einmal andeutungsweise zu einem Lächeln.
»Tobias ist der Mann von der Kriminalpolizei«, erklärte ich ihm aufmunternd. »Ich habe dir doch erzählt, dass ich am Montag dort war.«
»Ich dachte, du hast Angst vor ihm.« Sein vorwurfsvoller Ton ließ auf einen mittelschweren Anfall von Eifersucht schließen. Er ließ uns stehen und verdrückte sich in die Küche.
In diesem Moment kamen Robert und Lisa Franz herunter, die Tobias zum Glück weit freundlicher begrüßten. Gemeinsam folgten wir Paul und den verführerischen Düften, die uns entgegenströmten. Margarethe hatte unseren riesigen Esstisch wunderschön gedeckt.
»Jetzt wird er langsam voll«, freute sie sich, »gut so.« Sie

hatte ein wahres Festessen gekocht: Fischrouladen mit Morchelrisotto.

Robert, Paul und ich waren inzwischen daran gewöhnt, wie in einem Feinschmeckerrestaurant verköstigt zu werden. Die beiden Neuankömmlinge gerieten nicht schlecht ins Staunen und überschütteten Margarethe mit ihrem Lob. Während des Essens taute Paul zusehends auf. Er merkte schnell, dass sowohl Tobias als auch Lisa sich eingehend mit ihm beschäftigten, er also keineswegs abgeschrieben war. Als es Zeit für ihn wurde, ins Bett zu gehen, leistete er heftigen Widerstand, da er nur so weit gekommen war, Tobias seine Lieblingsspielzeuge vorzuführen, nicht jedoch, ihn nach spannenden Details zur Verbrecherjagd zu fragen.

»Ich war bestimmt nicht das letzte Mal hier«, beruhigte der ihn.

Überflüssig zu sagen, dass ich hoch erfreut war, dies zu hören.

»Beim nächsten Mal komme ich ein bisschen früher, und dann kannst du fragen, was du willst.«

»Versprochen?«

»Versprochen.« Sie schlugen tiefernst ein, woraufhin Paul sich im Schneckentempo nach oben bewegte.

Kaum eine halbe Stunde später musste Robert ihm folgen, da die Auswirkungen der Chemotherapie ihm heftig zu schaffen machten. Aber er hatte sich bis dahin wacker gehalten und machte einen ganz zufriedenen Eindruck. Ich glaube, Lisa wäre ihm am liebsten gefolgt, traute sich jedoch nicht so recht. So blieben wir vier noch eine ganze Weile sitzen, bis es auch für sie Zeit war aufzubrechen. Tobias und ich überzeugten Margarethe, dass wir die Küche auch ohne ihre Hilfe wieder in ihren jungfräulichen Urzustand versetzen könnten. So zog sie sich mit einem Hinweis auf ihre unbezwingbare Müdigkeit dezent zurück. Es dauerte keine halbe Stunde, bis sämtliche Spuren des Essens beseitigt waren.

»Und jetzt darfst du mir dein Zimmer zeigen, vorhin sind wir ja nicht dazu gekommen.« Tobias schob mich vor sich her die Treppe hinauf.

Er sollte an diesem Abend jedoch nur noch mein Bett kennen lernen. Für alles andere, fanden wir, war auch später noch Zeit.

Am nächsten Morgen wachte ich gegen elf Uhr auf. Tobias war längst weg, er hatte mir vier Stunden zuvor einen Kuss auf die Nase gedrückt und war in seinen Arbeitsalltag verschwunden. Wobei ich mich fragte, wie er diesen Tag eigentlich überstehen wollte, denn wir hatten nicht allzu viel geschlafen. Ich schlurfte noch ganz schlaftrunken in die Küche, um mir einen Tee aufzusetzen.

Margarethe saß auf ihrem inzwischen angestammten Platz in der Nähe des Fensters; sie war wie fast immer um diese Zeit in ihre Zeitung vertieft.

»Guten Morgen«, sagte sie munter, als sie mich hereinkommen hörte. »Frühstück?«

»Mach' ich mir selber, danke. Du hast dich ja gestern Abend schon so ins Zeug gelegt, heute hast du frei. Es war übrigens extrem lecker.«

»Danke.« Sie freute sich sichtlich. »Einen schönen Gruß übrigens von Herrn Berning.«

»Hast du ihn noch gesehen?«

»Paul und ich haben mit ihm gefrühstückt. Interessanter Mann.«
Merkwürdigerweise war mir ihr Urteil wichtig.
»Mit den Augen hast du übrigens Recht, Katja, sehr gefährlich.«
»Nicht wahr?«, lachte ich.
»Wie findet er eigentlich deine Haarfarbe?« Sie sah mich gespannt an.
»Er findet sie schadenersatzverdächtig, denkt dabei allerdings eher an meinen Friseur als an meinen Schöpfer.«
»Mutiger Mann.«
»Sollte man bei der Polizei doch auch erwarten können, oder?« Ich setzte mich mit meinem Tee zu ihr.
Margarethe schob mir über den Tisch einen Briefumschlag zu, den ich vorher nicht gesehen hatte. Absender war mein früherer Arbeitgeber in Wiesbaden. Ich riss den Umschlag auf und las aufgeregt die wenigen Zeilen, die nichts anderes beinhalteten als eine Entschuldigung und das Angebot, an meinen alten Arbeitsplatz zurückzukehren.
»Bravo«, sagte Margarethe, nachdem ich ihr den Brief vorgelesen hatte. »Hast du dir das nicht immer gewünscht, Katja?«
»Ja«, erwiderte ich zögernd. »Wenn ich die Demütigung nicht mehr ertrug, dann habe ich mir den Triumph ausgemalt, wenn sich meine Unschuld herausstellen sollte. Zeitweise konnte ich an nichts anderes denken als an den Tag meiner Rehabilitierung. Dabei habe ich in die Gesichter all derer geschaut, die mir nicht geglaubt haben. Und dann habe ich mit Genugtuung ihre verschämten Blicke aufgesogen.«

»Und jetzt spielt es keine Rolle mehr.« Margarethe sprach aus, was ich dachte.

»Es ist plötzlich nicht mehr so wichtig«, gab ich zu. »Ich bin unglaublich erleichtert, dass die Sache aufgeklärt ist. Irgendwie hatte ich immer Angst, dass diese Zweifel ewig an mir haften bleiben und ich nie wieder einen adäquaten Job finde. Aber mit einem neuen Zeugnis wird das kein Problem sein. Und ich weiß inzwischen nicht mehr, ob ich je wieder dorthin zurück möchte.«

»Das musst du auch nicht jetzt entscheiden, lass dir Zeit.«

Sie hatte sicher Recht, aber in mir drängte noch die Ungeduld der Jugend, ich hatte zu lange gewartet, um nun viel Zeit ins Land gehen zu lassen.

Als ich später unter der Dusche stand, fasste ich einen Entschluss. Vor ein paar Tagen hatte ich gelesen, dass das St.-Johannes-Hospital in Frankfurt für die Kinderintensivstation wieder eine Fachkraft suchte. Dieses Mal würde ich es mit der Wahrheit versuchen.

Es war jedoch schwierig, diese überhaupt loszuwerden, da ich fast nicht an der Ver-waltungssekretärin vorbeigekommen wäre. Ohne Termin würde sich mir hier keine Tür öffnen. Ich war kurz davor aufzugeben, als sich doch eine Tür auftat und die Verwaltungschefin heraustrat, die sich einmal so nachdrücklich für die Frau meines angeblichen Oberarzt-Liebhabers stark gemacht hatte. Sie erkannte mich sofort.

»Wenn Sie wegen der Stelle kommen – an meiner Entscheidung hat sich nichts geändert.« Sie war nicht unfreundlich, aber sehr bestimmt.

»Ich komme wegen der Stelle – an meiner Geschichte hat

sich jedoch einiges geändert«, gestand ich. »Hören Sie mir nur zehn Minuten lang zu. Bitte.«
Einen endlosen Augenblick lang war ich überzeugt, sie würde mich unmissverständlich abwimmeln. Doch dann öffnete sie zögernd die Tür zu ihrem Zimmer und bedeutete mir, ihr zu folgen.
Drinnen erzählte ich ihr die ganze Geschichte, ohne etwas auszulassen oder zu beschönigen. Ich endete mit meinem Besuch im Wiesbadener Polizeipräsidium und dem Angebot meines alten Arbeitgebers.
»In Ordnung, Sie haben die Stelle.«
Ich sah sie überrascht an. »Sie wollen es tatsächlich mit mir versuchen?«
»Deshalb sind Sie doch hier, oder?«
»Ja natürlich, trotzdem habe ich fast nicht zu hoffen gewagt, dass Sie mir eine Chance geben.«
»Fast hätte ich das auch nicht«, gab sie offen zu. »Sie können sehr gut lügen, ich habe tatsächlich nicht gemerkt, dass Sie mir einen Bären aufbinden. Für einen Moment hat mich das abgeschreckt, sie einzustellen. Aber ehrlich gesagt bin ich bisher auch nicht ganz ohne Lügen ausgekommen. Und sie haben Courage«, fuhr sie fort. »Noch einmal hierher zu kommen und mir Ihre Lügengeschichte zu beichten – nicht schlecht. Ich finde, es ist durchaus einen Versuch wert.«
»Danke!«
»Wann können Sie anfangen?«
»Jederzeit«, antwortete ich etwas voreilig.
»Wie wäre es mit Montag?«
Ich schluckte. »So schnell?« Vor kurzer Zeit noch hatte ich

es nicht abwarten können, und jetzt hätte ich durchaus noch ein paar Tage in meinen Glücksgefühlen schwelgen können.

»Wer A sagt ...« Das Schmunzeln in ihren Augen hatte inzwischen ihren Mund erreicht.

»Okay«, unterbrach ich sie.

Nachdem wir die einzelnen Vertragsbestandteile besprochen hatten, stand sie auf. »Kommen Sie Montagmittag kurz herein, dann können Sie den Vertrag unterzeichnen. Ich lasse ihn bis dahin vorbereiten.«

Wir schüttelten uns in überzeugtem Einverständnis die Hände, so dass ich dieses Mal die Klinik sehr beschwingt verließ. Vor dem Portal drehte ich mich noch einmal um und prägte mir das Bild ein, das mich von nun an vor jedem Dienstantritt begrüßen würde.

Wie sich herausstellte, hatte ich Recht daran getan, meiner Intuition zu folgen. Der Neuanfang im St.-Jonannes-Hospital stellte sich als Balsam für meine Seele heraus: Meine Kolleginnen und Kollegen sahen mich weder betreten noch zweifelnd an, sondern einfach nur neugierig. Es sollte allerdings einige Zeit dauern, bis ich die einzelnen Handgriffe in meiner Überwachungsstation nicht mehr doppelt und dreifach nachprüfte. Der Schrecken, den Sven Kuhlmann mir eingejagt hatte, wirkte noch lange nach, zumal durch die Gerichtsverhandlung alles noch einmal aufgewühlt wurde. Dort lernte ich einen anderen Sven Kuhlmann kennen, einen, für den ich keinen Moment lang die Hand ins Feuer gelegt hätte. Mit der Zeit warf ich jedoch den lästigen Ballast ab, den er mir aufgebürdet hatte, und begann, das Versagen meiner Menschenkenntnis bei ihm als Ausnahme zu sehen. Ich wollte ihm nicht am Ende noch dadurch Macht über mich einräumen, indem ich meinen Mitmenschen mit einem übertriebenen Misstrauen begegnete.

Bevor ich am Montagmorgen meinen Dienst antrat, rief ich meinen Betreuer beim Arbeitsamt an. Kaum hatte ich meinen Namen gesagt, da hörte ich ihn schon abwehrend Luft holen. Ich konnte mir gut vorstellen, dass ich nach meinem »Telefonterror« ein rotes Tuch für ihn war. Er war immer sehr fair und bemüht gewesen, so dass ich ihm jetzt im Gegenzug seinen Wochenanfang verschönern wollte, indem ich ihm von meinem Arbeitsvertrag berichtete, der kurz vor der Unterzeichnung stand. Sein Aufatmen war unüberhörbar.

Auch Robert kehrte nach Beendigung der Chemotherapie in seinen Job zurück. Noch etwas klapperig zwar, aber sehr froh, dieses Jammertal endlich hinter sich zu lassen. Abends und am Wochenende schonte er sich allerdings über Gebühr und packte seinen Körper in Watte. Die Angst, das Damoklesschwert über seinem Kopf könne doch noch hinabsausen, saß ihm beständig im Nacken. Das wurde erst besser, als im folgenden Sommer Lance Armstrong die Tour de France gewann, nachdem er drei Jahre zuvor an Hodenkrebs erkrankt war – mit einer weit schlechteren Prognose als Robert. Als die Nachricht von diesem phänomenalen Sieg durch die Medien ging, begann Robert wieder, täglich zu joggen. Sehr vorsichtig zunächst, mit der Zeit gewann das Vertrauen in seinen Körper jedoch die Oberhand.

Auch Lisa Franz wurde schließlich für ihr Durchhaltever-

mögen belohnt. Sie hatte Roberts beständige Abwehr einfach ausgesessen und den richtigen Moment abgewartet, um sie zu durchbrechen. Ihr fröhliches, optimistisches Naturell tut ihm gut. Und nicht nur ihm – sie ist für alle Bewohner von Haus Lieblich ein Gewinn.
Als sich diese Entwicklung abzeichnete, wurde sehr schnell klar, dass wir für Paul eine Lösung finden mussten. Eine Zeit lang musste er ständig die Betten wechseln, je nachdem, wer gerade Übernachtungsbesuch hatte. Und das, so befanden wir einstimmig, war ihm keine Nacht länger zuzumuten. Bevor wir jedoch zur Tat schritten, führte Robert ein klärendes Gespräch mit Natalie Gassner, die inzwischen geheiratet hatte und schwanger war. Wie fast nicht anders zu erwarten, gestaltete sich die Situation mit ihren Schwiegereltern immer noch als so schwierig, dass sie keine Möglichkeit sah, Paul in naher Zukunft zu sich zu holen. Das erste, was Robert daraufhin tat, war, einen Antrag auf Namensänderung zu stellen, damit aus Paul Gassner Paul Merten würde. Im zweiten Schritt entrümpelten wir in einer gemeinsamen Wochenendaktion den Dachboden. Nachdem ich ihn hygienisch sauber geschrubbt hatte, durfte Paul dort oben einziehen. Er liebte sein eigenes Reich und zeigte es sofort stolz all seinen Freunden. Zum Glück ließ er dieses Mal Johnny auf der Weide. Auf meinen drohenden Rat hin begnügte er sich damit, dem Pony sein Zimmer in den glühendsten Farben auszumalen. Johnny war sein erster Freund hier in Kronberg gewesen, und er vernachlässigte ihn auch dann nicht, als die Zahl seiner menschlichen Freunde langsam anwuchs.
Paul vermisst seine Mutter, da bin ich mir ganz sicher. Sie

ruft zwar jede Woche an, aber es ist nicht dasselbe, wie wenn sie leibhaftig vor ihm stünde und ihn in die Arme nehmen könnte. Trotzdem denke ich, dass unser etwas ungewöhnlicher Familienzusammenschluss ein kleines Stück dieser Lücke schließt und ihm die nötige Stabilität gibt.

Beim Kochen heißt es, dass viele Köche den Brei verderben. Bei Paul ist das Gegenteil der Fall: Wir erziehen alle nach Kräften an ihm herum – jeder auf seine Weise –, und er blüht dabei auf. Nun weiß ich natürlich nicht, ob dies tatsächlich der Qualität unserer engagierten Versuche zuzuschreiben ist oder einfach seinem unverwüstlichen Charakter. In jedem Fall sieht sich keiner von uns veranlasst, irgendetwas an der bestehenden Situation zu ändern.

So kam es auch, dass Robert, als er die Benachrichtigung bekam, dass seine Wohnung in Frankfurt endlich wieder bezugsfertig sei, laut aufstöhnte. Der Umzug sei ihm zu viel, beklagte er sich, er wisse nicht, was er mit Paul machen solle, und überhaupt: Eigentlich hatte er sich an Haus Lieblich gewöhnt. Und das Haus sich an ihn. So vermietete er kurzerhand die Wohnung und wurde Dauermieter in der Villa Kunterbunt, wie Paul das Dach über unserem Kopf gern nennt. Ob er dabei an die Haarfarbe von Pippi Langstrumpf denkt, die der meinen verdächtig ähnelt, oder an die ungewöhnlichen Verhältnisse, unter denen wir hier wohnen, vermag ich nicht zu sagen. Er jedenfalls schweigt sich darüber aus.

Inzwischen wohnen fast ständig sechs Personen unter diesem Dach, und ich möchte keine davon missen. Es ist nicht gerade ruhiger geworden – ganz im Gegenteil. Nach wie vor wird viel gestritten, gespöttelt und gelacht. Die Ausein-

andersetzungen, die wir uns hin und wieder auf engstem Raum liefern, können sich hören lassen. Sie sind ebenso anstrengend wie anregend. Manchmal ist es zum Aus-der-Haut-Fahren, dann wieder voll gegenseitiger Zuneigung. Auf jeden Fall ist es so, dass keiner von uns auch nur im Entferntesten daran denkt, Haus Lieblich zu verlassen.
Unseren Vermietern haben wir angeboten, freiwillig eine höhere Miete zu zahlen, sie wollten jedoch nichts davon hören. Dafür statten sie ihrem »gemütlichen Häuschen« immer dann einen Besuch ab, wenn sie es vor Heimweh auf Mallorca nicht mehr aushalten. In diesem Fall besuchen sie uns für eine Woche und nächtigen auf eigens zu diesem Zweck angeschafften Matratzen in Margarethes Wohnzimmer. Wie ich schon sagte: Ich bin überzeugt, dass Haus Lieblich sich über die Jahre hinweg so sehr an die Enge und Überfüllung gewöhnt hat, dass es diese wie magisch anzieht.
Wenn es mir zu bunt, sprich: zu laut wird, dann gehe ich in den Wald und atme ein wenig von der Stille ein, die dort zu Hause ist. Auf diese Weise habe ich bereits einen riesigen Teil des an Kronberg angrenzenden Waldes erkundet. Manchmal begleitet mich einer meiner Mitbewohner, am liebsten streife ich jedoch alleine auf diesen Pfaden. Tobias hat zum Glück kein Problem mit meinen Alleingängen.
Ja ... Tobias ...
Nach unserem anfangs so stürmischen Aufeinandertreffen hatte ich es langsam angehen wollen, doch er ließ mir keine Chance dazu. Und ich konnte ihm keinen vernünftigen Grund nennen, warum er sein Tempo drosseln sollte. Außer meiner Angst, es könne etwas schief gehen. Ich wollte

nicht alles wieder verlieren, was mir so sehr ans Herz gewachsen war. Was das mit dem Tempo zu tun habe, fragte er mich, und ich musste zugeben, dass ich glaubte, eine langsamere Gangart besser unter Kontrolle zu haben. Daraufhin strich er aufreizend langsam über meinen Körper.
Als er damit fertig war, sah er mich siegesgewiss an. »Das war jetzt Zeitlupe«, hauchte er in mein Ohr, »ich kann jedoch keinerlei wirksame Kontrolle entdecken.« Fairerweise musste ich ihm Recht geben. So fügte ich mich seinem Tempo, während ich innerlich betete, dass ich nicht irgendwann in einen Abgrund stürzen würde, nur weil ich nicht mehr rechtzeitig bremsen konnte.
Margarethe spürte meine Angst. Nach den zahlreichen Niederungen, die ich durchschritten hatte, ging es jetzt so steil bergauf, dass ich hin und wieder außer Atem geriet. Vor allem fürchtete ich mich davor, plötzlich über die Bergkuppe hinweg wieder Richtung Tal zu purzeln. In solchen Momenten war Margarethe mir eine große Hilfe. Sie versuchte, mir die Angst vor den Tälern zu nehmen, indem sie mein Bewusstsein für meine eigene Kraft schärfte. Sie führte mir vor Augen, dass ich mein Tal durchwandert und hinter mir gelassen hatte, ohne darin unterzugehen. Ich könne mich auf mich verlassen, das solle ich nie vergessen.
Und so bin ich an den überwiegenden Tagen im Jahr heilfroh, sie in meiner Nähe zu haben. Aber es gibt durchaus auch diese anderen Tage, an denen ich sie mit Schwung gegen die Wand klatschen könnte. Sie ist nämlich keineswegs ruhiger geworden mit der Zeit, sie dehnt nur ihren Mittagsschlaf weiter aus. In der übrigen Zeit mischt sie sich nach Kräften in unser Leben ein, scheut kein Thema und

vor allem keine Gelegenheit. Lisa und Tobias müssen sich genauso daran gewöhnen wie wir, die wir in dieser Hinsicht schon einen gewaltigen Vorsprung haben.

In den seltenen Momenten, in denen ich glaube, sie nicht länger ertragen zu können, statte ich der Seniorenresidenz Taunushöhe einen Besuch ab, nur um schon in der Halle wieder umzudrehen und von meinem Vorsatz abzulassen, ihr hier eine dauerhafte Bleibe zu organisieren. Wenn ich mir ihre potenziellen Mitbewohner genauer besehe, dann weiß ich, dass sie einfach nicht dorthin gehört. Sie ist weit davon entfernt, ihren Blick nur noch in die Vergangenheit zu richten und sich mit Gesprächen über das Wetter und das jeweilige Zipperlein zu unterhalten. Trotzdem wünschte ich sie mir manchmal etwas zurückhaltender. Meine Frage, ob sie schon einmal auf die Idee gekommen sei, sich altersgemäß zu verhalten, beantwortete sie mir so erschöpfend, dass ich sie nie wiederholte.

Sie sagte: »Auf die Idee schon, aber ich habe sie gleich wieder verworfen. Zu langweilig, wenn du mich fragst.«

So erleben wir täglich mit Staunen, dass am Ende eines langen Lebensweges nicht Resignation, Untätigkeit oder Bitterkeit stehen müssen, sondern dass es möglich ist, eine Seele, einen Geist mit Optimismus, Zuversicht und Gelassenheit auszureifen. Wir alle hoffen im Geheimen, dass ihr Lebenspfad noch lange nicht zu Ende geht. In stillem Einvernehmen verschweigen wir es ihr jedoch, damit sie nicht zu übermütig wird.

Frau Lieblich hat Recht: Margarethe ist ein Freigeist. Vor allem anderen ist sie jedoch auch der gute Geist unseres Hauses, der die Küche in einen Ort kulinarischer und kommunikativer Hochgenüsse verwandelt hat. Nicht zuletzt würde ohne sie unser Konzept nicht funktionieren. Was sollten wir ohne sie mit Paul machen? Wer sollte auf ihn aufpassen? Wir arbeiten alle und haben viel zu wenig Zeit für ihn. Schon von daher ist sie der beständigste Faktor in seinem Leben. Und an den Mittwochnachmittagen, wenn Margarethe das Versprechen einlöst, das sie Albert auf dem Sterbebett gegeben hat, geht Paul zum Spielen zu seinem Freund Jonas.

Meinem anfänglichen Widerstand zum Trotz hat Paul sich Schritt für Schritt in mein Herz geschlichen. Durch ihn habe ich einen Teil des Kindes in mir wieder entdeckt. Ich lerne mehr und mehr, mich auf sein Spiel einzulassen und mich in diesen Momenten selbst zu vergessen. Er denkt sich immer neue Abenteuer aus, an denen er mich teilhaben lässt. Und er tut nicht nur meiner Seele gut, sondern auch meiner Arbeit. Wenn ich heute ein Kind in einer Überwachungseinheit pflege, dann sehe ich dort nicht nur ein hilfloses Wesen liegen, dass irgendwo zwischen Leben und Tod schwebt. Ich sehe Paul vor mir, wie er herumspringt, das Essen in sich hineinschlingt, wie er mault, wenn er ins Bett soll, und strahlt, wenn er mich endlich zu einem Zoobesuch überredet hat. Ich sehe ihn mit seinen Freunden herumtollen und höre im Geiste den ohrenbetäubenden Lärm, den sie fabrizieren. Und ich weiß, wofür ich vor dem Bett dieses Kindes stehe: um mitzuhelfen, dass es all das eines nicht allzu fernen Tages auch wieder kann. Ich schätze immer noch sehr meine Ruhe, aber ich suche sie nicht mehr in der Nähe von Kindern.

Inzwischen sind die Schneefiguren vor unserem Haus

längst geschmolzen, und wir haben alle zusammen die kleine Zwergbuche in den Vorgarten gepflanzt. Allerdings wurde ziemlich schnell deutlich, dass sie nur dann eine Überlebenschance haben würde, wenn wir einen Maschendraht um sie ziehen. Ponys lieben offensichtlich zarte Buchenblätter. Ich habe zwar lautstark durchsetzen können, dass Johnny nicht mehr ins Haus kommt, aber beim Vorgarten musste ich kapitulieren. Paul hat uns wortreich erklärt, dass das Pony besser als jeder Rasenmäher sei. Und da ich eingesehen habe, dass auch Paul einmal die Chance haben muss, sich gegen diese ihn umgebende Übermacht an Erwachsenen durchzusetzen, dulde ich den Vierbeiner vor dem Küchenfenster. Genauso wie denjenigen dahinter. Besani ist ein sehr dankbarer Mitbewohner. Eine Karotte und ein paar Streicheleinheiten reichen aus, um ihn in den höchsten Tönen flöten zu lassen.

Besser spät als nie hat Margarethe ihn genannt. Dieses Motto habe ich mir zu Herzen genommen, meine verletzte Position verlassen und nach und nach alte Freunde kontaktiert. Bei manchen musste ich feststellen, dass durch die Krankenhausaffaire ein tiefer Riss in unserem Verhältnis entstanden ist. Aber dann gibt es die wirklichen Freunde, die die Zeit meines Schweigens akzeptierten und sich für ihren Unglauben entschuldigten, so wie ich mich für meinen Rückzug entschuldigt habe. Wir haben dort angesetzt, wo wir aufgehört hatten, nur etwas klüger und verständnisvoller.

All das habe ich Margarethe zu verdanken, durch sie bin ich ein Stück erwachsener geworden. Zwar wünsche ich mir immer noch ein unbeschwertes Leben, aber ich habe eingesehen, dass es nicht in jedem Moment so sein kann. Sie hat mir den Lebensweg als einen Pfad beschrieben, dessen Verlauf wir nicht kennen. Wir wissen nichts über seine Beschaffenheit. Hier und da können Steine liegen, über die wir hinwegsteigen müssen. Manchmal sind es so viele, dass der Weg sehr anstrengend wird und wir nicht wissen, wie es weitergehen soll. Einige Steine haben so scharfe Kanten, dass wir uns daran verletzen, wenn wir nicht aufpassen. Aber es gibt auch solche, die mit Moos überwuchert sind und weiche Kanten haben.

Es mag Stellen geben, die viel Geschick und Kraft erfordern, vor allem Geduld und Ausdauer. Andere bewältigen wir nur unter Strömen von Tränen. Die Täler sind nie eine Freude, auch wenn sie die wirkliche Herausforderung sind, wie Margarethe meint. Aber egal ob bergauf oder bergab, ob in der Tiefebene oder auf dem Gipfel: Zwischen den Steinen wächst alles, was das Leben sonst noch zu bieten hat: saftiges grünes Gras, bizarres Unkraut, herrliche wilde Blumen und heilsame Kräuter. Es gibt jedoch nichts und niemanden auf der Welt, der uns sagen kann, was der Weg, der vor uns liegt, für uns bereithält. Ich weiß nur so viel, dass sich der Verlauf nicht beeinflussen lässt, jedenfalls nicht durch mein Mülltrennungsprogramm, wie Margarethe es so respektlos nannte.

Hin und wieder wünsche ich mir einen Späher, der mir auf meinem Pfad vorauseilt und mir die Hindernisse beschreibt, die hinter der nächsten Kurve lauern. Aber dieser Wunsch wird zunehmend schwächer, und ich nehme es mutig mit der Ungewissheit auf.